風に立つ

柚月裕子

中央公論新社

目次

第一章 5
第二章 42
第三章 62
第四章 123
第五章 230
第六章 270
第七章 342
第八章 374

風に立つ

第一章

こしきに銑鉄とコークスを入れる。

火を入れて横穴から風を送ると、上部から勢いよく炎があがった。旧式の溶解炉は、経験と勘が大事だ。目、耳、肌の感覚を研ぎ澄ます。

小原悟は頃合いを見て、トリベを手にとった。溶けた鉄を受ける柄杓だ。そばにいる林健司を見る。

「そろそろかな」

健司は頭に巻いているタオルをきつく締め直し、その場にしゃがんだ。

「いいんじゃないか」

悟はトリベを、こしきの下部にある湯口に添えた。健司が湯口についている栓を抜くと、こしきの底に溜まった湯と呼ばれる熔鉄が流れ出てきた。

トリベがいっぱいになると、健司は湯口に栓を戻した。溶けてドロドロになった鉄の表面に目を凝らす。艶のあるなめらかないい湯だ。

「よし」

悟が言うと、健司は窪んだ地面に置いてある鋳型のそばに立った。鋳型の両側に掛けてある板を踏み、悟に目で合図を送る。鋳型に湯を流し込む注ぎ口は、およそ三センチしかない。こぼれないように注意しながら、湯を鋳型に注ぐ。

来る日も来る日も砂と粘土（ねんど）をこね、鉄を溶かし続けるこの仕事を、楽しいと思ったことはない。しかし、鋳型に湯を注ぐこの瞬間だけは好きだった。冷たい鋳型に注がれた湯は強く輝き、長年の煤（すす）で黒くなった工房のなかが、白く照らされる。あたりに散る細やかな火花は、線香花火のようできれいだった。

鋳型に湯を流し終わると、悟は残りをこしきに戻した。流し込んだ湯が落ち着くのをじっと待つ。

五分ほど経（た）つと、健司が鋳型に向かって祈るように手を合わせた。

「どうか、ちゃんとできてますように」

鉄器を造る工程のなかで、一番緊張する場面だ。

器や家具、人形など多くの製品は、製造過程で形が見えている。しかし、鋳物（いもの）は違う。型に流し込んで造るため、型から取り出さないうちは、どのような状態になっているのかわからないからだ。

健司が鋳型に手をかけ、ゆっくりと外す。なかから、逆さになった状態の鉄瓶が、姿を現した。

悟は周りに着いている砂を手で払い、くるりと回して鉄瓶を持ち上げた。

四方からじっくりと眺める。目立ったへこみや罅（ひび）はない。小さな突起が連なる霰（あられ）模様も、きれいに出ている。形もいい。

健司が横から覗き込み、満足そうに頷（うなず）く。

「うまくいったな」

悟はほっとして、息を吐いた。これで今月の注文分はすべて造り終えた。あとは発送するだけだ。

健司は腕を組み、いましがた外した鋳型を見下ろした。

「悟ちゃんもいっぱしの職人になったな。この鋳型、五度目だろう」

いま鉄瓶を造った鋳型は、悟が作ったものだった。

鋳型は砂と粘土でできている。作り方が悪ければ一度で壊れることもあるし、うまくいけば数回使えることもある。五回はもったほうだ。

「それより、いい加減やめてくれないかな」

悟は手にしていた鉄瓶を、健司に渡しながら言う。

いままでに何度も頼んだことだ。健司は悟がなにを言いたいかわかっている。それなのに、今回もしらばっくれた。

「なにを?」

「呼び方だよ、俺の」

悟はいま三十八歳だ。四十手前のいい大人がちゃん付けで呼ばれるのは抵抗がある。機会があるごとに、呼び名を変えてくれるよう頼んできたが、健司は変えない。いつも、はいはい、と軽く答え、またすぐに悟ちゃんと呼ぶ。

健司は悟が生まれる前から、工房に勤めていた。まもなく還暦を迎えるが、気持ちはいつも二十歳くらいのつもりらしい。

悟は物心ついたころから、健司に悟ちゃんと呼ばれている。子供のころはなにも思わなかったが、三十を越えたあたりから呼び名が気になりはじめた。

慣れている呼び名を変えるのは、健司も抵抗があるのだろう。しかし、せめて工房で働く若いアルバイトの前ではやめてほしい。

そう訴え続けてきたが健司はやめない。いつも、はいはい、と軽い返事をし、またすぐに悟ちゃんと呼ぶ。今回もそうだった。はいはい、と言いながら、手にした鉄瓶を眺めている。

いつもならもう少し食い下がるのだが、悟はやめた。鉄器を造る工程で、悟が一番気をつかうのはフキと呼ばれる溶解だ。今日は朝からずっとフキ作業で、疲れていた。

悟は工房の奥にある保管庫に向かった。工房には四つの部屋がある。溶解や型を作る作業場と、漆を塗ったり細かい直しをしたりする小部屋、焼きあがった鉄器を削る研磨室、鉄器の材料や部品を置いてある保管庫だ。

失敗した品物や工具が山積みされた狭い通路を、悟は隙間を縫いながら歩く。

保管庫で、前に造っていた蓋(ふた)と持ち手の鉉(つる)を探していると、作業場から健司の呼ぶ声がした。

「悟ちゃん、悟ちゃあん」

やっぱり呼び名は変わらない。もう直す気はないのだろう。

諦めの息を吐き、声を張る。

「いま行く」

探し出した蓋と鉉を手に作業場へ戻ると、孝雄(たかお)の姿があった。悟の父親で『清嘉(きよか)』の親方だ。

『清嘉』は岩手県盛岡市にある南部鉄器工房だ。通りの一本先には中津川(なかつ)が流れ、その先には盛岡城跡がある。桜の名所で春になると観光客で賑わうが、ここ数年は世界規模の感染症のため静かだった。今年こそは安心して桜を愛でたい。

清嘉は、工房といっても立派なものではない。平屋の民家を作業場にしただけの、小さなものだった。親方の孝雄と職人の健司、悟、研磨専門のアルバイトひとりで回している。

悟の住まい——小原家は工房と同じ敷地にある。二階建ての日本家屋だ。その一角に、工房で造った南部鉄器を販売する店がある。悟の両親、妹の由美が一緒に住んでいたころは手狭に感じたが、孝雄とふたり暮らしのいまは広すぎると思うほどの大きさだ。

孝雄はいつも悟や健司と一緒に工房で作業をしているが、今日は南部鉄器工業組合の会議があり朝から出かけていた。

孝雄の手には、先ほど悟が造った鉄瓶があった。眉間に皺を寄せ、厳しい目でじっと見ている。

「どうだい、親方。いい出来だろう。悟ちゃんも、もう一人前だな」

我が事のように自慢する健司に、孝雄は鉄瓶を押し返した。

「商品としては出せるが、まだまだだ」

健司が口を尖らせる。

「またそれか。本当に親方は辛いな」

孝雄は健司を睨んだ。

「職人はいつまでも半人前だ。一人前になったと思ったらそこで終わりだ」

健司は頭のタオルを剝ぎ取り、ごま塩頭を掻いた。

「それはそうだが、親方は厳しすぎるんだよ。特に悟ちゃんにはな。息子をそう簡単に認めたくない気持ちはわかるが、少しは褒めてやっても――」

孝雄は話の途中で、悟を見た。

「おい、時間だぞ。忘れてんのか」

言われて悟は、自分の腕時計を見た。ちょうど午後三時だった。

「早く来い」

孝雄が工房を出ていく。

悟は急いで持っていた蓋と鉉を作業台に置き、着ているジャンパーの汚れを払い落とした。

「健司さん、悪いけど少し抜ける」

健司は悟を見ずに、手をひらひらと振った。

数日前に孝雄から、今日の午後三時に時間を空けておけ、と言われていた。客が来るから同席しろ、と言う。誰がどんな理由で来るのか訊いたが、なにも言わずに座っていればいい、としか言われなかった。

孝雄は昔から、必要最低限のことしか言わず、ろくに悟と話そうとしない。一日の大半を工房で過ごし、家にいても難しい顔で新聞の詰将棋を解いている。それは、母親の節子が生きていたころから変わらない。

子供のころに、母に不満をぶつけたことがある。友達の父親は一緒に遊んだりもっと話したりするのに、どうして自分の父親はしないのか、と詰め寄った。母は困ったように笑い、お父さん不器用だから、と悟の頭を撫でるだけだった。

悟は工房から家に続く小道を抜け、玄関の格子戸を開けた。玄関でジャンパーを脱ぎ、玄関のすぐ横にある茶の間に入る。

そこには、ふたりの男性がいた。見た目は、ひとりは五十歳そこそこ、もうひとりはかなり若く新入社員といった感じだ。どちらも、濃い色のスーツを着ている。部屋の真ん中に置かれたテーブルを挟み、孝雄と向かい合う形で座っていた。

「おう、ここに座れ」

孝雄は部屋に入ってきた悟に、自分の隣に座るよう促した。わけがわからないまま、言われたとおり腰を下ろすと、孝雄がふたりを紹介した。

「こちら、盛岡家庭裁判所の調査官、矢部（やべ）さんと田中（たなか）さんだ」

悟は驚いた。家庭裁判所の人間が、うちになんの用があるのか。

訊こうとしたとき、それを遮（さえぎ）るように孝雄が言う。

「前に話した補導委託（ほどういたく）の件で、いらしたんだ」

ますますわからない。そんな話は聞いた覚えがない。そもそも補導委託という言葉を、悟は三十八年間生きてきて、今日はじめて耳にした。

矢部と田中が、スーツの内ポケットから名刺入れを取り出し、中のものを悟に渡した。

五十歳そこそこの男性は、矢部淳一（じゅんいち）。肩書のところに、総括主任家庭裁判所調査官とある。

若い男性は田中友広（ともひろ）。役職は書かれていない。矢部が上司で田中が部下のようだ。

矢部が人当たりのいい笑顔を、悟に向けた。

「このたびは、補導委託のお話ありがとうございます」

田中が自分の横に置いていたリュックから、薄いパンフレットを取り出した。

「小原さんには家裁にいらしたときご説明していています。ご家族のご理解もいただいてるようですが、一応、私からも簡単にお話しさせてください」

受け取ったパンフレットの表紙には『少年たちにあなたの力を』とあった。サブタイトルは、家庭裁判所の補導委託制度とある。

パンフレットをめくりながら田中の説明を聞いていると、補導委託とは問題を起こし家裁に送られてきた少年を、一定期間預かる制度のようだ。

罪を犯した少年は、成人の裁判にあたる審判を受ける。そこで少年院送致や保護観察、不処分などが言い渡されるが、そのなかに試験観察がある。少年にどのような最終処分が適正か判断するために、一定の期間、様子を見るものだ。

試験観察には二種類ある。在宅試験観察と補導委託だ。前者は、少年は保護者のもとで生活し、調査官と定期的な面接をしながら更生に取り組むもので、後者は受託者である施設や事業の経営者のところに住み込み、指導を受けるものだ。家裁調査官はそのあいだに少年の様子や変化を見て、どのような最終処分が適切か裁判官に助言をする。

悟がパンフレットを閉じると、田中は隣にいる矢部を見た。

「新しい委託の申し出はありがたいですね」

同意を求められた矢部は頷いた。

「時代の移り変わりで、補導委託は減る一方です。でも、補導委託が必要な少年はいまもいます。特に、小原さんのところみたいに、手に職をつけるきっかけになるようなところはなかなかありません。お話をいただいたときは、小原さんの七十二歳というご年齢に迷いましたが、ご家族と職場の協力も得られるとのことですし、今回は委託先として正式な登録をする前の試験的な委託をお願いすることにいたしました」

　非行少年を預かるなんてとんでもない。そう言おうとしたとき、孝雄が勝手に話を進めた。

「こいつは愛想がないけれど、根はいいやつです。今回の話も私が相談したら、人助けになるならって言ってくれたんですよ。それは、うちの職人たちも同じです」

　悟は目の端で孝雄を睨んだ。なにが相談だ。涼しい顔で嘘を吐く図太さに、腹が立つ。

　孝雄は何食わぬ顔で、こちらを見た。

「悟、まだ仕事が残っているだろう。もういいぞ」

　お前の用は済んだ、さっさと出ていけ、ということか。

　悟が口を開こうとする前に、田中が膝を正して頭をさげた。

「お忙しいなか、ご同席ありがとうございました。ご協力、感謝します」

　矢部も田中に倣い、頭を垂れる。

「本当にありがとうございます。なにかありましたらいつでも私にご連絡ください。どうぞよろしくお願いいたします」

　悟は困惑した。この場ではっきり、自分はなにも知らない、と言うつもりだったのに、こうも丁寧に頭をさげられては、言い出しづらい。

　なかなか腰をあげない悟を、孝雄が部屋から出ていくよう急かした。

「ほら、あとは俺が話を聞いておくから、お前は仕事に戻れ」

　田中と矢部が、にこにこしながら頷く。

悟は小さく息を吐いた。この和（なご）やかな空気を壊す勇気はない。この件はふたりが帰ってから、孝雄と膝をつき合わせて話し合うことにして席を立った。

工房に戻った悟は、作業台に向かっている健司に息せき切って訊（たず）ねた。

「健司さん、知ってるか」

手を休めず、逆に健司は、訊き返す。

「なにを？」

「親父（おやじ）の話だよ」

「親方がどうしたって？」

真面目（まじめ）に話を聞こうとしない健司の手から、悟は作業中の鉄瓶を取り上げた。

「おい、なにするんだよ」

健司がむっとした顔で、悟を見る。

悟は健司と鼻をつき合わせた。

「補導委託の話だよ」

健司の片眉が跳ね上がる。

「ホドウ——なんだそりゃ」

悟はいましがた聞いた話を、手短に説明した。

「親父は、職場の理解も得られているって言っていた。健司さんは、親父からその話を聞いていたのか？」

健司は腕を組み、記憶を辿（たど）るように遠くを見た。

「そういやあ、住み込みでバイトが来るかもしれないって言ってたような気がするなあ」

「それだよ、それ！」

悟は健司に詰め寄った。

「いつごろ聞いたんだよ」

「ひと月前くらいかなあ。詳しいことは言わなかったが、少し困らせることがあるかもしれないがよろしく頼む、って言われた」

健司から取り上げた鉄瓶を握る手に、力が籠る。なにが、人助けになるなら、だ。孝雄がひとりで勝手に決めたんじゃないか。

悟は鉄瓶を作業台のうえに置くと、健司を見た。

「行こう」

「どこへ」

察しが悪い健司に苛立ち、つい声が尖った。

「親父のところだよ。補導委託を取りやめてもらうんだ。非行少年を預かるなんて無理だよ」

健司はしばらく悟をじっと見ていたが、作業が途中だった鉄瓶を前に置き、手を動かしはじめた。

「俺は別にかまわねえよ」

悟は驚いた。

「かまわないって——補導委託を受け入れるのか」

「ああ、親方がそう言うんだ。俺はそれに従う」

悟は健司の前に、顔を突き出す。

「健司さんはここに住んでないから、そんなことが言えるんだよ。非行少年と暮らすなんて、なにかあったらどうするんだよ」

健司は悟を見て、にやりと笑った。

「なんだ、ガキが怖いのか」

「そんなんじゃないよ」

咄嗟(とっさ)に否定したが、図星だった。子供とはいえ、相手は警察の世話になるような人間だ。いざとなったら、なにをするかわからない。しかし、子供相手に怯(おび)えているなどと言えるはずもなく、慌てて取り繕(つくろ)う。

「家にはお客さんとか取引先とか、いろんな人が出入りするだろう。その人たちに迷惑がかかったら大変だと思って――」

そこまで言って、悟は由美のことを思い出した。

由美は悟の妹で、去年、結婚して家を出ていた。夫は里館太郎(さとだてたろう)。市内で居酒屋『庫太郎(くらたろう)』を営んでいる。

由美は『庫太郎』の女将をしながら、時々『清嘉』を手伝っていた。職人ではないから作業はできないが、店番や、商品の発送などをしてくれている。その手前、孝雄も由美には頭があがらない。由美が補導委託に反対すれば頷くかもしれない。

悟はズボンの後ろポケットから携帯を取り出し、由美に電話をかけた。数回の呼び出し音のあと、電話が繋(つな)がった。携帯から機嫌の悪い声がする。

「お兄ちゃん、この時間は忙しいって知ってるでしょう。いまじゃないといけないの？」

夕方は、居酒屋の開店準備で慌ただしくしている時間だった。つい忘れていた。悟は早口で言う。

「急いで訊きたいことがあるんだ。お前、補導委託の件、知ってるか」

「なに、それ」

由美の反応は、健司と似たようなものだった。住み込みのバイトが来るかもしれないという話は知っていたが、非行少年を預かるとは聞いていなかった。

「なあ、お前から補導委託をやめるよう、親父を説得してくれよ」

悟の頼みを、由美は簡単に断った。

「いや」

「なんでだよ」

由美が面倒そうに言う。

「お父さんの身勝手なんか、いまにはじまったことじゃないでしょう。おまけに、ドがつくほどの頑固なんだから、そう簡単にいかないって。私、そんなに暇じゃないから」

電話を切ろうとする気配がして、悟は慌てて食い下がった。

「俺はお前が心配なんだ。なにかあったらどうするんだよ」

「私なら大丈夫。そういうの、慣れてるから」

居酒屋をやっていると、たまに荒っぽい客が来ることがあると言う。

「乱暴な客のあしらいは慣れてるし、そんなの怖がっていたらこの仕事できないよ。とにかく私なら大丈夫。いま忙しいから、もう切るよ」

「大丈夫って——おい、待てよ」

電話が一方的に切れる。

頼みの綱だった由美は、あてにならない。どうしたら孝雄を止められるか、携帯を握りしめて考えていると、ふと視線を感じた。健司がにやにやしながら、こちらを見ていた。

「なにが可笑しいんだよ」

むっとして突っかかると、健司は記憶を辿るように遠くを眺めた。

「昔から悟ちゃんより由美ちゃんのほうが腹が据わっていたけど、それはいまも変わんねえなあと思ってよ」

顔が熱くなり、慌てて言い返す。

「違うって。俺は由美が心配で——」

「はいはい、わかった、わかった」

健司は話を最後まで聞かず、作業台に向かって手を動かしはじめた。

それ以上なにも言わず、悟は自分の椅子に腰を下ろすと長い息を吐いた。

たしかに健司の言うとおり、子供のころから由美のほうがどっしりとしていた。昔、近所で火事があったとき、悟は火が燃えうつらないか心配でおろおろしていたが、由美は、遠いから大丈夫、と言いながらテレビを観ていた。二階のベランダに伝書鳩が迷い込んできたときも、悟は怖くてなにも出来なかったが、由美は手でつかまえて段ボールに入れると、母に頼んで警察へ届けてもらっていた。

思い出していると、自分がすごく小心者に思えてきた。頭を左右に振り、気持ちを切り替える。こうなったら、俺が親父を説得するしかない。なんとしてでも、補導委託をやめてもらう。そう決意して、悟は仕事をはじめた。


悟が補導委託の話を聞いてから、一か月が経った。

盛岡城跡公園の桜が咲きはじめ、岩手にも春がやって来た。しかし、悟の心は重かった。

あれから幾度となく孝雄の説得を試みたが、孝雄は、お前には迷惑をかけない、の一点張りで首を縦に振らなかった。

健司と由美も同じだ。親父を説得してくれ、といくら頼んでも、まともに取りあってはくれない。どうしようかと悩んでいるうちに、少年が来る日が決まった。それが、今日だった。ここまで来たら仕方がない。できる限り少年にはかかわらず、一日も早く補導委託期間が終わるよう願うしかない。


茶の間には座卓を囲む形で、孝雄と健司のほかに、四人が座っていた。仙台家庭裁判所の調査官である飯島久子（いいじまひさこ）、今日から清嘉で預かる少年の庄司春斗（しょうじはると）と父親の達也（たつや）、母親の緑（みどり）だ。

仕切り役の飯島は形式的な時候の挨拶（あいさつ）を終えると、それぞれの紹介に入った。

「ではみなさん、改めて私からそれぞれをご紹介します。まず、小原孝雄さん。工房の親方で春斗くんを預かる責任者です」

孝雄は達也たちに向かって、頭をさげた。

「至りませんが、しっかり息子さんをお預かりします。春斗くん、なにも心配ない。困ったことがあったらいつでも言うんだよ」

悟は隣にいる孝雄を、思わず見た。そんな優しい言葉を、悟は掛けてもらったことがない。この豹変ぶりはいったいなんなのか。

悟が戸惑っていると、横から健司がしゃしゃり出た。

「そうそう、なんでも言いな。遠慮なんかいらねえからな」

健司の砕けた言い方に、部屋に張り詰めていた空気がわずかに緩む。

飯島が微笑みながら、健司を紹介した。

「こちらは林健司さん。工房で一番長く働いている職人さんです」

健司が頷く。

「俺はまもなく還暦だ。清嘉に来て四十年近くになる。この仕事はきれいでもおしゃれでもないけれど、やれば結構面白い。俺が手取り足取り、教えてやるよ」

口は悪いが、健司は面倒見がよかった。いままで工房で働いたアルバイトたちにも、しょうがねえなあ、と言いながら嬉しそうに仕事を教えていた。

「そして、こちらが小原悟さん。孝雄さんの息子さんで、健司さんと同じく工房の職人さんです」

飯島に紹介されたが、なにを言えばいいのかわからず、悟はとりあえず頭をさげた。

「いま家にお住まいなのは、孝雄さんと悟さんのおふたりですが、前は妹さんも暮らしていたんですよね」

訊かれて急いで答える。

「はい、由美といいます。去年、結婚して家を出ましたが、いまも時々、店の手伝いに来ています」

由美は今日、この場に同席したい、と言ったが、居酒屋の仕入れが忙しく来ることができなかった。

孝雄が悟の言葉を引き継いだ。

「近いうちに顔を出すよ。そのとき、紹介するからね」

話しかけられても、春斗はなにも言わない。ただ、俯いている。ここに来てからずっとそうだった。こんにちはも、おじゃましますもない。両親は挨拶をするよう促したが、春斗は黙ったままだった。

十六歳という年齢に、悟は勝手にもっと大柄な姿を想像していたが、目の前にいる春斗は華奢だった。身長はそこそこあるが、身体の線が細い。顔立ちは整っていて、賢そうな印象を受けた。

実際、春斗は頭がいい。数日前に孝雄から渡された春斗の略歴には、昨年、仙台でトップの進学校に入学、と記されていた。本来ならばこの春で二年生だが、春斗は今年の冬に退学になっている。

春斗の非行がはじまったのは高校に入学してからまもなくだった。内容は万引きや自転車の窃盗といったもので、学校側も最初は停学処分に留めていた。しかし、いくら指導をしても春斗の問題行動は収まらず、とうとう退学処分を下した。

春斗の隣にいる達也は、弁護士をしていた。家がある仙台市に、個人事務所を構えているという。

達也は短い髪を整髪料で後ろに撫でつけ、見るからにいいものとわかるスーツを着ていた。つけている腕時計は、ひと目でそれとわかる高級時計だ。達也を見たとき、春斗は父親似なのだと思った。細いフレームの奥に見える目が、春斗にそっくりだった。

母親の緑は、仕事はしていない。結婚したときからずっと専業主婦だった。妻と呼ばれる立場の人を言い表す表現はたくさんある。奥さん、かみさん、かあちゃんなど様々だが、緑は奥さまがぴったりだった。

シンプルなグレーのワンピースに、小さな黒いハンドバッグ。アクセサリーは身に着けていない。目を引く顔立ちではないが、目や鼻といったパーツの形が整っている。控えめな態度と、挨拶のときの丁寧な言葉遣いは、品性を感じさせた。

達也が孝雄たちに向かって頭をさげる。

「本来ならば親が子供の過ち(あやま)を正さなければならないのですが、家裁の意見に対し本人も積極的だったので、そちらにお世話になることになりました。息子をどうぞよろしくお願いいたします」

緑も達也に倣い、頭を垂れた。

飯島は茶の間にいる全員を見渡した。

「なにか、お尋ねになりたいこととか、お伝えしておきたいことはありますか」

誰もなにも言わない。

飯島が安心したように微笑み、この場をまとめた。

「本来、春斗くんの件は仙台家裁の案件で、私が担当です。でも、仙台からは遠いので、なにかあってもすぐに駆け付けることができません。そこで、委託先がある盛岡家裁の田中さんも、私と一緒に春斗くんの面倒をみることになりました。ですから、なにかあったら田中さんへ連絡してください。そうすれば私に連絡が入るようにしています」

　緑が心配そうに、隣にいる春斗を見た。

「春斗、大丈夫？」

　春斗はなにも言わない。黙っている。

　達也は背筋を伸ばし、孝雄を見つめた。

「どうか、息子を頼みます」

　顔合わせを終えると、飯島たちが部屋を出て行った。見送るために、孝雄と健司も外へ行く。あとに続こうとした悟は、春斗が座ったままであることに気づいた。見送るつもりは、ないのだろう。

　ここに来てからの様子を見ていて、親子の関係がぎくしゃくしているのはわかった。しかし、わざわざ委託先まできて息子を頼むと頭をさげる両親を、見送るぐらいの気遣いはあってもいいのではないか。

　そう言おうとしたが、やめた。孝雄が補導委託をやめる気はない、とわかったときから、自分はできる限り少年とかかわらないと決めていた。面倒ごとに巻き込まれるのはごめんだ。悟は春斗を残して、部屋を出た。

　飯島たちを見送り茶の間に戻ると、健司が春斗に声をかけた。

「春ちゃん、工房、見ねえか？」

健司の声が弾んでいる。ガキ大将が子分を、秘密基地に誘っているみたいだ。春斗が黙っていると、健司は顎で悟を指した。

「あのおじさんも、一緒にいくからよ」

悟は慌てて、顔の前で両手を振った。

「俺はいいよ。あと、おじさんはやめてくれ」

健司が言い返す。

「いいじゃねえか。春ちゃんから見れば、充分おじさんだ」

「いや、そうだけど――」

言い合っていると、遅れて茶の間にやって来た孝雄が、春斗に声をかけた。

「春斗くん、便所に行くか？」

思いもよらないことを訊かれて驚いたのだろう。春斗はびっくりした顔で孝雄を見たが、やがて遠慮がちに頷いた。

ふたりが茶の間を出ていくと、健司がつぶやいた。

「食う、寝る、出す」

「なんだよ、それ」

健司は昔を懐かしむように、遠くを見た。

「人が安心して暮らすには、飯、ゆっくり眠れる場所、落ち着いてできる手洗い、この三つが必要だって、親方が言っていたのを思い出した」

健司は十九歳で清嘉に来た。工房の入り口で挨拶をする健司に、孝雄が最初にかけた言葉がいまと同じ、便所に行くか、だったという。

「俺は面食らったね。はじめて会ったときの第一声が、便所、なんて誰も思わねえだろう。だから俺は、どうして便所なんですか、って訊いたんだ。そうしたら、親方がそう答えたんだ」

いまの話を悟ははじめて聞いたが、言われてみればたしかにそうだと思う。

手洗いの水を流す音がして、ふたりが茶の間に戻ってくると、健司は茶の間の隅を見ながら孝雄に訊ねた。

「あれ、春ちゃんのですよね」

そこにはボストンバッグがあった。孝雄が顎で二階を指す。

「ああ、そうだ。由美が使っていた部屋に運んでくれるか。今日からそこが、春斗くんの部屋だ」

ボストンバッグを持ち上げようとした、健司の眉間に皺が寄る。

「ずいぶん重いな」

ボストンバッグは、よく知られているスポーツブランドの小振りのものだった。衣類などの嵩の出るものは、すでに段ボールで送られてきている。身の回りの生活用品だけなら、そんなに重くはならないはずだ。いったいなにが入っているのか。

健司が気合を入れなおし、ボストンバッグを持ち上げる。見かねた悟は、健司の手からボストンバッグをひったくるように取り上げた。

「俺が運ぶよ」

悟の家の階段は急で、段数も多い。いくら健司が元気でも、まもなく還暦の者に重い荷物を運ばせるのは不憫だった。

二階は、廊下を挟んで二部屋あった。右が悟で、左が由美が使っていた部屋だ。悟は左の部屋の襖を開けて、なかにボストンバッグを置いた。

「ここが君の部屋だ」

後ろからついてきた春斗が、おずおずといった感じで部屋に入りあたりを眺める。

部屋は八畳の和室で、障子を外した窓にはカーテンがかかっている。由美が使っていたときはベッドやチェストがあり狭く見えたが、小さなローテーブルと空のカラーボックスひとつだけのいまは、かなり広く見えた。

遅れてやってきた孝雄は、部屋に入ると壁際に置かれている段ボールのそばに腰を下ろした。二日前に届いた、春斗の洋服などが入っている荷物だ。孝雄は春斗を呼ぶ。

「おいで。一緒に荷物を解こう」

春斗は素直に孝雄の隣に座ると、段ボールを閉じているガムテープをはがした。

ふたりを残して一階へ降りると、玄関にいた健司が訊いた。

「あれ、親方と春ちゃんは？」

うえで荷物を解いている、と伝えると、健司は残念そうにつぶやいた。

「工房を見せるのはあとか――じゃあ、先に配達に行くとするか」

清嘉では週に一度、でき上がった商品を取引先の店に届けていた。

店の車に荷物を積み、健司が出かけていく。

工房へ戻った悟は、電気のスイッチを入れた。なかは長年の煤に覆われ、日中でも薄暗い。昼間でも灯りをつけなければ仕事にならなかった。

自分の作業台のところへ行き、パイプ椅子に腰かける。作業台といっても、窓際に長い板を取り付けただけのものだ。ここで働く者は、そこに横一列に並び作業をする。

席の並びは決まっていた。出入口に近い順から、孝雄、健司、悟だった。悟の左側にも二人分のスペースがあるが、そこはその時々にいるアルバイトが使っていた。

隣で春斗が作業する姿を想像する。いったい、なにを教えればいいのか。

悟は慌てて首を左右に振った。春斗にはかかわらないと決めている。親父に任せていればいい。

目の前の棚から、一冊のノートを取り出す。自分の作図帳だ。盛岡には南部鉄器の工房がいくつかあるが、製造工程はそれぞれ違っている。商品のデザインや溶鉄、仕上げなど、工程ごとに担当が別なところがある一方、ひとりの職人がすべての工程を行うところもある。清嘉は後者だった。職人は実際の作業だけでなく、新しいデザインも考えなければならない。

悟はペンを取り、頭に浮かんだ構想をノートに描きはじめた。


どのくらい時間が経ったのだろう。夢中で作図していた悟は、声を掛けられて我に返った。

「お兄ちゃん、夕飯、持ってきたよ」

工房の戸口を見ると、由美がいた。ジーンズにトレーナー、庫太郎のロゴが入った前掛けをしている。

いつも夕飯は、孝雄と悟が交代で作っている。由美が料理を持ってきてくれるときもあるが、それはいつも突然だった。店の食材が余ったからとか、近くまで来る用事があったからとか、本人の都合による。

悟は壁にかかっている時計を見た。まもなく七時だった。もう庫太郎は開いている時間だ。

「店は大丈夫なのか」

由美はにっこりと笑った。

「助っ人を頼めたから大丈夫。今日は大事な日だから、腕をふるっちゃった」

大事な日――その言葉に、嫌な予感がした。恐る恐る、由美に訊ねる。

「まさか――春斗くんの歓迎会とか言い出すんじゃないだろうな」

由美は音を立てて拍手をした。

「当たり！」

悟はがっくりと項垂(うなだ)れ、ため息をついた。

由美は昔から、人懐っこかった。誰に対しても友好的で、すぐに打ち解ける。だから、由美が結婚して庫太郎のおかみさんになると知ったときも、驚かなかった。むしろ、人と接する仕事は天職だと思った。

工房に新しいアルバイトが来るたびに、由美は歓迎会を開いていた。しかし、今回はしないと思っていた。工房で働きはするが、春斗はアルバイトではない。補導委託という試験観察で来ているのだ。歓迎会など開かれても、居心地が悪いはずだ。

「なあ、夕飯を用意してくれたのはありがたいけど、今日は歓迎会という形じゃないほうがいいよ」

由美が口をへの字に曲げる。

「なんでよ」

悟が理由を説明すると、由美は怒りだした。

「そんなのおかしい。本人がどう思うかは別として、こっちはあなたを歓迎してるって気持ちを表すのは大事なことだよ。お店もそうだもん。ほかに空いているお店がなくて仕方がなく庫太郎に来たとしても、こっちが笑顔で歓迎するとお客さんも嬉しくなって、また来るね、って言ってくれるんだよ。要は、ここの問題」

ここ、と言いながら、由美が自分の胸に手を置く。

「それに、お父さんからは、春斗くんをほかのバイトと同じように扱ってくれって言われてるしね」

悟ははっとして、もたれていた椅子の背から身を起こした。

「歓迎会のこと、親父は知ってるのか」

険(けわ)しかった由美の顔が、一転して明るくなる。

「もちろん。来る前に電話で伝えたら、嬉しそうにしてた」

健司にも連絡したが、どうしても断れない用事が入ってしまい出られないと言う。

「自分がいない分、みんなで盛り上げてくれって言ってた」

悟は諦めた。三対一では勝ち目がない。

「もう準備はできているから、早く来てね」

由美が工房を出ていく。悟は重い息を吐き、作業中の作図帳を閉じた。

茶の間に入ると、すでに孝雄と春斗がいた。座卓のうえに、料理が載った皿がいくつも並んでいる。いつもは、台所の食卓で食事をとっているが、今日は料理の品数が多く並べきれなかったのだろう。

茶の間と続いている台所から、由美が盆に載せた味噌汁を持ってきた。みんなの前に置くと、前掛けを外して席に着き、並んでいる料理を満足そうに眺めた。

「うん、我ながら美味しそう」

料理は、刺身、揚げ物、煮物、炒め物など、様々なものが用意されていた。由美が向かいに座っている春斗に身を乗り出す。

「今日は春斗くんの歓迎会だから、いつもより頑張ったんだ。いっぱい食べてね」

俯いていた春斗が、戸惑ったように由美を見た。

「僕の——ですか」

由美は両手を広げ、大げさなほど驚いた。

「ほかに誰がいるの？」

春斗は戸惑った様子で、座卓にある料理を眺める。

「春斗くんに好きなものを聞く時間がなかったから、思いついたものを作ってきたんだけど、大丈夫だったかな。なにか苦手なものとか、アレルギーとかある？」

春斗は言おうか言うまいか迷っているようだったが、やがて目の前にある小鉢を指差した。

「これ、なんですか」

由美が答える。

「知らない？　亀の手よ」

「亀の手」とは磯の岩に張り付いている生き物で、蟹(かに)や海老(えび)といった甲殻類の一種だ。はじめて見た人の多くは、本当に海を泳ぐ亀の手だと思う。根元は亀の皮膚(ひふ)のうろこに似ているし、突起の殻の部分が爪に見えるからだ。

春斗も信じたようで、小鉢を気味悪そうに見ている。由美は意地悪そうな笑みを浮かべた。

「見た目はちょっとグロいけど、美味しいよ。食べてみて」

春斗は困った顔で、もじもじしている。自分のために用意してくれた料理を、食べられない、と言いづらいらしい。問題を起こした少年だからもっとわがままかと思っていたが、人に対する気遣いはあるようだ。

孝雄が笑いながら、自分の小鉢に手を伸ばした。

「これは『亀』の手じゃないよ。こうして食べるんだ」

孝雄は亀の手を持つと、ふたつに折った。なかから、貝に似た身が出てくる。孝雄はお手本を示すように、身を口に入れた。大きく頷く。

「うん、美味(うま)い」

その様子を見て安心したのか、春斗は孝雄を真似(まね)て亀の手を食べる。

「どうだ？」

孝雄が訊ねると、春斗は小さい声で答えた。

「美味しいです」

「ほら、言ったとおりでしょう」

調子に乗る由美を、孝雄が窘(たしな)めた。

「歓迎会の主役を困らせてどうするんだ」

　由美が肩を竦める。

「ごめん、歳の離れた弟みたいで、つい可愛くて」

　仕切り直しとでもいうように、由美はみんなに料理を勧めた。

「さあ、食べて。春斗くんも遠慮しないでね。こんなにご馳走が出るのは今日だけだよ。明日からはお父さんとお兄ちゃんが作る、地味なご飯だからね。おかずは一品。あとは前の日の残り物と佃煮とかお漬物だけだよ」

　孝雄は由美を睨み、箸先を向けた。

「確かに見栄えは悪いし、品数も少ない。だが、食材や調味料にはこだわっているんだぞ。身体にいいものを選んでいるし、ちゃんと栄養も考えている。居酒屋の女将ならそれくらいわかるだろう。だいたいお前は昔から――」

　由美が話を途中で遮った。

「はいはい、そのとおりです。それより、箸を人に向けるのはよくないよ。お父さんとお兄ちゃんだけならいいけど、今日から春斗くんも一緒に暮らすんだから、行儀が悪いことはしないように」

　もっともな反撃に、孝雄はばつが悪そうにそっぽを向いた。ひたすら箸を動かす孝雄を見ながら、由美は春斗に小声で忠告する。

「お父さん、普段は無口だけど、一度説教がはじまると長いんだ。そのときは大人しく、はいはい、って言っていればいいよ。そのほうが早く短く済むから」

聞こえていたのだろう。孝雄がまた由美を睨んだ。これ以上はやめたほうがいいと思ったのだろう。由美が話題を変えた。

「ねえ、春斗くんは、いつもどんなもの食べてるの。好物はなに？」

「食事はいつも母が作っているものを食べています。好物は――」

好物がすぐには浮かばないらしく、春斗はなかなか答えない。あまり食に興味がないのかもしれない。

無理に聞き出さないほうがいいと思ったのか、由美が質問を変えた。

「じゃあ、趣味はなに？　暇なときはなにしてるの？」

この問いにも、春斗はすぐには答えなかったが、やがてぽつりと言った。

「ゲームです」

由美の顔が、ぱっと輝いた。

「それって、あれでしょう。ほら、顔に専用のゴーグルをつけてする――なんていうんだったかな。ええっと――」

名前を思い出せない由美に、悟は助け舟を出した。

「バーチャルリアリティだろう」

由美が両手を顔の前で合わせ、パチンと鳴らした。

「そう、それ。うちのバイトの子も好きなんだ。実際にゲームの世界にいるような体験ができるんだよね」

春斗は小さく首を横に振った。

「違います。僕がしているのは携帯アプリのゲームです」

早とちりした由美は、きまりが悪そうに肩を竦めて笑った。

「ああ、そっか。それも面白いよね。いい息抜きになるよね」

黙って話を聞いていた孝雄が、座卓のうえに箸を置き、春斗を見た。

「その携帯だが、約束どおり今日から私が預かるからね」

「ええ？　携帯を取りあげちゃうの？」

由美が驚く。

孝雄が真剣な顔で、居住まいを正す。

「これから春斗くんに、ここでの生活で守ってもらいたいことを話す。ふたりにも聞いてほしい」

由美が、真顔になり箸を置く。春斗は俯いたままだ。

孝雄は安心させるように、春斗に優しく微笑んだ。

「なにも、難しいことじゃない。まず、一日の流れだが、起床は六時半だ。あとで、目覚まし時計を貸してあげるから、それを使いなさい。朝食は七時、場所は台所の食卓だ。それまでに顔を洗ったり着替えたり、身支度を済ませること。仕事は八時から五時までだけど、そのあいだに昼休みが一時間ある。夕飯は七時半だ。風呂は夕飯の前に済ませたほうがいい。工房の仕事は、手や服が汚れるからね。そして、就寝は十時だ。夕飯を済ませたら、それまでは自由に過ごしていい。さて、ここまではいいかな？」

春斗が頷く。その横で、由美も我が事のように大きく頷いた。孝雄が話を続ける。

「さて、春斗くんのここでの仕事だが、家の掃除や買い物、工房での作業などをしてもらう。働いてもらうからには、お金は払う。一週間で四〇〇〇円だ。このお金は君が、自由に使っていいものだ。好きなものを買う、美味しいものを食べる、貯金してもいいぞ」

話したくてうずうずしていたのか、由美はここぞとばかりに口を挟んだ。

「ねえ、美味しいものが食べたいならうちの店においでよ。安くしとくよ」

悟はびっくりして、由美を止めた。

「庫太郎は居酒屋だろう。酒を出す店に、未成年ひとりはまずいよ」

言われて気づいたらしく、由美は残念そうに肩を落とした。しかし、すぐに笑顔に戻り、悟に言う。

「お兄ちゃんが一緒ならいいじゃない。保護者同伴なら問題ないよ。ねえ、そうしよう」

悟は詰め寄る由美から視線を逸(そ)らした。頼むから俺を巻き込むな、そう心で訴える。

「それはともかく――」

孝雄が話を戻す。

「約束どおり、君の携帯は私が預かるからね」

春斗は小声で、はい、と返事をする。しかし、沈んだ表情から気がすすまないのはたしかだった。由美も気づいたのだろう。孝雄に訊ねる。

「ねえ、それってなんとかならないの？　携帯がないとなにかと不便でしょう」

「このことは、補導委託をはじめる前に、決めたことなんだ。春斗くんも飯島さんも、ご両親も承知している」

携帯が普及したいまは、インスタグラムなどのＳＮＳで、手軽に相手と連絡が取れる。それは便利な反面、相手との関係性を断ち切ることが難しくもなる。孝雄たちは、春斗が非行に走る要因になっている誰かがいた場合、その誰かと距離を置かせるために携帯を預けさせるのだろう。

「じゃあ、春斗くんに連絡をとるにはどうするの？」

由美が訊ねると、孝雄は壁際の茶簞笥（ちゃだんす）のうえにある固定電話を見た。

「春斗くんに用事があるときは、うちの電話か私の携帯にかかってくる。春斗くんから連絡をするときも同じだ。うちの電話か、私の携帯からかけてもらう」

孝雄は顔を、春斗に向けた。

「君は、自分を見つめなおさなければならない。それには、ひとりの時間が必要だ。自分がなにをしたいのか、なにが好きで嫌いなのか。そして、なにを怖がっているのか、じっくり考えてごらん。きっと、自分が知らない自分が見えてくるよ」

約束はしたが踏ん切りがつかなかったのか、春斗はしばらくじっとしていたが、やがてズボンのポケットから携帯を取り出した。受け取った孝雄は立ち上がると、固定電話の横に置いた。

「いつもここに置いておくからね」

春斗は小さく頷いた。

孝雄は自分の席に戻ると、全員の顔を眺めた。

「これで、私の話は終わりだ。さあ、食べよう」

孝雄が料理に箸をつけたのを合図のように、全員が料理を食べはじめた。

店の厨房（ちゅうぼう）に立っているだけあり、由美の料理はいつも美味い。言葉にはしないが、箸を止めないところをみると、春斗もそう思っているのだろう。

夕飯が済むと、孝雄は春斗に風呂を勧めた。春斗は素直に従い、着替えを用意して風呂に行く。流しで由美と洗い物をしていると、孝雄が器をさげてきた。

「春斗くんの分は俺が洗うから、残しておいていいぞ」

悟の家は誰が決めたわけではないが、自分が使った食器は自分で洗うことになっている。孝雄は補導委託を引き受けるときに、周りに迷惑をかけない、と言った。その言葉を守り、春斗のことで悟や由美に負担をかけまいとしているのだろう。

由美は、洗い物の手を休めずに答えた。

「一緒に洗っちゃうからいいって。ほかにも春斗くんのことでできることがあったら協力するから、いつでも言って。ね、お兄ちゃん」

同意を求められて、困惑した。春斗については、協力するどころかできる限りかかわりたくない。しかし、この場でそう言えば由美から、薄情者、と責められるのは目に見えている。それに、そう言い切るのは自分でも、冷たすぎるようにも思った。

会うまでは春斗を、もっと態度が悪く太々（ふてぶて）しい少年、と思っていたが、気遣いがあり言われたことに素直に応じる大人しい少年だった。口は重いが、補導委託初日できっと緊張しているに違いない。慣れてくれれば、きっと話をするだろう。

悟は短く答えた。

「できることはな」

自分の負担にならない範囲で協力はする。それが、精一杯の譲歩だった。

夕飯の後片付けが終わると、由美は自分の軽自動車で帰っていった。由美がいなくなると、悟は風呂に入る準備をした。いつもなら夕飯の前に入るのだが、今日は春斗の歓迎会があったため、あとになった。

洗い場で身体を流し、湯船に入る。湯に首まで浸かると、自然と声が漏れた。悟の家の風呂場はタイル張りだった。年数が経っているため一部のタイルが剝がれたり目地が黒くなったりしているが、昔の銭湯のようで気に入っている。それは孝雄も同じらしく、いくら由美が風呂場のリフォームを勧めても首を縦に振らない。

それにしても――。

立ちのぼる湯気を、悟はぼんやりと眺めた。

春斗は悟が思っていたような少年ではなかったが、それは両親にもいえる。非行少年というだけで、親のネグレクトや貧困などの家庭環境が悪いのではないかと勝手に思っていた。

しかし、両親はふたりとも常識があり、春斗を大切にしている様子だった。父親の仕事である弁護士という職種は、社会的信用や安定した収入があるし、彼らの身なりからも暮らしに困窮している感じではない。

家庭に問題がないとしたら、いじめなどの交友関係だろうか。携帯が普及したいま、自分が小さかったころのいじめとは質が変わってきている。インターネットを介して、人目につかない「SNSいじめ」と呼ばれるものが増えているらしい。

一瞬、もしかしたら万引きは誰かに強制されたのだろうか、と思ったが、それは考えづらかった。悟が目を通した春斗の略歴には、素行不良の少年と行動をともにしていたらしき記述はなかった。むしろ、ひとりでいることが好きで、友人と呼べる相手はいないらしい。

湯船に浸かりながら、春斗が非行に走った理由を考えるが思いつかなかった。本人にしかわからない悩みがあるのか、単にいまの満たされた環境に甘えているだけなのか。理由がわからなければ、こちらも力になれない。

そう思ったとき、悟は我に返った。春斗にはできる限りかかわらないと決めたのに、いったいなにを考えているのか。

思考を振り払うために、頭を左右に振ると、少しくらくらした。長湯をしてのぼせたらしい。

風呂から上がり、パジャマに着替えて二階へいくと、春斗の部屋に灯りがついていた。薄暗い廊下に、襖の隙間から洩れている光が細い線を引いている。

持っていた携帯で時間を確認する。就寝時間の十時を、三十分ほど過ぎていた。心細くて灯りをつけたまま寝ているのか、それともなにかしているのだろうか。

悟は自分が嫌になり、急いで自分の部屋に入ると、隅に畳んでいた布団を延べた。電気を消して横になる。

気が付くと春斗のことを考えている。こんなことでは気が休まらない。意識して、春斗のことは考えないようにしたほうがいい。

そう思いながら目を閉じたが、なかなか寝付けなかった。隣に春斗がいると思うと、なんだか落ち着かない。それでも無理に目を閉じていると、階下から孝雄のいびきが聞こえてきた。

目を開けて、天井を睨む。こんな日に、普段どおりに眠れる神経がわからない。いや、もっとわからないのは、孝雄が補導委託を申し出たことだ。自分の子供には手をかけなかったのに、どうして他人の子供の面倒を見る気になったのか。

悟は孝雄に遊んでもらったことがない。周りの子供は父親とキャッチボールをしたり、休みの日は家族でどこかへ出かけたりしていたが、そういう思い出はなかった。

学校に関してもそうだ。授業参観や運動会など保護者がかかわる行事があっても、孝雄が来たことはない。来てほしい、と頼んでも、忙しいから無理だ、の一点張りだった。一日の大半を工房で過ごし、家にいることは少なかった。

そんな我が子を不憫に思っていたのか、母親の節子は悟や由美をとても可愛がってくれた。幾度か、お父さんは自分の子供が可愛くないのだろうか、と訊いたことがある。そのたびに節子は少し困ったように笑いながら「そんなことはないよ。お父さんはあなたたちがとても可愛いの。でも、その伝え方が下手なだけ」と答えた。

やがて悟も成長し、うちの父親はそういう人間だ、と割り切るようになった。そして、孝雄との心の断絶は、節子が病で床に臥せったときに自分のなかでは決定的になった。しかし、長年の不満や怒りは胸の奥深くに沈んでいた。それが、今日の孝雄を見て、川底の砂がふいに浮き上がってくるように蘇ってきた。

孝雄は自分の家族に対してはいつもぶっきらぼうで、態度も冷たかった。それはいまでもかわらない。それなのに、春斗には口調は穏やかで、態度も優しい。いったい、どうしたというのか。

まさか――。

胸を不安がよぎった。悪い病気が見つかり、生きているあいだになにかいいことがしたい、そう考えたのではないか。

その想像を、悟はすぐに打ち消した。孝雄は亡くなった妻の節子から、必ず健診を受けるように言われていた。その言葉を遺言と思っているらしく、毎年、人間ドックを受けている。今年も受けたが、結果はコレステロールと血圧が少々高いだけで問題はなかった。結果を眺めながら、孝雄は自分の健康を自慢していたが、たしかに七十歳を越えて大きな問題がないのは立派だと思う。

じゃあ、ほかになにが考えられるだろう。金銭的な利益が目当てでないことは確かだ。補導委託先には、少年の生活費として一日あたりの委託費が出るが、残らないほどの額だ。

あれこれ考えていると、向かいの部屋で人が動く気配がした。じっとしながら様子を窺(うかが)っていると、やがて静かになった。そっと襖を開けてみると、春斗の部屋の灯りが消えていた。

悟は襖を閉じて、再び布団に横になった。考えていても仕方がない。早く寝よう。そう思い、悟は羊を数えることにした。しかし、効果はなく、頭のなかが羊でいっぱいになっても眠れなかった。

第二章

工房のラジオが、夕方の五時を知らせた。

鋳型に模様をつけていた悟は、手にしていた真鍮の細い棒を作業台に置いた。先端が円錐形になっている、霰棒と呼ばれるものだ。

悟は椅子のうえで、大きく伸びをした。加飾の作業は、鋳型が湿っているうちに行わなければならない。今日、仕上げられなかったら、明日からの作業に遅れが出てしまう。

振り返ると、健司と春斗が土間にしゃがみこんでいた。健司が春斗に、鋳型に使う砂の説明をしている。ラジオの音が耳に入らないほど夢中だ。

「健司さん、今日はもうあがりだよ」

悟が声を掛けると、健司が壁にかかっている時計を見た。

「もうこんな時間か。春ちゃん、今日は終いだ。おつかれさん」

そう言いながら立ち上がりかけた健司は、顔を歪めて腰に手を当てた。

「いてて――ずっとしゃがんでたから、腰が痛くなっちまった」

春斗が立ち上がり、健司に頭をさげる。

「すみません」

健司は慌てた様子で、顔の前で手を振った。

「春ちゃんのせいじゃねえよ。俺が楽しくてすっかり話し込んじまったんだ。それに、言いたくねえが、もう若くねえしな」

健司が自虐的に笑う。

春斗が家に来てから、五日が経った。ここに来た翌日から工房で仕事をはじめたが、一番喜んだのは健司だ。もともと世話焼きで、工房で働くアルバイトたちの面倒もよく見ていたが、春斗に対する入れ込みかたは、いままでのそれと違った。工房の案内からはじまり、道具や作業の説明にとどまらず、服に着いた煤汚れの落とし方まで伝授している。

健司はふたりの息子がいるが、どちらも三十歳くらいになる。自分の子供よりはるかに年下の春斗が、よほど可愛いのだろう。

そんなにべったりされて嫌ではないだろうか、と春斗を心配したが特にそんな様子はなく、素直に健司の指示に従っていた。

健司は工房を出ると、通勤に使っているスクーターに跨(また)がった。

「じゃあ、春ちゃん。明日はゆっくり休めよ。また月曜日な」

そう声を掛けて、健司が走り去っていく。明日は日曜日で、春斗にとってはじめての休みだった。

家に戻ると、孝雄が茶の間で座卓に向かっていた。老眼鏡をかけ、紙にペンを走らせている。鉄器の納品書や請求書を作っているのだ。孝雄はふたりに気づくと眼鏡を外し声をかけた。

「お疲れさま」

春斗は一礼し、二階へあがろうとしたが、それを孝雄が引きとめた。

「疲れているところ悪いが、ちょっとここに座ってくれ。話があるんだ」

春斗は一瞬、不安そうな顔をしたが、言われたとおり座卓の前に座った。

悟はふたりに構わず二階へあがろうとしたが、孝雄は悟も呼び止めた。

「待て、お前もだ」

「俺も？」

孝雄は面倒そうに言う。

「すぐに済む。そこに座れ」

ここでごねれば、逆に時間がかかる。悟は渋々、春斗の隣に座った。ふたりが並ぶと、孝雄は悟に訊ねた。

「春斗くんが来てほぼ一週間になるが、お前から春斗くんになにか言いたいことはあるか」

悟は戸惑った。どう答えていいかわからず、思ったことをそのまま口にする。

「いや、なにもないよ」

朝は時間どおりに起きてくるし、仕事も真面目にやっている。これといって問題はない。

「春斗くんはどうかな。私たちに直してほしいところとか、こうしてほしいとか、あるかな」

すぐに春斗は首を横に振った。

「いいえ、ありません」

「そうか――」

孝雄は少し考えるような間のあと、春斗を見つめた。

「なにかあったら、言うんだよ。思っていることを言葉にするのはとても大切なんだ。特に、不平や不満はね。言葉にして身体の外へ出さないと、腹のなかでどんどん膨らんで、心も身体も具合が悪くなってしまう」

孝雄の目に、優しさが浮かんだ。

「遠慮はしなくていい。ちゃんと隠さず言うんだよ。みんなで話し合おう」

悟はむっとした。自分の子供ともろくに話もしない人間がなにを言うのか。そんな悟の気持ちなど気づかず、孝雄は何事もなかったかのように、着ていた作務衣（さむえ）の懐（ふところ）から封筒を取りだし、春斗へ差し出した。

「これは？」

訊ねる春斗に、孝雄は微笑んだ。

「約束の小遣い――今日まで働いた分だ。よく頑張ったね」

忘れていたのか、本当に小遣いがもらえると思っていなかったのか、春斗は少し驚いた様子で孝雄を見た。もらっていいのか迷っているのか、なかなか手を出さなかったが、やがて遠慮がちに受け取った。

「これは君が働いて手にしたお金だ。堂々と使いなさい」

堂々と――という言葉を言い換えるなら、万引きなどせずに胸を張って使いなさい、ということか。

もらった小遣いは、おそらく春斗が自分で働いて手に入れたはじめての金だ。両親から小遣いはもらっていたはずだが、それは親の金で、春斗はそれをただ使っていただけだ。なにもせずに得たものは、物でも金でもありがたさを感じづらい。

　封筒を大事そうに両手で持ち、じっと見つめている春斗に孝雄が訊ねた。

「なにに使うか、決めているのかい？」

　春斗は顔をあげて孝雄を見た。

「まだです」

「ゆっくり考えなさい。ふたりとも、もういいよ」

　そう言いながら孝雄が立ち上がったとき、茶簞笥のうえの電話が鳴った。孝雄は電話に出ると、ちらりと春斗を見た。

　孝雄は電話の相手と短い挨拶を交わし、春斗に受話器を向けた。

「お母さんだ」

　春斗が厳しい表情で、封筒をきつく握りしめた。思わず手に力が入った、そんな感じだった。春斗は立ち上がり、電話を替わった。

　受話器の向こうから、緑の声が漏れ聞こえてくる。内容はわからないが、声の様子から春斗を心配していることが窺えた。春斗はときどき、うん、とか、ああ、としか言わない。

　悟の頭に、ここに来たときの緑の心配そうな顔が浮かんだ。電話の向こうで、あのときと同じ顔をしているのだろうか、そう思うと、もう少し優しくしてやれよ、と言いたくなる。しかし、孝雄に同じような態度を取っている自分に言う資格はないし、春斗にはできるだけかかわらないと決めている。

　そう思い茶の間を出ようとしたとき、春斗の返事が途切れた。重い空気を感じて振り返ると、春斗が受話器を耳にあてたまま俯いていた。

様子がおかしいことに、孝雄も気づいたのだろう。

「替わろうか?」

孝雄が訊くと、春斗はいきなり電話を切った。

「もう終わりました」

どうみても春斗が一方的に切った感じだったが、孝雄はなにも訊かなかった。

「電話、使いたくなったら言いなさい」

春斗はしばらく項垂れていたが、やがて顔をあげて孝雄に訊ねた。

「この近くで、宅配便を出せるところはありますか」

「なにか、出したいのかい?」

春斗が頷く。

孝雄は窓の外に目を向けた。

「玄関を出て右に行くと、橋がある。そこを渡ってすぐコンビニがあるからそこで出せるよ。でも、うちは宅配会社に集荷を頼んでいるんだ。急がないならその日に、一緒に出してあげるよ」

春斗が孝雄の申し出を断る。

「大丈夫です。自分で出してきます」

春斗が茶の間を出て、二階へあがっていく。緑との電話の様子もだが、宅配でどこへなにを送るのかも気になった。

孝雄はどう思っているのか。目の端でちらりと見ると、孝雄は腕を組み春斗が出て行った先を見ていた。表情のない顔からは、なにを考えているのかわからない。

ずっとこうしているわけにもいかず、悟はざっと風呂に入り、台所に立った。今日は、自分が夕飯を作る番だった。

春斗は悟のあと風呂に入り、再び二階へあがって行ったきり、降りてくる気配はない。

夕飯の野菜炒めを作り終えたとき、階段を降りてくる足音がした。春斗だ。悟はフライパンを持ったまま、台所から顔だけ出した。

「ちょうど、よかった。いま夕飯ができたって呼ぼうと——」

春斗を見た悟は、驚いた。玄関でスニーカーを履いている。フライパンをコンロに置き、急いで玄関に行く。

「こんな時間に、どこへ行くんだよ」

茶の間で新聞の詰将棋を解いていた孝雄が、悟の声を聞きつけてやってきた。

「どうした」

「春斗くんが出かけようとしているから、どこへ行くのかって訊いてたんだ」

スニーカーを履き終えた春斗が、孝雄と悟を振り返った。

「これを、出してきます」

手には、茶色い書類袋があった。さほど厚みはない。さっき話していた、宅配で送る荷物だろう。

悟は怪しんだ。荷物を出しに行くというのは、ここから逃げ出す口実ではないのか。春斗は想像していたような非行少年ではなかったが、油断はできない。

「もう外は暗いし、夕飯もできた。明日にしたらどうかな」

引きとめる悟から、春斗が目を逸らした。反抗的な態度に、つい大きな声が出た。

「こっちを見ろよ」

きつい言い方をする悟を、孝雄が手で制した。

「いまでなければ、いけないのかい?」

訊ねる孝雄をちらりと見て、春斗はこくりと頷く。

「用事が済んだら、すぐに帰ってくると約束できるかい?」

春斗は先ほどより、少し大きく頷く。

「わかった。気を付けて行っておいで」

「親父!」

思わず怒鳴(どな)った悟を、孝雄が厳しい目で見る。

「聞こえなかったのか。春斗くんは、どうしてもいま荷物を出さなければいけないんだ」

春斗が玄関を出ていく。ふたりになると、本音が口からあふれ出た。

「どうして無理にでも引きとめないんだよ。もし帰ってこなかったらどうするんだよ」

「帰ってくると約束した」

「そんなのあてになるかよ!」

落ち着き払っている孝雄に、怒りがこみあげてくる。

「親父は、補導委託に関して誰にも迷惑はかけないって言ったよな。でも、もしいなくなったり、外でまた万引きとかしたらそういうわけにはいかないだろう。俺や健司さん、由美だって、家裁の人からいろいろ訊かれるかもしれないじゃないか」

孝雄が悟を睨んだ。厳しい視線に怯(ひる)みそうになるが、負けじと睨み返す。先に視線を逸らしたのは孝雄だった。つぶやくように言う。

「そうなったら詫びるしかないが、できる限り迷惑がかからないようにする。だから、あの子の好きにさせてやってくれ」

悟は戸惑った。孝雄が悟に頼むような言い方をするのははじめてだった。

「お前が言うことはわかる。でもな、俺は春斗くんの意思を尊重したいんだ。うえから抑えつけて言うとおりにさせるのは簡単だ。でも俺は、それが春斗くんのためだとは思わない。春斗くんには自分で考えて、正しい判断ができるようになってほしいんだ」

静かだが強い意志を感じさせる声に、悟はなにも言い返せなかった。

「夕飯、俺は春斗くんが帰ってくるのを待っている。お前は先に食っていいぞ」

そう言い残し、孝雄は茶の間へ入っていく。

悟は迷った。さっきの出来事で、食欲がなくなってしまった。でも、いま食べなかったら、春斗を待っていたと思われるかもしれない。それは、癪(しゃく)だ。食卓につき、夕飯を食べはじめる。しかし、なかなか箸が進まなかった。

ほどなく、玄関の戸が開く音がした。考えるより先に身体が動き、気づくと椅子から立ち上がり、玄関へ向かっていた。

三和土(たたき)に、春斗がいた。出かけるときに持っていた紙袋はない。家を出てから戻ってくるまでにかかった時間も、コンビニを往復したくらいだ。どこかに寄り道をしている余裕はない。本当に荷物を出しに行っただけのようだ。

いつのまにか、悟の後ろに孝雄がいた。

「おかえり」

声を掛けられた春斗は、小さい声で答えた。

「ただいま」

「コンビニ、すぐにわかったかい?」

春斗が頷く。

「寒かっただろう」

こんどは首を横に振った。孝雄が春斗に、家にあがるよう促す。

「さあ、早く入りなさい。お腹(なか)、減ってるだろう。春斗くんが帰ってくるのを待っていたんだ。一緒に食べよう」

悟は、冷えた野菜炒めを思い出した。本人は否定していたが、この時期の夜はまだ冷える。きっと寒かったはずだ。春斗を疑った負い目もあり、冷めた料理を出すのは気が引けた。レンジで温めるくらいはしてやろう。そう思い台所に戻りかけた悟は、背後で聞こえた孝雄の声に足を止めた。

「それを見せなさい」

振り返ると、スニーカーを脱いで家にあがった春斗が、孝雄と向き合い深く項垂れていた。

「さあ、出しなさい」

孝雄の厳しい声に、春斗の肩がびくりと跳ねる。

「なんだよ、どうしたんだよ」

春斗を背で庇うように、ふたりの間に割って入った。その悟を、孝雄が冷たく突き放す。

「お前は、あっちへ行ってろ」

悟はかっとなった。

「そんなわけに行かないだろう。なんだよ、さっきは俺に春斗くんの好きにさせてやってくれって言ってたくせに、自分はそうしてないじゃないか」

悟の怒りは収まらない。

「春斗くんに対する親父を見て、昔となにか変わったのかと思ったけど、わがままで身勝手なところは変わってないよ。そんな人間に、非行少年の面倒なんか見られるわけがない。田中さんに連絡して、すぐに補導委託を取りやめろ！」

孝雄がいきなり、悟の胸倉を摑んだ。その弾みで後ろにいた春斗にぶつかると、床になにかが落ちる音がした。

振り返ると、床に丸いものが転がっていた。数百円でハンドルを回すとおもちゃが出てくる、カプセルトイだ。十個以上はある。

悟は足元に転がっているひとつを手に取り、カプセルを見つめながらつぶやいた。

「これ、どうしたんだよ。こんなにたくさん。まさか、これを買うために嘘を吐いて出て行ったんじゃ――」

悟の言葉を、強い声が遮った。

「違う！」

はじめて聞く、春斗の大きな声だった。必死な様子で悟に訴える。

「嘘じゃありません。本当に、荷物を出してきたんです」

必死な表情に、嘘を吐いているとは思えなかった。しかし、床に転がっているたくさんのカプセルトイを見ると、その言葉を信じることはできなかった。

悟は孝雄を見た。むずかしい顔で、床のうえのカプセルをじっと見つめている。それだけで、なにも言わない。

どうすべきか迷っていると、玄関の戸が静かに開いた。なかの様子を窺うように、隙間から男性が顔を出す。

「あの――お取り込み中すみません。大丈夫ですか？」

田中だった。いましがた名前を口にした本人が現れ、驚く。孝雄もびっくりした顔で訊く。

「こんな時間に、どうしたんですか」

田中は手にしていたバッグを、孝雄たちからよく見えるように掲げた。スポーツブランドのロゴが入ったジムバッグだった。

「週に二、三回、ジムに通ってるんですよ。この道、住んでるアパートからジムまでの近道なんで、いつも使ってるんです」

ちょうど田中が家の前を通りかかったとき、茶トラの猫がうちの敷地に入っていくのを見た。田中は猫が好きで、見かけるとつい追ってしまう。今回も、人の家の敷地に入らないように気をつけながら猫を追おうとしたら、玄関のほうから悟の声が聞こえてきたという。

「決して立ち聞きしていたわけじゃありません。すぐに立ち去ろうと思ったんですが、漏れ聞こえてきた話に春斗くんや私の名前があったもんですから、余計なことかと思ったけれど、どうしても気になってしまって――」

そこまで言ってから、田中は床に転がっているカプセルトイに気づいたらしい。

「それ、どうしたんですか」

親父が説明しろ、と孝雄に目で訴える。そうは言っても、孝雄もまだなにもわからない状況だ。玄関の立ち話で終わる話ではない、そう思ったらしく孝雄は田中を家のなかへ促した。

「もし、よろしければ、ちょっとあがりませんか。私もまだなにもわからない状況で――」

戸の隙間から顔だけ出していた田中は、そこでやっと玄関のなかへ入った。

「すみません。じゃあ、ちょっとだけ――」

田中が茶の間にあがると、孝雄は簡単に事情を伝えた。話を聞き終えた田中は、話の内容を嚙み砕くように、孝雄の言葉を繰り返した。

「コンビニに荷物を出しに行った春斗くんが、帰ってきたときカプセルトイを隠し持っていた――」

孝雄は、拾って座卓のうえに置いてあるカプセルトイを見つめた。

「帰ってきた春斗くんに、一緒に晩飯を食べよう、と声をかけたら、その前にちょっと部屋に行ってくる、と二階へあがろうとしたんです。そのときに、両手で腹を庇うようにしていて、よく見たらトレーナーのお腹の部分が膨らんでいて、なにか隠していると気づいたんです」

春斗になにを入れているのか訊いたが、なにも言わず急いで階段をあがろうとする。それで孝雄は、隠しているものを見せるよう、きつく言ったとのことだった。

田中は、優しい口調で春斗に訊ねた。

「君から、今回のことを話してくれるかい？」

どこから説明していいかわからない、そんな感じで春斗は佇（たたず）んでいたが、やがて短く答えた。

「嘘じゃありません」

意味を摑みかねたのか、田中が訊き返す。

「なにが、嘘じゃないんだい？」

さきほどよりはっきりと、春斗は答える。

「荷物を出しに行ったことです」

本当はどう思ったのかわからないが、田中は首を縦に振った。

「うん、わかった。それで？」

続きを促された春斗は少し言い淀んだが、すぐに話を続けた。

「コンビニで荷物を出したあと、向かいの店の前にカプセルトイがあるのを見つけたんです。だめだって思ったけれど、我慢できなくて――」

言葉の最後は、尻すぼみだった。

向かいの店とは、コンビニの道路の向かいにあるドラッグストアのことだ。店の外に、歩道に面する形でカプセルトイの販売機を数台置いている。

田中は得心したように、ああ、と声を伸ばした。

「あそこにあるね。僕も気になるやつがあって、買ったことがある」

孝雄が悟に、そっと訊いてきた。

「これは、その機械でしか買えないのか」

問いの真意を、悟は測りかねた。

「どういう意味だよ」

孝雄はもどかしそうに、目の前のカプセルトイを顎で指した。

「だから、これは店で金を払って買えるものなのか、それとも、販売機に金を入れないと買えないものなのかって訊いてるんだよ」

そこで悟は、問いの意味を理解した。孝雄は、春斗が店で万引きをしたのではないか、と心配なのだ。田中も孝雄の不安をくみ取ったらしく、悟の代わりに答えた。

「どのジャンルもそうですが、カプセルトイにも熱心なコレクターはいます。その人たちのあいだで一部の商品が高値で売買されることはありますが、それにはネットオークションやプレミアがつく商品を扱っているホビーショップなどが使われます。それ以外のカプセルトイは、台にお金を入れないと買えません。安心してください。春斗くんは、万引きはしていませんよ」

孝雄は、一気に力が抜けたようだった。

「よかった。見せろと言っても出さないから、まさかと思って——いやあ、よかった。本当によかった」

よかった、と三度も繰り返す孝雄を、春斗は戸惑った表情で見ている。委託先の責任者なら、少年を心配するのは当然だが、ここまで案じるとは思っていなかったようだ。

田中が春斗を見た。

「でも、どうして隠したりしたんだい。悪いことをしていないなら、ちゃんと言えばよかったじゃないか。おかげで孝雄さんたちを心配させてしまった」

春斗は言葉を選ぶように、ゆっくりと答えた。

「もらったばかりのお小遣いを、すぐに使い切ったって言ったら、怒られると思って――」

そこで田中が、すかさず切り返した。

「そう思ったってことは、いいお金の使い方ではない、とわかっていたんだね」

不意打ちを食らったように、春斗は田中を見た。自分を律することができなかったことを後悔しているのか、顔が歪む。やがて、絞り出すような声で訊いた。

「もう、ここにはいられないんですか」

衝動を抑えられなかった少年に、もう試験観察の必要はない。すぐに審判を受けさせる、そう田中が考えていると思ったらしい。

孝雄が、慌てた様子で春斗を庇った。

「ちゃんと自分の小遣いを使ったんだ。問題はない。そうでしょう、田中さん」

同意を求められた田中は、厳しい顔になった。

「たしかに、自分のお金で買ったんだから問題はありません。でも、心配をかけるような行動をとったことは問題です」

田中は春斗に確認した。

「君は、補導委託を続けたいかい？」

いままでの春斗の返事は、黙るか頷くかのどちらかが多かった。しかし、今回は違った。必死な目で田中を見ながら、はっきりと声に出して答える。

「はい」

田中は探るような目で春斗をじっと見ていたが、やがて相好を崩した。

「じゃあ、頑張ろう。君はいままでの自分を変えるために、ここに来たんだよね。すぐには難しいかもしれないけれど、その気持ちと小原さんたちの協力があれば、きっと変われるよ。僕も力になる」

孝雄がほっとした表情になる。

「田中さんの言うとおりだ。大丈夫、君は変われるよ。一緒に頑張ろう」

春斗は固い決意を含んだ目で、田中と孝雄を見ながら頷いた。

田中が座布団から立ち上がる。

「じゃあ、私はこれで」

見送りに出ようとした孝雄を、悟は止めた。

「俺が行く。親父は春斗くんに、飯を出してやって。腹、減ってるだろうから」

孝雄は田中に一礼し、春斗を台所へ連れて行く。

外へ出ると、田中が悟に詫びた。

「いきなりお邪魔して、すみませんでした」

悟は顔を横に振った。

「謝らないでください。田中さんが来てくれて、助かりました。あのままだったら、いったいどうなっていたか――」

田中は悟をじっと見つめた。

「悟さん、本当は補導委託に、あまり気が進まないんじゃないですか？」

どきりとした。慌てて取り繕う。

「いや、そんなことはありません。ただ、ちょっと戸惑っているというか、なんというか――」

しどろもどろに答える悟に、田中は優しく微笑んだ。

悟は諦めた。田中はすべてわかっている。ここで嘘を吐いても無駄だ。

「どうしてわかったんですか？」

訊ねると、田中は見るともなしに夜空を仰いだ。

「まだ調査官になって日は浅いですが、研修時代からいろんな方にお会いしていますから、なんとなくわかるんです。それに、玄関の外で、補導委託を辞退しろ、と孝雄さんに詰め寄っている悟さんの声が聞こえてきましたから」

悟は後悔した。頭に血がのぼっていたとはいえ、春斗本人の前で言うべきではなかった。春斗は傷ついただろうか。

田中が表情を引き締めた。

「補導委託は、受け入れ先のみなさんの善意で成り立っています。まして、自宅で預かっていただく場合はご家族の協力が必要です。私たちは補導委託を続けていただきたいし、春斗くんもそう望んでいます。でも悟さんが、無理だ、とおっしゃるなら裁判官に事情を説明して取りやめます」

脳裏に、補導委託を続けたいと返事をした、春斗の縋(すが)るような目が浮かぶ。ここで補導委託が取りやめになったら、きっと落胆するだろう。もしかしたら自暴自棄(じぼうじき)になり、また非行に走るかもしれない。

　悟は小さい声で答えた。

「このまま、続けます」

　田中が、ほっとしたように笑った。

「よかった。本当は、断られたらどうしよう、って思っていたんです。とてもありがたいんです」

　悟はずっと気になっていることを訊ねた。

「親父はどうして、補導委託をしようと思ったんでしょうか」

　田中が意外そうな顔をした。

「悟さん、聞いてないんですか？」

　委託先として適正かどうかを判断するために孝雄と面接をしたとき、補導委託をしようと思った理由を訊いた。孝雄は、苦しんでいる子供たちの力になりたい、と答えたという。

「孝雄さんの年齢は気になったけれど、提出していただいた経歴は問題ないし熱量も高かった。だからお願いすることになったんですが、てっきり悟さんは理由を知っていると思っていました」

　家の玄関を、悟は見やった。

「さっき俺と言い争う声を聞いたでしょう。田中さんには正直に言うけれど、親父は昔から自分勝手な人間です。自分の子供の世話もろくにしなかった。そんな人間が、どうしていまになって他人の子供を助けるつもりになったのか、それが知りたいんです」

田中は腕を組んで黙った。ふたりのあいだに、沈黙が広がる。

どこかで犬が鳴いた。それを合図のように、田中が話を打ち切った。

「どんな理由であっても、僕は補導委託を申し出てくれた孝雄さんに感謝しています。じゃあ、また」

歩き出した田中の背に向かって叫ぶ。

「長くお引き止めしてすみません。気をつけて帰ってください」

田中は顔だけをこちらに向け、返事をする代わりに片手をあげた。

家に戻ると、孝雄が台所で洗い物をしていた。春斗の姿はない。背を向けたまま、孝雄が訊ねる。

「田中さん、帰ったか」

答えずに、聞き返す。

「春斗くんは？」

「飯食って、もう部屋に入った」

なにか声を掛けようかと思ったが、なにを言っていいのかわからない。悟は寝る準備をして、二階へあがった。春斗の部屋には、まだ灯りがついていた。

布団に横になると、一気に疲れが出た。補導委託をはじめてまだ一週間だが、もう一か月も経ったような気がする。

目を閉じて、今夜のことを振り返る。春斗が出した荷物の中身はなんだったのだろう。どうして孝雄は受託者になったのか。答えが見つからないまま、悟は眠りについた。

第三章

軽くストレッチをしたあと、ジョギングシューズの紐を結び直して、悟は走り出した。

爽やかな朝の空気が、肺を満たす。この調子なら盛岡城跡を一周し、仕事までには余裕で帰れる。そう思っていたが、五分と経たずに息があがってきた。思っていた以上に、体力が落ちている。日ごろの運動不足に加え、連日、深酒をしたせいだ。

悟は普段、あまり酒を飲まない。たまに顔を出す南部鉄器工業組合の親睦会でも、ビールを少し口にするくらいだが、このゴールデンウィークで、久しぶりに帰省した友人たちとかなり飲んだ。久しぶりの再会が嬉しかったこともあるが、ずっと家で春斗に気を遣うのも嫌で、夜遅くまで飲んでいたのだ。

中津川にかかる橋を渡り、川沿いの小道に入った。行儀よく並んだ柳の枝が、川風に吹かれて揺れている。

呼吸が苦しくなり、悟は足を止めた。空を仰ぎ、深呼吸をする。いくら身体が鈍っていても、三年前ならこんなに疲れなかった。確実に年を重ねていると感じる。

ゴールデンウィーク中に会った、友人たちの顔が頭に浮かんだ。社会人になったあたりは、暮らしにさほどの違いを感じなかった。まだみんな独身だったし、朝まで飲み明かす元気があった。

しかし、いまは違う。何人かは結婚して、すでに親になっている。

酒の席で、昔、同じアイドルが好きだった大介（だいすけ）から、結婚する予定はないのか、と訊かれた。大介は高校の同級生で三年前に結婚し、いま二歳になる子供がいる。今年の秋にはふたり目が生まれる予定だった。

ないよ、と答えると集まっていた友人たちから、理想が高いんだろう、といじられたり、婚活アプリの利用を勧められたりした。

悟は、異性に興味がないわけではないし、結婚がいやなわけではない。自分の家庭を持って幸せそうにしている友人を見ると、結婚もいいな、と思うこともある。ただ、いい夫やいい父親になれる自信がないだけだ。孝雄と同じような、冷たい夫や父親になるのではないか、と思ってしまう。その不安が原因なのか、いままでに付き合った相手とは、結婚まで至らなかった。

空を見ながらぼんやりしていると、道の先から犬を連れた男性がやってきた。近所の佐々木（ささき）だ。去年、定年退職し、のんびり暮らしている。

佐々木も悟に気づいたらしく、近くまでやってくると笑顔で立ち止まった。

「朝からジョギングか、元気だねえ」

悟は苦笑いしながら、被（かぶ）っているキャップのうえから頭を掻いた。

「この休みにかなり不摂生したので、ちょっと身体を動かそうと――」

話の途中で、佐々木が連れている犬が悟の足にじゃれついた。佐々木が定年退職を機に飼いはじめた柴犬だ。名前はマロ。目のうえの模様が公家の眉のようだから、その名前をつけたと言っていた。

「マロ、おはよう」

　腰をかがめて、顔を両手でくしゃくしゃと撫でると、マロははしゃいであたりを駆け回った。その勢いで身体のバランスを崩しそうになった佐々木が、慌ててマロに命じる。

「お座り、お座りだよ」

　躾がきちんとできているのだろう。マロは飼い主の足元に、大人しく座った。

　主人の指示に従ったマロを、悟は褒めた。

「いい子だね」

　佐々木が、ふと思いついたように言う。

「いい子といえば、あの見習いも偉いね。いまどき住み込みで働くなんて、よほど職人になりたいんだな」

　佐々木が言う見習いとは、春斗のことだった。

　春斗がコンビニに宅配便を出しに行くのは、カプセルトイをいくつも買ってきた日だけではなかった。毎週土曜日の夕方になると、宅配便を出しに出掛けていく。周りに心配をかけた罪の意識か、また隠れて小遣いを使ったらこんどこそ補導委託が取り消しになると思っているのか、黙って買い物をすることはなくなった。

　佐々木から春斗のことを訊かれたのは、先週、スーパーで買い物をしているときだった。挨拶をして立ち去ろうとする悟を引き留め、一緒に住んでいるのは誰か、と訊ねた。マロの夕方の散歩の時間と、春斗がコンビニに行く時間が重なるらしく、春斗が家に出入りしているのを何度か見かけたのだという。

そのとき咄嗟に、住み込みの見習いです、と答えた。補導委託については、身内や職場以外の者に教えてはいけない決まりになっている。少年の個人情報を守るためもあるが、非行少年と一緒に暮らしていることを快く思わない者もいるからだ。

佐々木は、足元に座っているマロの頭を撫でながら言う。

「年々、職人って呼ばれる人が減っているから、ああいう子がいるのは嬉しいね。ところで、いま鉄瓶を頼むといつできるかな。今年の秋に姪が結婚するから、そのときにお祝いで贈りたいんだよ」

清嘉はひとりの職人がすべての工程を手掛けているため、ひと月に造れる数が限られている。職人の指名がなく、健司か悟の品ならば三か月ほどで渡せるが、孝雄だと半年先まで予約が入っていた。

佐々木は、式に間に合わなくてもいいから孝雄に頼みたい、と言った。

「清嘉の職人は、みんな腕がいいのは知っている。誰に頼んでも問題はないんだが、今回は大事な祝いの品だ。ここはやっぱり、親方にお願いしたいんだよ」

口ごもりながら説明する佐々木に、悟は笑顔を見せた。

「わかりました。親父に伝えます。いつになるかは、本人から連絡させます。じゃあまたな、マロ」

軽く会釈をして、悟は再び走り出した。

いつもは意識していないが、こういうときに清嘉の看板の重みを感じる。佐々木の言うとおり、健司も悟も一端の職人だ。どこに出してもはずかしくない品を造っている、という自負はある。

しかし、親方を名乗るには、腕だけではないことも知っている。優れた技術だけではなく、仕事に対するぶれない信念が必要だ。その頑なさはときに人の反感を買い、疎まれることもあるけれど、それでも貫く強い意志が客との確固たる信頼関係に繋がる。

人間性は、孝雄より劣っているとは思わない。だが、職人としてはまだまだ未熟だと自覚していた。

悔しさを振り切るように走っていたら、家の前についていた。乱れた息を整えながら腕時計を見た悟は焦った。まもなく仕事がはじまる時間だった。息があがった時点で、予定より戻りが遅くなるのはわかっていたが、ここまでとは思わなかった。

朝食もそこそこに、急いで作業着に着替えて工房へ向かう。

引き戸を開けると、孝雄と健司はすでに作業に入っていた。春斗は土間で、砂をふるいにかけている。

悟に気づいた健司が、声をかけた。

「よお、悟ちゃんがぎりぎりなんてめずらしいな。寝坊したか」

いつものことだが、子供扱いする健司に、むっとする。

「朝、走りに行ったら近所の佐々木さんと会ったんだよ。立ち話していて時間を食った」

多少、脚色をしたが嘘ではない。

悟は孝雄のそばに行って、今朝の話を伝えた。孝雄は老眼鏡をしたにずらし、窓の外を見ながらつぶやく。

「そうか、そういう事情ならなんとか間に合わせたいが、どうかなあ」

ひとりでぶつぶつ言いながら、棚に貼っている自分の予定表に目を移した。

悟は、地面にしゃがんで作業をしている春斗を見た。

補導委託の期間は、短くて二か月、長くても六か月で終了する。春斗が来たのは四月だ。佐々木の姪が式を挙げるころには、もういないかもしれない。

春斗が来てまもなくひと月になるが、問題を起こしたのはカプセルトイを隠れて買ったときだけで、その後は何事もなく過ごしている。

しかし、悟にはそれが気がかりだった。

人は不義を犯すとき、不平や不満を抱えている。一見、更生したように見えても、心の問題を解決しなければ、いつかまたどこかで同じ過ちを繰り返すかもしれない。

それは、春斗も同じだ。ここでの約束を守り真面目に暮らしているが、悟には不自然に思えた。いくら試験観察中とはいえ、嬉しいことや嫌なことはあるはずだ。それを顔に出さず、言葉にもしない。まるで、感情がないロボットのようだ。

春斗が心になにを抱えているのかはわからないが、家でも学校でも内面を見せることなくここまできたのだろう。だが、心を抑えきれなくなり非行に走った。

華奢な背中が、淋しそうに見える。

悟は慌てて、春斗の背中から視線を逸らした。補導委託に反対する気持ちは、いまも変わらない。すべて孝雄に任せて、自分はいつもどおり過ごすだけだ。

気持ちを切り替えて作業台に向かったとき、工房の戸が開いた。見ると、出入り口に青年が立っていた。相変わらず、伸ばした髪を無造作に後ろでまとめ、黒い革ジャンを着ている。手にはバイクのヘルメットを持っていた。

　思いがけない人物の来訪に、悟は驚いた。

「八重樫くん、久しぶり。いつ、こっちに戻ったんだい」

　なかに入ると八重樫は後ろ手に戸を閉めて、そばに置かれているパイプ椅子に座った。

「三日前です。やっぱこっちは寒いっすね。九州はもう夏ですよ。蟬がわんわん鳴いてました」

　中子に黒味を塗っていた健司が、手を動かしながら笑った。

「身なりも変わらんが、話を盛るところも変わってねえな。お前にかかると、米粒が握り飯になる」

　中子はできあがった鋳型のなかに入れる砂型で、鉄瓶の空洞部分にあたる。黒味は木炭粉を水で溶いたものだ。これを塗ることで、溶かして流し込んだ鉄が冷えて固まったあと、中子が鋳型から離れやすくなる。

　八重樫は斜に構え、たくさんのステッカーを貼ったヘルメットを四方から眺めた。

「つまんないより、面白いほうがいいでしょ。人生も同じっすよ」

　まだ二十代半ばだが、以前から世の中のすべてを悟ったような言い方をする。

　八重樫が最初にここに来たのは、彼が大学二年生のときだ。理工学部の学生で、教授の紹介でやってきた。

　清嘉に来た理由は、クラシックバイクが好きだから、というものだった。いまではバイクの部品の多くはアルミ製だが、昔のものはほとんどが鉄製で、バイクのカスタムをしているうちに鉄が手に馴染んだ。同じ鉄を扱う仕事だからできると思う、と八重樫は面接で言っていた。

たしかに鉄を使うが、乗り物と伝統工芸ではだいぶ違う、そう思ったが、孝雄は八重樫を雇った。動機はなんであれ、高齢化している現場に若い人が入ってくれるのはありがたい、との考えからだった。

安易な動機に、すぐに辞めてしまうのではないか、と不安だったが、八重樫は大学を卒業してもバイトを続け、いまでも時間があるときにやってくる。

八重樫は大学を卒業して三年になるが、決まった職に就かずいくつものバイトを掛け持ちしている。金を貯めて、バイクで全国を回っているのだ。期間は決まっていない。金が続く限り旅を続け、なくなると地元に戻りバイトをする。その繰り返しだ。

「今回は、どれくらいいるんだ」

孝雄が予定表を見ながら訊ねる。八重樫はちらっと春斗を見て、聞き返した。

「逆に、どれくらい働かせてもらえますか。バイト、ふたりはいらないでしょ」

清嘉は前から、バイトはひとりと決めている。

大手のように設備が整っていれば、まとまった数の商品を出荷できるが、昔ながらの製法ですべてが手作業となると、ひと月にできる数は限られている。

一度、人手を増やしてはどうか、と孝雄に相談したことはある。母親の節子が亡くなり、悟が清嘉で働きはじめたころだ。節子に代わり、由美と一緒に帳簿を預かることになったが、そのとき工房がぎりぎりのところで成り立っていると知った。

バイトを増やして仕上げの作業などを任せれば、もっと造れる。出荷が多くなれば収入が増える、と提案したが、孝雄は首を縦に振らなかった。数が多けりゃいいってもんじゃない、清嘉の名に恥じない作品を出すことが大事だ、と一蹴された。

その話は、八重樫も知っている。自分のほかにバイトを使わないのか、と訊かれたときに教えた。頑なに、バイトはひとりしか使わない、と言ってきた孝雄はどう答えるのか。

少しは逡巡（しゅんじゅん）すると思ったが、孝雄は即答した。

「一週間でも一年でもいい」

八重樫は短い声をあげた。

「え、いいんですか？」

孝雄は椅子の背にもたれ、八重樫に顔を向けた。

「こっちのことは考えなくていい。頑張って働いて、好きなことをやりな」

八重樫は驚いた顔で椅子から立ち上がり、孝雄に向かって頭を下げる。

「ありがとうございます。今日からお世話になります」

話がまとまったところで、健司がふたりにそれぞれを紹介した。

「その兄ちゃんは、八重樫良（りょう）。俺は八（や）っちゃんって呼んでる。その子は庄司春斗、春ちゃんだ。よろしく頼むよ、先輩」

茶化すように言う健司を無視して、八重樫は春斗のそばに行きその場にしゃがんだ。

「よろしく。バイト仲間が増えるとは思わなかったよ。それにしても、ずいぶん若いね。いくつ？」

春斗は答えない。黙って作業を続けている。

八重樫は構わず、春斗に話しかける。

「もしかして、高校生？　いや、働いてるってことは、学校行ってないの？」

良くも悪くも、八重樫は思ったことをすぐ口にする。それを裏がないととるか、無遠慮だと思うかは人それぞれだ。

春斗には人に言えない事情がある。あいだに入ろうと思ったとき、本人が答えた。

「十六歳です。高校には行っていません」

「へえ、家、どこ？」

「家は出てます」

「訳あり？　親とうまくいってないとか」

不躾(ぶしつけ)な質問を不快に思ったらしく、春斗は手を止めて八重樫を睨んだ。

「親は関係ありません」

鈍いのか、わかっていて気づかないふりをしているのか、八重樫は屈託なく笑う。

「そっか、俺と同じかと思った」

八重樫は、父親と血が繋がっていない。母親は八重樫が幼いときに再婚したが、その相手がいまの父親だ。詳しくは知らないが、金にだらしなく気に入らないとすぐに手が出る男らしい。言いなりになっている母親に見切りをつけて、早々に家を出たと言っていた。

助け舟のつもりか、健司が横から口を挟んだ。

「ご心配なく、春ちゃんの家はしっかりしてるぞ。親御さんもきちんとした方だ。親父さんなんか、はじめてここに来たときビシッとスーツを着ていてさ、さすがの俺も緊張してなにもしゃべれなかった」

話を盛るのは、健司も同じだ。春斗の両親が来たとき、嬉しそうに話していたではないか。

「そうなんだ。お父さん、仕事なにやってんの？」

これ以上、深く入り込んだ質問は、個人情報に係わるかもしれない。同じように思ったのか、孝雄が口を挟む。

「おい、働くんなら仕事してくれ。研磨を頼む」

「はあい」

間延びした返事をして八重樫が立ち上がり、奥にある研磨室へ向かう。そのとき春斗がぼそりと言った。

「父親は弁護士です」

春斗が答えたことに、悟は驚いた。せっかく孝雄が話を終わらせたのに、どうして蒸し返すのか。

八重樫が足を止め、振り返る。

「なにか言った？」

春斗は立ち上がり、八重樫を真っ向から見据えた。

「父親は弁護士で、仙台に自分の事務所を持っています」

挑むような言い方にかちんと来たのか、八重樫は踵を返し春斗のそばに行くと、うえから睨んだ。

「なにそれ、自慢？」

悟は咄嗟に、あいだに割って入った。

「親方が言っただろう。ふたりとも仕事をしろ」

春斗は素直に仕事に戻りかけたが、八重樫は違った。生意気そうな態度が気に入らないらしく、年下のバイトに突っかかる。

「じゃあ、なんで家を出たんだよ。お前さ、世の中のみっつの貧困って知ってる？　金、愛情、教育、これがないと、子供はまともに育たないんだってさ。中学のとき先生から言われたけど、笑ったよ。そのとき全部なかった俺は、まともじゃないってことだから」

八重樫は、春斗との間合いを一歩詰めた。

「でも、お前はいま、少なくともふたつは持っている。金と親の愛情だ。もう一個だって、自分次第で手に入る。そんなに恵まれてんのに、なにが不満なんだよ」

春斗が八重樫を睨み返しながら、拳を強く握った。それを見た八重樫が凄む。

「なんだよ、文句あんのかよ」

春斗に摑みかかろうとする八重樫を、悟は慌てて止めた。両肩に手をあて、押し戻す。

「おい、やめろって」

八重樫は言うことを聞かない。前に身を乗り出して、悟の肩越しに怒鳴る。

「俺、お前みたいな甘ったれ無理だから。まさか、家を出たのは自分探しのため、とか言い出すんじゃないだろうな。言っとくけど、簡単に現実は変わらねえから。さっさと自慢の親んとこに帰れよ」

いつのまにか近くにいた健司が、八重樫を羽交い締めにした。

「まあ、落ち着け。相手は子供じゃねえか。すぐ頭に血がのぼるところも、変わってねえな」

頑丈な腕から逃れようと、八重樫は身を捩る。

「放せよ、健司さん。俺、こういうやつ許せないんだよ」

健司は力を弱めない。むしろ、さらに強める。

「たしかに、苦労して自力で大学まで出たお前はすごいよ。でもな、俺に言わせれば、身ひとつでバイクを転がしてるお前も、まだまだ甘ちゃんだ。ねえ、親方」

もがいていた八重樫が、ぴたりと抵抗をやめた。恐る恐るといった様子で、孝雄を見る。八重樫はバイトをはじめたころから、自分が気に入らない相手だと客でも仕入れ先でも食ってかかっていた。そのたびに孝雄に厳しく叱られていたから、今回もそうだと思ったのだろう。もちろん、健司もそれを期待して、孝雄に同意を求めたのだ。

しかし、孝雄は大きな声をあげなかった。椅子から立ち上がりそばにやってくると、健司の肩に手を置いた。

「そう熱くなるな。放してやれ」

健司が呆気にとられたように、八重樫から腕を放した。八重樫も、まさか、といった顔で孝雄を見つめる。悟も驚いた。

孝雄は八重樫と春斗のあいだに立つと、ふたりを交互に見た。

「それぞれ、言いたいことはあるだろう。でもな、世の中はそう単純じゃねえ。一方から見て丸いもんでも、別なとこから見れば四角いもんだ。相手をこうだと決めつけないで、仲良くやろうや、なあ」

孝雄の意外な態度に拍子抜けしたのか、八重樫はさきほどとは一転して大人しくなった。健司も決まりが悪そうに、首の後ろを掻いている。

孝雄が悟を見た。

「お前、八重樫と一緒に研磨をやれ。春斗くんはこっちだ。ふるいはもういいから、壊れた鋳型を崩してくれ」

鋳型は繰り返し使えるものもあれば、一回で壊れてしまうものもある。どれくらい使えるかは、職人でもわからない。そのときの気象条件や流し込む湯の状態など、さまざまな要因があるからだ。

使えなくなった鋳型は、土に戻してまた利用する。崩す場所は奥の土間だ。春斗が孝雄の指示に従い、素直にその場所に向かう。

「俺たちも行こう」

悟は八重樫を促した。研磨室は、土間の作業場と壁で仕切られている。台のうえには、つるんとした洋鍋がいくつも重なっていた。

ホームセンターで売っている粉塵(ふんじん)マスクを着けて、作業着のポケットからイヤホンを取り出す。耳に着けて、スマートフォンの音楽アプリを開いた。研磨作業は、耳をつんざくような大きな音が出る。その音を紛らわすために、悟はこの作業のとき、音楽を聴いていた。

手を動かしていると、横から八重樫に腕をつつかれた。不満そうな顔で、こちらを見ている。

悟は作業を中断し、イヤホンを耳から外した。

「どうした」

八重樫は誰も近くにいないことを確認し、声を潜めた。

「親方、変わりましたね」

悟はどきりとした。

「そうか？」

冷静を装い、しらを切る。孝雄はたしかに変わった。しかし、自分もそう思う、と答えたら八重樫はきっと理由を訊いてくる。悟にも孝雄がなにを考えているかわからないし、補導委託の話もできない。ここは適当にやり過ごしたほうがいい。

八重樫は引き下がらなかった。

「さっきの親方、悟さんも見ただろう。俺が春斗に突っかかったとき、前の親方なら話も聞かずに怒鳴ってたよ。ガキ相手になにやってんだ、さっさと仕事しろ、って。それがいきなり坊主の説法みたいなことを言いはじめてさ。びっくりしたよ。悟さんだって、そう思うだろう」

まだなにか言いたそうな八重樫を無視して、悟はイヤホンを耳に戻そうとした。そのとき、土間のほうから健司の叫ぶような声がした。

「おい、なにやってんだ！」

八重樫と顔を見合わせ、走り出す。

土間の奥に、健司がいた。しゃがんでいる春斗の腕を、後ろから摑み上げている。高く掲げられた春斗の手には、鋳型を崩すときに使う工具があった。

八重樫が、健司に駆け寄る。

「どうしたんすか」

背後から声を掛けられた健司は、顔だけをこちらに向けた。

「おう、ちょっと手を貸してくれ。春ちゃんがさあ――」

八重樫に気を取られ、手の力が緩んだのだろう。その隙をつくように春斗は身を捩り、自分の腕を摑んでいる手を強く振りほどいた。

はずみで健司が後ろによろめく。悟は慌てて、背後から支えた。

「春斗くんが、どうしたんですか」

「それがよお――」

健司が答えようとしたとき、春斗は手にしている工具をものすごい勢いで振り下ろした。固いものが砕ける大きな音がする。

土間に置かれている鋳型を見た悟は、息をのんだ。

鋳型は、実型（さねがた）と呼ばれる外側の部分と、鋳物砂という砂を固めた内側の部分からできている。春斗が任された鋳型を崩す作業は、できた鉄瓶を鋳型から外したあと、繰り返し使える実型は残し、欠けたり砕けたりした鋳物砂の部分だけを壊すものだ。

春斗はいままでに、幾度かこの作業をしている。やり方も知っているし、そのときは上手に内側だけを砕いていた。それなのに、春斗の目の前にある鋳型は、外枠も内側も粉々に砕け散っていた。

悟は春斗に近づいた。

「春斗くん、ちょっと落ち着いて――」

肩に手を置こうとしたとき、気配を察したのか、春斗は両腕を振り回した。慌てて退き、距離を取る。

春斗はひたすら、原形をとどめていない鋳型に工具を叩きつける。口をきく者は誰もいない。工具が土間にぶつかる鈍い音と、春斗の荒い息遣いだけが工房に響く。

しばらく工具を振り下ろしていた春斗は、やがて動きを止めた。ゼンマイが切れたおもちゃのように座り込んで項垂れる。春斗の前には、大小の土くれが散らばっていた。

どうしたらいいか、悟は迷った。鋳型を損壊したことを怒るべきか、どうしてこんなことをしたのか問いただすべきか。

隣にいる健司は、厳しい表情で春斗をじっと見つめていた。八重樫も同じだ。普段なら、鋳型を壊す春斗を、殴ってでも止めていただろう。しかし、いまは棒立ちのまま、工具が叩きつけられてくぼんだ土間を睨んでいる。

とにかく、このままにはしておけない。まずは、土間に座り込んだ春斗を立ち上がらせよう。そう思い、足を前に踏み出したとき、行く手を遮るように、孝雄が悟の前に立った。ゆっくり春斗に近づき隣にしゃがむ。

「手ぇ、痛くないか」

春斗は答えない。黙って俯いている。孝雄は工具を握っている手に、そっと触れた。

「怪我(けが)をしてないか、見てみよう」

孝雄は春斗の手から工具を離そうとしたが、よほど強い力で握っていたのか、春斗の手は工具を握ったまま開かない。

孝雄は握られている指を、一本一本、工具から引きはがしていく。やっと手が開くと四方から眺め、ほっとしたように息を吐いた。

「大きな傷はないな。どれ、グーパーってしてごらん」

春斗は自分の手を見つめ、ゆっくりと手を開いたり閉じたりした。

「痛いところはないか」

春斗が小さく頷く。

「よかった。骨も大丈夫そうだ」

孝雄は春斗を立ち上がらせると、悟たちを見た。

「怪我はないが、手のひらを擦(す)りむいている。このまま作業を続けるのは無理だ。今日は家のことを手伝ってもらう。あとは頼んだぞ」

孝雄は春斗を抱えるようにして、工房を出て行った。


『庫太郎』の引き戸を開けると、カウンターのなかから由美の威勢のいい声がした。

「いらっしゃいませ――ってなんだ、お兄ちゃんか」

笑顔だった由美が、悟を見た途端しょんぼりする。あからさまな態度の変化に、むっとした。

「なんだよ、俺だって客だろう」

由美が口を尖らせる。

「そうだけど、お兄ちゃんには太郎ちゃんがサービスするから、あがりが少ないのよ」

太郎とは由美の夫で、庫太郎の主人だ。姿が見えないところをみると、奥の厨房にいるのだろう。

「座敷、空いてるか」

訊ねると、由美は芝居がかった仕草で、店内を見渡した。

「空いてるもなにも、今日はまだひとりもお客さんが来てないの」

店は、さほど大きくない。カウンター席が六つと、小あがりが二つ、座敷が二部屋という造りだ。二十人も入れば満席になる。

悟の肩越しに、健司が後ろから顔を出した。

「そうがっかりすんなよ、由美ちゃん。今日はびっくりするやつを連れてきたからよ」

由美の顔が、ぱっと明るくなる。

「健司さん、いらっしゃい。それって誰？」

「こいつ」

健司は脇にいた八重樫を、店のなかに押し出した。由美が甲高い声をあげる。

「八っちゃん！　久しぶり、いつ帰ったの？」

八重樫の代わりに、健司が答える。

「まあ、その話はあとでゆっくり。今日は八っちゃんの歓迎会だ。よろしく頼むよ」

由美は腕まくりをする真似をして、大きく頷く。

「もちろん、そういうことなら任せて。いっぱいサービスするから」

文句を言いつつも、気っ風がいいところは太郎と同じだ。

三人が席につくと、おしぼりを持ってきた由美が訊ねた。

「お父さんと春斗くんは、あとから来るの？」

三人は顔を見合わせた。悟はおしぼりで手をふきながら、さりげなく答える。

「ふたりは来ない」

由美がきょとんとした。

「なんで？　アルバイトの歓迎会や送別会には、いつも工房のみんなが集まるじゃない」

咄嗟にうまい言い訳が見つからず、言い淀む。由美の表情が、さっと曇った。

「もしかして、なにかあったの？」

「いや、なにもないよ」

心配をかけたくなくて、反射的に嘘を吐いた。由美は昔から勘が鋭く、悟は嘘を吐くのが下手だった。それは大人になったいまも変わらない。

由美から問いただすようにじっと見られ、目が泳いでしまう。尋問を受ける犯人はこんな感じなのだろうか。悟は観念して、今日の昼間にあった出来事を短く伝えた。

「そんなことがあったの――」

由美が重い息を吐く。悟は話を続けた。

「だから、今日は春斗くんをそっとしておいたほうがいいと思って、夕飯は外で食うことにしたんだ。そうしたらそれを知った健司さんが、それならついでに庫太郎で八重樫くんの歓迎会をしようって言いだして、みんなでここに来た」

それまで黙っていた八重樫が、向かいに座っている健司を睨んだ。

「ついでって、ひどいっすね」

悟の隣で健司が、豪快に笑う。

「言葉の綾だよ。たまたま今日になっただけで、近いうちにするつもりだったんだ。機嫌直せよ」

　重かった部屋の空気が、健司の笑い声で少し軽くなる。そのとき座敷の襖が開き、太郎が顔を出した。

「義兄さん、いらっしゃい。みなさんも」

　太郎は坊主に近い髪型で、逞しい体つきをしている。趣味が高じて、いまは店の食材調達のひとつになった海釣りで鍛えられたのだ。身体にぴったりのTシャツを着て釣り用のサングラスをかけると、かなりの凄味を感じさせるが、中身は猫好きで涙もろい優しいやつだ。

　太郎は手にしていた盆から、人数分の生ビールと小鉢を座卓に置いた。

「これ、サービスです。それはまだ走りだけど、いいのが手に入ったから」

　太郎が顎で指した小鉢には、身がくるんと丸まったホヤの刺身があった。健司は小鉢に手を合わせ、子供のようにはしゃぐ。

「こりゃあ、ありがたい。寿命が延びる」

　太郎は畳に手をつき丁寧に頭を下げると、由美を見た。

「四名さまの予約が入った。まもなくいらっしゃる」

　由美は慌てて、土間に脱いでいた草履をつっかけた。

「じゃあ、私、仕事に戻るから。料理はいつもどおり、お任せでいいよね」

　返事も聞かず、由美は襖を閉めて座敷を出て行った。

　再会を祝う乾杯を済ませると、八重樫は鋭い目で悟を見た。

「あいつ、なにかやらかしてるんでしょ」

八重樫が、春斗のことを言っているのはすぐにわかった。昼間の行動から春斗の危うさに気づいたのだろう。補導委託の話をするわけにはいかないが、見え透いた言い訳も通用しないだろう。どうしたらいいか迷い、目で健司に助けを求める。

視線に気づいた健司は、任せろ、といった感じで八重樫に答える。

「なに言ってんだ。なにかやらかしているわけないだろう」

健司に話を振ったことを後悔する。悟と同じく、健司も嘘を吐くのが下手だった。単なる否定だったら誰だってできる。相手を納得させる方便が必要なのだ。

馬鹿にされたと思ったのか、八重樫は軽く舌打ちをして自分の頭を指さした。

「俺、ガラは悪いけど、ここはいいっすから」

ほかの誰かが言ったら鼻につくが、八重樫の場合は事実だからなにも言い返せない。

八重樫は親が大学費用を払えないため、奨学金制度を利用していた。本来は卒業後に返済すべきものだが、優れた成績が認められ返済を全額免除された。

八重樫はさらに、悟と健司を追い詰める。

「俺も昔、他人(ひと)に迷惑かけたから、なんとなく同類がわかるんすよね。それに、今日の昼間のことを見れば、あいつの危うさに誰だって気づく。みんながあいつの素性を隠そうとしていることがなによりの証拠だ。特に健司さん」

健司は射すくめられた小動物のように、びくりとした。

「人一倍しゃべりたがりの人が話をはぐらかすなんて、隠し事をしていますって言っているようなものだ。ねえ、そうでしょ」

威勢のよさなら負けないが、理詰めで来られると健司は弱い。

悟は腹を括った。八重樫はこれからともに働く仲間だ。春斗が置かれている状況を伝えて、理解してもらったほうがいい。膝を正し、八重樫の目を見つめる。

「いまから話すことは、親父と俺のほかには、健司さんと由美しか知らない。他人に言わないと約束してくれるか」

八重樫はまっすぐに見返した。

「俺はバイク転がしてふらふらしてる中途半端なやつだけど、大事なことはわかってます」

ひと呼吸おき、悟は春斗の事情を伝えた。

「親父が勝手に補導委託先の申し込みをしたんだ。許可が下りないことを願ったけど、試験的に頼まれて春斗くんが来た」

黙って話を聞いていた八重樫が、真面目な顔で言う。

「あいつ、やばいっすよ」

反撃のチャンスを窺っていたのか、健司がすかさず口を挟んだ。

「そんなことはわかってるよ。だから、清嘉に来たんじゃねえか」

八重樫は、眉間に皺を寄せて健司を睨んだ。

「そうじゃなくて、警察に厄介になるようなやつらのなかでも、ああいうタイプはやばいって言ってるんすよ」

悟は嫌な予感がした。

「ああいうタイプって、どんなやつだよ」

八重樫は頬杖をつき、記憶を辿るように遠くを見た。

「喩えるなら陰と陽ってやつかな。不満を自分のなかに押し込めるやつと、表に出して発散するやつ。春斗は前者」

悟はぽつりとつぶやいた。

「ガス爆発――か」

健司がすっとんきょうな声をあげた。

「なんだそりゃ？」

悟は健司を見た。

「あれって、どこかに隙間があってガスが抜けていたら大事にはならないけど、部屋に充満して行き場がなくなったらドカンといくだろう。それと似てるなって」

健司は感心したように頷く。

「たしかに、今日の春ちゃんは、そんな感じだったな」

八重樫が補足する。

「あのぐらいの年ごろって、軽自動車に大型トラックのエンジン積んでるようなもんなんっすよ。形は小さいけど、パワーは有り余っている。その勢いでドカンといったら、本人も周りもただじゃすまないっす」

健司が腕を組み、眉間に皺を寄せた。

「そいつはたしかに、やべえな」

部屋に沈黙が広がったとき、由美が料理を運んできた。

「遅くなってごめんね」

刺身の盛り合わせやきんきの煮つけ、珍味が座卓に並べられる。ほかに由美は、清嘉で入れている焼酎のボトルと氷に水、日本酒の四合瓶を一本置いた。

「それ太郎ちゃんからの差し入れ。みんなで飲んでくださいって」

日本酒は、岩手を代表する銘柄のものだった。健司が嬉しそうに瓶を手に取る。

「これ、純米大吟醸（だいぎんじょう）じゃねえか」

店の引き戸が開く音がして、太郎の客を迎える威勢のいい声がした。

「じゃあ、ゆっくりしていってね」

由美が急いで店に戻っていく。

「せっかくもらった祝い酒だ。ありがたくちょうだいするか」

健司が瓶の蓋をあけ、八重樫と悟の猪口（ちょこ）に酒を注ぐ。自分は手酌だ。

「こんないい酒をただで飲めるなんて、ありがたいねえ。八っちゃんさまさまだ」

健司は猪口の中身を一気に空けた。歯を食いしばり、くうっと呻（うめ）き、満足そうに息を吐いた。

「いやあ、美味（うめ）ぇ」

悟も飲む。たしかに美味い。雑味がなくすっきりしている。八重樫を見ると、酒に口をつけず、手にした猪口をじっと見つめていた。

「どうした。飲まないのか」

前にここに一緒に来たとき、八重樫は日本酒を飲んでいた。太郎もそれを覚えていて、差し入れに日本酒を選んだのだろう。

八重樫は顔をしたに向けたまま、目だけをあげて悟を見た。

「悟さん、春斗のこと嫌いっすか」

突飛な質問に、驚いて訊き返した。

「なんでそう思うんだよ」

「さっき、補導委託の許可が下りないことを願ったって言ったでしょう。その望みは叶わず、春斗はやってきた。だから、嫌ってんのかと思って」

悟は困った。たしかに非行少年などやってこなければいいと思っていたが、春斗を嫌っているかと問われればそうとも言い切れない。うまく説明できず、頭に浮かんだ考えをそのまま口にする。

「好ましいと思ったことはないけれど、嫌ってはいない」

そう言ったとき、健司がいきなり叫んだ。

「俺は春ちゃんが好きだぞ。親方から、面倒を見てやってくれって頼まれてるし、なにがあっても、俺は春ちゃんの味方だ！」

健司が手にしている日本酒の瓶を見ると、目に見えて減っていた。かなりご機嫌で、いつも以上に酒を飲むピッチが速い。

すでに酔っている健司にかまわず、八重樫は話を続ける。

「最初、あいつのこと甘ったれのボンボンだと思ったけど、鋳型を粉々にする姿を見て、こいつなりに苦しいんだなって思ったんすよ。きっとガスの抜き場所がどこにもなくて、自分でもどうしていいかわからないんだなって」

悟は少し考えてから、春斗がカプセルトイを大量に買って、隠し持っていた出来事を八重樫に伝えた。

「あのときは親父も俺も、心配したよ」

八重樫は、重い息を吐いた。

「やっぱりあいつ、真面目っすよ。カプセルトイは自分の金で買ったから問題にならなかったけど、気持ちは自転車泥棒や万引きの時と同じっす。適当にできないからガスが溜まって、なにかの弾みで爆発してしまう。ガス漏れの原因をつきとめてそこを直さないと、あいつはずっとこのままっすよ」

真剣に話を聞いている悟の肩を、健司がいきなり引き寄せた。

「そうだよ、人生はすべて弾みなんだよ！」

悟は健司が握っている酒瓶を、勢いよく奪い取った。

「健司さん、ペース早すぎだよ」

悟の肩を抱えながら、健司はどこか遠くを見る。

「人生には弾みが必要なんだ。俺が清嘉の職人になったのも、結婚したのも弾みだぞ。春ちゃんだけじゃなく、悟ちゃんも真面目すぎるんだよ。そんなだから、いまだに独り身なんだ」

口に持っていきかけていた猪口を、危うく落とすところだった。自分の肩を摑んでいる手を、乱暴に払いのける。

「俺のことはどうでもいいだろう。それに、真面目と独身なんて関係ない」

健司はむきになった。

「そんなことはねえぞ。弾みってのは勢いだ。女を口説(くど)くときは、頭であれこれ考えてもしょうがねえ。プライドも恥も捨てて勢いでぶつかっていけば、そのうちひとりくらいは振り向いてくれるんだ」

酒に酔ってやたら笑ったり泣いたりする人を、笑い上戸や泣き上戸というが、健司は説教上戸だった。酔えば酔うほど、自分の考えを得々と相手に言って聞かせる。

口を閉じようとしない健司に、悟は奥の手をつかった。

「それ以上、俺に絡んだら、いまの話を理恵(りえ)さんに言いますよ」

理恵は健司の奥さんで、健司の六歳下だ。気が強く負けず嫌いで、おまけに弁が立つ。さすがの健司も理恵には頭があがらない。

悟の脅しに酔いが覚めたのか、健司の顔から血の気が引く。悟に向かって両手をつくと、畳に額(ひたい)をつけた。

「悪かった、悟ちゃん。頼む、それだけは勘弁してくれ」

大人しくなった健司を斜(はす)に見ながら、悟はため息を吐いた。いまの無神経な発言からもわかるように、まもなく還暦の健司とまだ少年の春斗では、世代が違いすぎる。いくら健司が春斗の面倒を見るといっても、考え方が異なるだろう。

補導委託を言い出した孝雄に至っては、さらにうえだ。祖父と孫ほども離れている。三人のなかでは自分が一番若いが、それでも春斗とは二十歳以上違う。まだ十六歳の少年の気持ちを、誰も理解できるとは思えない。

どうすればいいいんだよ。

頭を抱えた悟の目に、向かいで箸を動かしている八重樫が映った。不安しかない今後に、光明が差す。

そうだ、八重樫がいるじゃないか。春斗とは十歳ほど違うが、三人に比べたら充分若いし、やはり、かつて問題を抱えていた時期がある。春斗の力になれるはずだ。

悟は膝を正して、八重樫を見つめた。

「なあ、八重樫くん」

「お断りっす」

頭ごなしに断られ、むっとした。

「まだなにも言ってないだろう」

八重樫は箸を止めずに言う。

「どうせ、春斗の面倒見てくれって言うんでしょ。悟さんの頭ン中が見えるの、由美さんだけじゃないっすから」

八重樫の不遜（ふそん）な態度は、いまにはじまったことではない。

悟は開き直り、捲（まく）し立てた。

「ああ、そうだよ。そのとおりだよ。春斗くんの気持ちをわかってあげられるのは、八重樫くんしかいない。頼む、力になってくれ」

「無理っす」

八重樫は、冷たく言い放った。

「俺、自分のことで頭いっぱいで、他人の面倒を見てる余裕ないっす。金がたまったら、すぐにバイト辞めるし」

八重樫は、一度口にしたことは曲げない。どうしたら頷かせることができるか考え、頭に一計が浮かんだ。こんなやり方は不本意だが、背に腹は代えられない。八重樫には申し訳ないが、なにがなんでも力になってもらう。

悟は八重樫に聞こえるように、つぶやいた。

「いまの話を聞いたら、親父はどう思うかな」

動いていた八重樫の箸が、ぴたりと止まる。悟は誰に言うともなく、話し続ける。

「親父、補導委託をはじめたはいいが、思うようにいかなくて悩んでいるんだよな。今日の春斗くんでさらに困ってるはずだ。八重樫くんが力になってくれたら喜ぶだろうけど、無理強いはできないし残念がるだろうな」

八重樫は箸を止めたまま、悟を睨んだ。

「狡いっすよ」

「なにが？」

しらばっくれる悟に、腹が立ったのだろう。手にしていた箸を、音を立てて座卓に置いた。

「俺が親方に逆らえないの知ってて名前を出すなんて、威迫行為っすよ」

ふらりとやってきて、いきなり辞める。そんなバイトを雇うところなど、そうそうない。それは八重樫も知っていて、時折、孝雄への感謝を口にしていた。

仮にこの話を知っても、孝雄は八重樫を辞めさせたりしない。そういう人間だ。しかし、八重樫はそうはいかないはずだ。昔から、身勝手なようで自分なりの筋を通す。恩義を感じている相手が困っていると知ったら、知らん顔できないだろう。

悟は腹を割り、こんどは泣き落としにかかった。

「俺だってこんなやり方は嫌だけど、こっちも必死なんだよ。うちにいるあいだになにかあったら大変だし、このあと春斗くんがもっとぐれたら、寝覚めが悪いだろう。いるあいだだけでいいから、力になってくれ。このとおり、頼む」

悟は八重樫に向かって、拝むように両手を合わせた。少しの沈黙のあと、八重樫は仏頂面で言う。

「いままで知らなかったけど、悟さんって腹黒かったんっすね」

悪人のような呼ばれ方に、つい噛みついた。

「そんな言い方ないだろう。せめて策略家って言ってくれよ」

言い返す悟を無視して、八重樫は健司に目を向けた。

「まあ、たしかにこれじゃあ、親方も不安だらけだろうな」

日本酒の四合瓶をほぼ一本、さらにボトルに半分残っていた焼酎を飲み干した健司は、すでに酔いつぶれていた。畳のうえに大の字になり、気持ちよさそうに寝ている。

八重樫は肩こりをほぐすように、首をぐるりと回した。

「わかったっす。いるあいだだけっすよ」

心でガッツポーズをとる。礼を言おうとしたとき、それを遮るように八重樫が語気を強めた。

「でも、今回だけっすよ。それは約束してください」

「もちろん」

悟は即答した。こっちだって補導委託など二度とごめんだ。

ほっとしたら飲みたくなった。酒を注文するために、座卓に置かれている呼び出しブザーを押す。やってきた由美に、差し入れにもらった日本酒と同じものを頼んだ。

「また？」

不思議そうな顔をする由美に、健司がほとんど飲んでしまったと伝える。

由美は畳のうえで寝ている健司を、呆れ顔で見た。

「もちろん、代金は払うよ」

「しょうがないわね。いいわよ。もう一本は、私からの差し入れ」

八重樫が嬉しそうに、目を輝かせた。

「いいんすか」

由美はにっこりと微笑む。

「お父さんの力になってくれるお礼よ」

「話、聞いてたんすか？」

驚いている八重樫を、由美は笑った。

「そんなこと、聞いてなくてもわかるわよ。今日の春斗くんの話を聞いて、弱気なお兄ちゃんなら八重樫くんに助けを求めるだろうなって思ったから」

八重樫は降参の意を示すように、肩を竦めた。

理恵が健司を迎えに来たのは、十一時の閉店間際だった。半分寝ている健司を横で支えながら、見送りに出た由美や悟たちに詫びる。

「いつもご迷惑かけてすみません。何度も飲みすぎないようにって言っても、いつもこんなになっちゃって――」

由美が首を左右に振る。

「大丈夫です。気にしないでください。こんどは理恵さんも一緒に来てくださいね」

理恵は、乗ってきた車の助手席に健司を押し込めた。自分も運転席に乗り込み、助手席側の窓を開けると、隣からうつらうつらしている健司を肘で突いた。

「ほら、みなさんに謝って！」

大きな声に驚いた健司は、一瞬、シートから身を起こし、またすぐにシートにもたれて眠り込んだ。

「もう、情けない」

怒る理恵を、悟は宥めた。

「今日は八重樫くんの歓迎会だったから、大目に見てあげてください。明日、理恵さんを困らせるなって、俺からも言っておきますから」

理恵は済まなそうに何度も頭を下げて、車を発進させた。

車が見えなくなると、由美は店の横にある小さな空き地に目をやった。

「ねえ、八っちゃん。今回、どのあたりに部屋を借りたの。押していくの大変なら、一晩ここに置いていってもいいよ」

由美の視線の先には、バイクがあった。ヤマハのボルト、八重樫の愛車だ。

八重樫にはめずらしく、焦った様子で首を激しく横に振る。

「とんでもないっす。誰かに盗まれたらどうするんすか」

引きとめられたらまずいと思ったのか、八重樫はバイクを押してそそくさと帰って行った。

「じゃあ、義兄さん、店の片付けがあるんで俺はここで」

頭を下げて、太郎が店に戻っていく。その場に残った由美に、悟は礼を述べた。

「今日はありがとうな。あんなにサービスしたら、俺たちの分は儲けがなかっただろう」

由美は笑う。

「そんなのいつものことよ。それより、大丈夫？」

「なにが？」

由美は顔から笑みを消し、真顔になった。

「春斗くんのこと。お父さんは自分で言い出したことだから、なにかあってもそれなりの覚悟はできていると思う。でも、お兄ちゃんはそうじゃないから、思いつめてるんじゃないかと思って――」

妹を心配させるなんて、自分は不甲斐ない兄だと思う。悟は努めて、明るく言った。

「大丈夫。八重樫くんも力になってくれるし、健司さんも酒が入るとあんなんだけど、いつもは春斗くんのことをよく見てくれてるしさ。心配するな」

由美は少しほっとした顔で頷くと、太郎のあとを追って店に入って行った。

悟は家に向かって歩き出した。庫太郎で飲んだあとは、いつも徒歩で帰っている。少し距離はあるがタクシーは贅沢だし、冷たい夜風が酔い覚ましにはちょうどいい。

家に着いたのは、日付が変わるころだった。

玄関の前に立ち、春斗の部屋の窓を見上げる。灯りは点いていない。暗い窓を見つめながら、今日の八重樫の言葉を思い出す。

——他人の面倒を見てる余裕ないっす。

八重樫の言うとおりだと思う。自分にゆとりがなければ、他人に手を差し伸べることは難しい。そうならば、孝雄が補導委託先を申し出た理由は、自分が抱えていたなにかが一段落し、余裕ができたからではないか。では、その一段落とはなにか。

悟の頭に真っ先に浮かんだのは、由美の結婚だった。親の役目を終え、ここが自分の人生の節目だ、と孝雄は考えたのかもしれない。だが、そうだとしても、それがどうして補導委託に結びつくのかは、わからなかった。

思えば悟は、孝雄がどのような人生を歩んできたか、よく知らない。

孝雄の父親は正平(しょうへい)、母親はシズ、姉は珠代(たまよ)という。正平と珠代は、孝雄が子供のころに亡くなり、シズも悟が生まれた年に他界していた。三人の遺品と呼べるものはなく、生前の姿に触れられるのは、仏壇に飾られている写真だけだった。しかし、それもかなり古く、なにかの集合写真から切り取ったような小さなもので、おおよその顔立ちしかわからない。

孝雄の前半生について知っているのは、亡くなった三人のほかに身内と呼べる者はいないことと、実家はかつて農家だったことくらいだ。それも、母親の節子から聞いた話で、本人が口にしたことはない。

いったい親父はどんな人間なんだろうか。

暗い窓を見上げながら佇んでいると、身体が冷えてきた。身震いをして、静かに玄関の戸を開ける。

鍵をかけて二階にあがろうとしたとき、台所から孝雄が出てきた。

「まだ起きてたのか」

悟がそう言うと、孝雄が訊ねた。

「喉(のど)が渇(かわ)いて、水を飲みに起きただけだ。八重樫くんは喜んでたか」

補導委託の件を八重樫に話したことは、明日、言おうとしていた。しかし、いま顔を合わせたのだから、この場で伝えたほうがいい。

「春斗くんのこと、八重樫に話したよ。今日の出来事からなにか感じたみたいで、訊いてきたから。あいつをごまかすのは無理だったし、これから一緒に働くし、知ってもらったほうがいいと思って」

「そうか」

孝雄はそれだけ言うと、黙った。

悟は声を潜めて訊ねた。

「春斗くん、どうだった」

仕事を終えてすぐに出かけた悟は、あれから春斗と顔を合わせていない。

孝雄は重い息を吐いた。

「元気がなくてな。飯も食わずに部屋に入って行ったから、夜中に腹が減ったときのために握り飯を作ったんだ。それを部屋に持っていったが、もう電気が消えていた。だから、声をかけずに降りてきた」

夕飯は七時半だ。そのあとに部屋に行ったということは、春斗は八時くらいには灯りを消したということか。

悟がそう言うと、孝雄は頷いた。

春斗の部屋には、いつも十時まで灯りがついていた。それは、春斗が家に来てから規則のように続いている。なにをしているのかは知らないし、聞いたこともない。

階段のしたから、二階を見上げた。鋳型を粉々にし、放心したように土間に座り込んでいた春斗の姿が浮かぶ。いま、春斗はどうしているだろう。眠れているだろうか、暗い部屋で布団をかぶって辛い時間を過ごしていないだろうか。

考えている悟の耳に、孝雄のつぶやきが聞こえた。

「今日は、悪かったな」

耳を疑い、孝雄を見る。孝雄はじっとこちらを見ていた。

「誰にも迷惑をかけないと言ったが、こんなことになってしまった。明日、健司と八重樫にも詫びる」

悟は息を詰めた。目の前にいるのは、本当に親父なのか。自分が知らない人間じゃないのか。親父が誰かに詫びる姿なんて、いままで一度も見たことがない。

孝雄は台所に戻ろうとした。

「親父」

気づくと引きとめていた。

孝雄が足を止める。

「なんだ」

悟は困惑した。引きとめて、自分はなにをしようとしているのか。咄嗟に取り繕う。

「由美、だいぶサービスしてくれた。親父からも礼を言っておいてくれ」

悟は階段をあがり、自分の部屋に入った。布団を延べ、そのまま横になる。さきほどの孝雄の顔を思い浮かべようとするが、正平やシズ、珠代の遺影のようにはっきりしなかった。


「なるほど、ガス爆発ですか」

そう言いながら、田中は得心したように何度も頷く。

「春斗くんの気持ちをよく理解している、いい喩えですね。たしかに少年の衝動って、そんな感じですよねえ。なるほどねえ」

悟の家の茶の間には、孝雄と悟、家裁調査官の田中がいた。

今朝、悟が起きて一階に行くと、孝雄が茶の間の電話で誰かと話していた。相手は田中だった。昨日、春斗が鋳型を粉々にした出来事を伝えたという。春斗が今後も自分を抑えられないことがあったときのことを考えて報告したとのことだった。

その話を聞いた田中は、午後一時に家にきた。孝雄は昨日の工房での出来事を詳しく説明し、悟は庫太郎での健司と八重樫とのやり取りを伝えた。

春斗の行動をガス爆発に喩えた話にひとしきり感心した田中は、ところで、と話を切り替えた。

「春斗くんはどんな様子ですか」

記憶を辿るように瞑目（めいもく）し、孝雄が答える。

「いまは落ち着いていています。今朝もいつもどおり起きてきて、なにもなかったように朝食を済ませたし、本人から工房を手伝いたいと言ってきたので、そのとおりにさせました」

孝雄が悟を見て、同意を求めた。

「お前はどう思う。いつもと変わりないよな」

悟は午前中の春斗の様子を思い返した。身支度を終えた春斗と悟が工房へ行くと、すでに健司と八重樫がいた。健司は二日酔いがひどいらしく、椅子のうえで頭を抱え、八重樫はワイヤレスイヤホンを耳に着け、バイク雑誌を眺めている。

春斗に気づいたふたりは、簡単な朝の挨拶をした。春斗は同じように挨拶を返す。背中を丸め、黙々と作業をする姿はいつもと同じだった。

悟は田中に言う。

「俺も、そう思います」

田中が腕を組み、難しい顔をする。

「少し、ガスが抜けたってことですかねえ。それにしても、なにがきっかけでガス爆発を起こすんでしょう。なにか、思い当たることはありませんか」

聞かれて考える。カプセルトイのときは、母親との電話を終えて宅配便を出しに行ったあとで、昨日は八重樫と言い合ったあとだった。

孝雄にはなにか思い当たるものがあるのだろうか。隣を見ると、孝雄は眉根を寄せて悩んでいるようだった。悟の視線に気づいたのか、こちらに顔を向ける。目が、お前はわかるか、と問うている。悟は軽く首を左右に振った。

孝雄が田中に答える。

「いまは思いつきません」

田中は残念そうにつぶやいた。

「そうですか。そこがわかれば、ガス爆発の理由がわかるかもしれないんだけどなあ」

「すみません」

孝雄が詫びると、田中は慌てて訂正した。

「小原さんたちを責めているわけじゃありません。そんなに簡単に少年の心がわかったら、苦労はしませんよ」

田中はそう言うが、春斗を預かった側からすれば、もっと心を配り理解に努めなければいけないような気持ちになる。その一方で、俺がそんなことを考える必要はない、とも思う。補導委託をはじめるときに孝雄は、周りに面倒をかけない、と言った。なにが起きても、自分は関係がないと割り切ればいい。それなのに、春斗に振り回されてしまう。

田中は、春斗の情報を書き留めたノートを閉じた。

「お話を聞くまでは、帰る前に春斗くんの顔を見ていこうと思っていたんです。でも、いまは落ち着いているようだし、私が顔を出して刺激してもよくない。日を改めて春斗くんを交えての面接に来ますから、今日はこのまま帰ります」

孝雄が田中に同意した。

「私もそのほうがいいと思います。なにかあれば、すぐに連絡します」

田中が玄関で靴を履いていると、孝雄が遠慮がちに引きとめた。

「あの――ひとつ訊いてもいいですか」

靴を履き終えた田中が、孝雄を振り返る。

「ひとつでも、ふたつでも」

「春斗くんが出している宅配便ですが、どこに送っているかわかりませんか」

補導委託をはじめてからおよそ一か月。そのあいだ、春斗は毎週土曜日に宅配便を出しに出かけていた。

田中は首を傾げる。

「そのことですが、私も見当がつかないんですよね。私が本人から聞いた限りでは、定期的に連絡をとるような友達がいるとは思えません。そうなると、考えられるのは自宅だけなんですが、だとすれば、孝雄さんたちに隠す必要はないと思うんですよね。やっぱり違うのかなあ」

孝雄が、宅配便を出すために家を出ていく春斗の様子を補足した。

「荷物は毎回、小さめの紙袋です。どこに送っているのか気になって、送り状が見えないか気を付けているんですが、いつも見えないように小脇に抱えているんです。どこになにを送っているのか訊ねても言いません。なにも悪いことはしていないのに、問い詰めるのもどうかと思い黙っていたんですが、今日話していて、宅配便が彼の心にガスが溜まる原因になっているのかもしれない、と思ってうかがってみたんです」

「それはあり得ますね」

田中はにっこり笑ってふたりを見た。

「まあ、そうご心配なさらず。私も、もう一度、春斗くんの書類を読み返してみます。そのなかに、思い当たる情報があるかもしれません。もしなかったら、次の面接で私からちょっと聞いてみますよ」

田中が玄関で一礼し、帰って行く。見送った悟は、隣にいる孝雄を見た。

「俺、急ぎの仕事があるから、このまま工房へ行く。今日の店番は、親父がしてくれ」

昨日の春斗の一件で、作業に遅れが出てしまった。今日のうちに取り戻さなければ、月末がきつくなる。

「いや、俺も工房へ行く。店番は八重樫に頼む」

やはり春斗の様子が気になるのだろうか。悟は孝雄の横顔をじっと見た。目が落ちくぼみ、疲れているように見える。

悟は孝雄の顔から視線を外し、つぶやいた。

「補導委託、やっぱり考え直した方がいいんじゃないか」

いままで補導委託に反対だった理由は、自分が面倒ごとに巻き込まれたくないからだった。しかし、いまは孝雄の心配もあった。元気そうに見えても歳だ。心の疲れが身体に出やすい。

孝雄は少しの間のあと、厳しい顔で悟を見た。

「俺は続ける。お前にできる限り迷惑はかけない。だから――」

「そんなことじゃなくて――」

孝雄の言葉を遮ったが、言葉に詰まった。親父が心配なんだ、そのひと言が出てこない。

怪訝（けげん）そうにこちらを見ている孝雄から、顔を背ける。口から出た言葉は、言いたいこととはまったく関係がないものだった。

「八重樫くんに、店番をするよう頼んでおく」

悟は逃げるように家を出た。いままで孝雄の心配などしたことがなかった。好き勝手にやってきた者がどうなろうと知ったことじゃない、そう思っていた。しかし、不器用ながら懸命に春斗の面倒を見ている孝雄が痛々しく、つい庇いたくなってしまう。

工房へ行き事情を伝えると、八重樫はすぐに店に向かった。入れ替わりで孝雄がやってきた。地面に座り砂をふるいにかけている春斗のところへ行くと、自分もふるいを手にして同じ作業をはじめた。

気づいた健司が、作業台から孝雄へ声をかける。

「そんなこと、俺がやりますよ」

孝雄は健司を見て、首を左右に振る。

「いい、俺がやる」

砂をふるいにかける作業はアルバイトでもできるが、孝雄の仕事は職人にしかできないものだ。どうしてそんな作業を親方がするのか、そう訊きたいのだろう。健司が探るような目でこちらを見る。悟が気づかないふりをすると、なにも言わずに作業に戻った。

研磨作業があると、工房は鉄を削る大きな音に包まれるが、それがないときは静かだ。つけっぱなしになっているラジオから、懐かしい歌謡曲が流れてくる。悟が作業台に向かって作図をしていると、曲に混じり孝雄の声が背後から聞こえた。

「もう少しゆっくり。一定のリズムで丸く円を描くように揺するんだ。そうそう、それでいい」

春斗に砂のふるい方を丁寧に教えている。孝雄は子供に昔話を聞かせるように、穏やかな声で続ける。

「このふるいは一番、目が粗いものだ。その次はもう少し細かいもの、さらに、もっとさらさらの砂に分ける。ああ、そうか。健司に教えてもらったか。じゃあ、どうして分けるかわかるか。そうか、それはまだ知らないか。いいか、この実型、そう、鋳型の土台になるもんだ。この内側に砂と粘土の汁を混ぜたものをくっつけるが、順番がある。一番外側は、粗い砂を混ぜたもの、そのうえに少し細かい砂を混ぜたもの、そして最後にさらさらの砂を混ぜたものを塗るんだ。滑らかな粘土汁を内側にすることで、鉄器の表面がきめ細かになる」

春斗が孝雄になにか訊ねた。耳をそばだてたが、小さすぎて声が聞き取れない。孝雄の弾むような声がした。

「ああ、そうだ。ここには捨てるものがほとんどない。壊れた鋳型は砂に戻してまた使う。失敗した鉄器も溶かしてまた作る。人によってはゴミだろうが、俺たちにとっては大事な材料だ」

孝雄の声が、また穏やかになる。

「世の中に、いらないものなんかない。小さい虫も、枯葉も土に還れば養分になる。自然に還らないペットボトルやプラスチックだって、リサイクルしているだろう」

孝雄の話はそのあとも続く。

鉄瓶のもとは湯を沸かす茶釜であるとか、工房の神棚に祀っているのは火の神で、旧暦の十一月八日には稲荷神社に参り仕事道具を労うのだ、といったことを春斗に教える。

その話し方に、悟は小学校のときに受けた校外学習を思い出した。岩手の歴史を学ぶ授業で南部曲がり屋を訪ねたが、そのときにガイドを務めていた老人がいた。老人は、南部の人たちがいかに馬を大事にし、人と馬が深く繋がっていたかを説明したあと、岩手に語り継がれている民話『おしらさま』を話してくれた。板張りの台所にある炉を囲み、俯き加減に訥々と語っていた口調が、いまの孝雄の話し方と似ていた。

孝雄の話が途切れたとき、かすかに春斗の声が聞こえた。

「どうして、南部鉄器の職人になったんですか」

子供のころ、悟も同じことを訊いた覚えがある。そのときの孝雄の答えは、なんとなく、とか、成り行きだ、という曖昧なものだった。

春斗にもそう答えるのだろう、と思っていたが、孝雄が口にしたのは別なものだった。

「もう、辛い思いをするのは嫌だったからなあ」

悟は走らせていたペンを止めた。耳に入った独り言のようなつぶやきを、頭のなかで復唱する。悟が知る限り、孝雄が弱音を吐いたことはない。

椅子に座ったまま、そっと振り返る。視線に気づいたらしく、孝雄は一瞬こちらをみたが、すぐに目を背けた。醜態を見られたとき人はこんな顔をするのだろう、そう思わせる表情だった。

いったい、昔なにがあったのか。

いまを逃したら、もう知るチャンスはないように思えた。思い切って訊ねようとしたとき、横から健司がしゃしゃり出てきた。

「俺が職人になろうと思ったきっかけを、教えてやろうか」

悟は止めようとした。その話は健司が酔ったときに何度も聞いている。しかし、健司は椅子ごと身体の向きを変え、本腰を入れて語りはじめた。

「俺が女に振られてやけ酒飲んでるとき、店の客と揉めてあわや喧嘩になりそうだったところを、仲裁に入ってくれたのが親方だった。うまく事を収めたあと、親方は俺になんの仕事をしているのか訊いた。そんとき俺は高校を卒業して勤めた会社を首になったばかりでな、毎日パチンコで凌いでた。そう言ったら親方から、それじゃあ振られても仕方がねえ。いいか、いい仕事をすれば、女はついてくる。真面目に仕事をしろ、そうすりゃ女のほうから寄ってくるって言われてよ。俺はそこでビビッときたね。人生の師匠を見つけたって思ったよ。どこのどなたさんですかって訊いたら、南部鉄器の職人だって言うじゃねえか。その場で土下座して、弟子にしてくださいって言ったんだ。あれからもうすぐ四十年。ちなみに結婚で考えたら四十年目はルビー婚なんだってよ。ちょうど俺は数えで還暦だ。ルビーも赤、還暦の祝いも赤。な、親方と俺は運命の相手なんだ」

講談のように一気にまくし立てると、健司は目を閉じて満足そうに息を吐いた。

苦々しい顔で、孝雄が健司を睨む。

「お前、酒でも飲んでんのか。話を大げさにするのは八重樫だけじゃねえ、お前もだ」

眉間に皺を寄せて、健司が言い返す。

「そんなことないですよ。俺は本当に親方のことを尊敬して――」

「だから、その話はもういいって言ってんだよ」

悟は心で舌打ちをした。ふたりの言い合いがはじまり、訊くタイミングを逃した。どこで話を戻せばいいだろう。

話に割り込む機会を計っていると、工房の戸口が開いた。八重樫だった。健司が大きな声で呼ぶ。

「おう、いいところに来た。お前からも親方に言ってくれ。健司さんは俺と違って話を盛らないっすよって」

八重樫は健司を無視して、孝雄を手招きした。

「親方、ちょっといいですか」

孝雄がそばへいくと、八重樫が短く耳打ちをした。

孝雄がちらりと春斗を見る。視線に春斗は気づいていない。地面の砂をふるいにかけている。

孝雄は健司と悟に顔を向けた。

「すぐ戻る。春斗くんを頼む」

悟は直感した。この場で話せないということは、きっと春斗のことだ。

孝雄と八重樫が外へ出ていく。ふたりがいなくなると、健司が春斗に声をかけた。

「なにかわからないことがあったら、なんでも訊けよ」

春斗が健司を見て頷く。健司は椅子の向きをもとに戻し、作業を再開した。悟も作業台に向かうが、いったいなにがあったのか気になり、仕事が手に付かない。我慢ができず、勢いよく椅子から立ち上がった。健司に言う。

「俺も、少し出てくる」

健司は作業の手を止めず、悟に訊いた。

「腹でも痛いのか？」

鈍感すぎる健司に呆れながら、悟はふたりのあとを追った。

外にふたりの姿はなかった。家に向かう。玄関の戸を開けると、ちょうど外へ出ようとしていた八重樫と鉢合わせした。ぶつかる寸前で踏みとどまる。

「親父は」

八重樫は顎で茶の間を指した。

「電話っす」

「誰と」

「春斗の母親っす」

庄司緑だ。

家の固定電話は、清嘉の代表番号にもなっている。私用ではなく仕事の電話も入るため、工房に勤めている者は誰でも出ていいことになっていた。電話のベルが鳴ったので八重樫が出ると、春斗の母親だと名乗ったと言う。

「俺が工房のアルバイトだってわかると、家の人に替わってほしいって言うから、保留にして親方を呼びに行ったんっすよ」

春斗の様子は、田中が伝えることになっている。しかも、いまは仕事中だと知っているはずだ。急用だろうか。

「用件は？」

訊かれた八重樫は、面倒そうに首を傾げた。

「さあ、俺、取り次いだだけだからわかんないっす。親方に訊いてください。俺は一旦、工房に戻ります」

出ていこうとする八重樫に、急いで言う。

「お母さんから電話があったこと、春斗くんにはまだ言うなよ。変に動揺させたくない」

「了解」

玄関の戸を後ろ手に閉めて、八重樫が出ていく。それとほぼ同時に、孝雄が電話を切る気配がした。

「はい、そう伝えます。ええ、大丈夫です。ご心配なく」

しばらく同じようなやり取りが続き、やっと孝雄が受話器を置いた。

「なんだって」

孝雄が少し驚いたように振り返る。

「いたのか」

「そこで八重樫くんから聞いた。電話、春斗くんの母親だろう」

孝雄は重い息を吐いた。

「ここを出て行ったあと、田中さんが母親に電話をしたらしい。保護者には昨日のことを伝えておいた方がいい、と思ったんだろうな。実際よりはかなり柔らかく伝えたようだが、心配して掛けてきた」

緑は最初、孝雄の携帯に掛けたらしい。しかし、孝雄は携帯を茶の間に置いていた。春斗と少し話して店に戻るつもりだったからだ。携帯が繋がらず、緑は家の固定電話に掛けてきた。

孝雄は長い息を吐きながら、座布団に腰を下ろした。座卓にある急須を手に取る。

「昨日の出来事を詳しく教えてほしい、と言われてな。本当のことを言ったら、心配で夜も眠れなくなるだろう。だから、少し気が昂ぶって道具を壊してしまった、くらいに留めた。だが、なかなか納得してくれなくてな。仕事が終わったら本人に電話をさせる、と言ったら、やっと電話を切ってくれた」

　春斗と一緒に家にきたときの、緑の心配そうな顔が頭に浮かぶ。孝雄は急須に緑茶の葉を入れ、ポットから湯を注いだ。

「俺はこのまま店番をする。八重樫には工房で仕事をするよう言ってくれ」

　悟は孝雄に訊ねた。

「さっきの電話、春斗くんに伝えるのか」

　孝雄は淹れた茶をじっと見つめ、やがて答えた。

「電話があったことは、話してくれ。ただ、内容は言うな。仕事が終わったら、お母さんに電話をするように俺から言う。本人が直接、伝えたほうがいい」

　たしかに、春斗の口から聞いたほうが母親も安心するだろう。

　茶の間を出ようとした悟は、ふと足を止めた。少し考え、振り返る。

「親父」

　孝雄は顔をあげずに言う。

「なんだ」

「あのさ――」

　親父が言った辛い思いってなんだ、そう訊きたいのに声が出ない。なかなか言わない悟を、孝雄が怪訝そうに見た。

「なにか話があるのか」

悟は思わず、別な話にすり替えた。

「新しい仕入れ先の木炭、あまり火持ちがよくないんじゃないか。次も同じなら、別なところに変えたほうがいいよ」

孝雄がどこかを見ながらつぶやく。

「そうだな。考えよう」

悟は茶の間を出ると、急いで家をあとにした。訊けなかった自分に苛立ちながら、工房へ向かう。昔なにがあったんだ、たったひと言なのに言えなかった。孝雄になにがあったのかを知りたいと思うのに、いざとなると、知ってしまったら孝雄が見ず知らずの人間になってしまいそうな怖さを覚える。意気地のない自分が、情けない。

工房の戸を開けると、健司がすかさず声をかけてきた。

「おう、腹はすっきりしたか」

悟はむっとした。こっちの悩みも知らずに気楽なもんだ。

「そんなんじゃないよ」

ぶっきらぼうに答え、砂をふるっている春斗のそばへ行く。その場にしゃがみ、母親から電話があったことを伝えると、春斗は困惑した様子でゆっくりと顔をあげた。

「なんて言ってましたか」

孝雄に言われたとおり、内容には触れず曖昧に答える。

「どうしているかって、心配していた。仕事が終わったら、電話しなよ」

春斗は顔をしたに向けた。返事がない。昨日の出来事を、母親から叱責されると思っているのだろうか。

どう説得しようかと考えていると、工房の奥にある資材置き場から八重樫がやってきた。粘土が入った袋を両手で抱えている。話を聞いていたのか、春斗に向かって言った。

「電話してやれよ。心配してくれる相手がいるだけ、ありがたく思え」

乱暴な言い方に、春斗が鋭い目で八重樫を睨む。

自分でも、顔から血の気が引くのがわかった。いったい八重樫はなにを考えているのか。昨日、補導委託に協力してくれると言ったのに、これでは喧嘩を売っているのと同じだ。

悟は八重樫に駆け寄り、腕を摑んだ。声を潜め、耳元で言う。

「なに言ってんだよ。約束が違うじゃないか。また春斗くんが暴れたらどうするんだよ」

八重樫は悟を斜に見て、さきほどより大きな声で言い返した。

「いいんっすよ。甘ったれにはこんくらい言わないとダメっす」

言うのをやめない八重樫を、健司が横から止めに入った。

「おい、春ちゃんはまだ子供だぞ。もう少し優しくしてやっても——」

「子供じゃないっす」

ぴしゃりと言い返した八重樫に虚を衝かれたのか、健司が椅子のうえで身を引いた。

「高校に行ってんなら別だけど、そうでなければもうガキじゃない。一人前の大人っす」

八重樫は自分の腕を摑んでいる悟の手を振り払い、春斗の前に立った。

「十六だろうが十七だろうが、義務教育を終えて働いてんだろう。それならもう社会人だ。大人が親に心配かけんな。悟さんに言われたように、仕事が終わったら電話しろ。そうしたら、褒美になにか奢ってやる」

八重樫は袋を抱え直し、研磨室へ歩いていく。姿が見えなくなると、健司が声に出して笑った。

「ガキじゃないって言いながら、子供扱いしてるじゃねえか」

毒気を抜かれたような顔をしていた春斗が、我に返ったように瞬きをする。

ひとしきり笑うと、健司が春斗に言った。

「よかったじゃねえか。十回でも二十回でも電話して、たんまりアイス買ってもらえ。悟ちゃんみたいに、腹を壊すぐらいな」

悟はむきになって否定した。

「だから、腹は壊してないって」

「わかった、わかった」

クスクス笑いながら、健司が作業台へ向かう。

春斗は、しゃがんだまま悟を見上げていた。心もとない顔をしている。きつい言葉の裏にある、八重樫の思いやりに気づいたようだ。嫌われていると思っていたが、どうやらそうではないらしい。その気持ちをどう受け止めたらいいかわからない、そんな表情だ。

悟は春斗のそばにしゃがみ、目の高さをあわせた。

「八重樫くんは不器用だからあんな言い方しかできないけど、彼なりに春斗くんを応援しているんだよ。カチンと来るときもあるだろうけど、そこはわかってやって」

睨んだことを後悔しているのか、春斗は済まなそうに頷いた。重い空気を払拭するため、努めて明るい声で言う。

「健司さんの言うとおり、何回も電話して、たくさんなにかを奢ってもらいなよ。八重樫くんの財布が空っぽになるくらい。そうすれば、少しはすっきりするだろう？」

春斗が顔をあげる。一瞬、微笑んだような気がした。しかし、次に見たときはさきほどと同じ不安げな表情だった。春斗はなにも言わず、作業に戻る。いまの笑みが見間違いでないことを願いながら、悟も仕事に戻った。

終業時間になり工房を引き上げようとしていると、由美からスマートフォンにラインが入った。『いまから食事を届けるね』とある。昨夜、庫太郎を出たのは閉店近くだった。後片付けを終えたのは、日付が変わったころだろう。

『疲れてるなら、無理しなくていい』そう返すとすぐに『大丈夫、春斗くんの顔も見たいから』と戻ってきた。昨日の話を聞いて、由美も心配しているのだ。『わかった』そう送信して、スマートフォンをズボンのポケットにしまった。

悟は工房を出ると、そのまま近所のスーパーへ向かった。醬油（しょうゆ）がなくなりそうになっているのを思い出したからだ。

ついでに思いつくものを買って家に戻ると、もう由美が来ていた。台所に立ち、鍋をかき混ぜている。悟は食卓に買ってきたものを並べながら訊ねた。

「お疲れ、それなんだ？」

由美は小皿で味見をし、悟を見て満足そうに微笑んだ。

「アイナメのあら汁。そろそろ終わりだから、いまのうちに食べなきゃと思って。いい出汁（だし）が出ていて美味しいよ。お兄ちゃんも味見する？」

悟は首を横に振った。

「味見しなくても美味いってわかるよ。それより、春斗くんは？」

由美は首を伸ばし、茶の間のほうを見やった。

「あれ、いない？　さっきまでそこで電話してたんだけどな」

由美の話では、台所で料理をしていたら二階から春斗が降りてきて、電話を貸してほしい、と頼んだという。

「どこにって訊いたら、家ですって言うから、いくらでもどうぞって答えたの。それからまだ五分も経ってないけど、もしかして気を遣って早く切ったのかな」

「春斗くん、どんな様子だった？」

由美は鍋の火を止め、後ろ向きに流しに寄りかかった。

「昨日、聞いた話は嘘だったんじゃないかって思うくらい、変わりなかったよ。いつもどおり、静かで大人しかった」

「電話でもか？」

少し後ろめたそうに、由美が俯く。

「盗み聞きしているようで気が引けたんだけど、やっぱり昨日のことが気になるじゃない。ちょっと耳を澄ましてたけど、特に変わった様子はなかったよ。春斗くんはいつものように、うん、とか、ああ、とか相槌を打ってばかりだったから、電話の内容はわからないけど、なんか揉めているとか、言い争っている感じじゃなかった」

「そうか」

悟はほっとした。少しだけ、母親が春斗を刺激するようなことを言うのではないか、と心配していたのだ。

会話が途切れたとき、孝雄が一階の奥にある自分の部屋から出てきた。台所に来ると、ふたりに訊ねた。

「春斗くんは？」

由美はうえを指さした。

「たぶん自分の部屋」

孝雄が悟を見る。

「いま、春斗くんのお母さんから、俺の携帯に電話があってな。息子の声を聴いて安心した、と言っていらした。春斗くん、昨日のことをどんな風に話したんだ？」

悟の代わりに、由美がいましがた話していた内容をかいつまんで伝える。話を聞いた孝雄は、難しい顔をして黙った。由美が不思議そうに、孝雄の顔を見つめる。

「なんか、気になるの？」

孝雄がなにか言いたそうに、目の端で悟を見る。しかし、すぐに由美に目を向けて、首を横に振った。

「いや、なんでもない。春斗くんもお母さんと話してほっとしてるだろう。うん、そうだ」

言葉の最後は、自分自身に言い聞かせているような言い方だった。

孝雄が鍋を覗き込み、ほお、と声を漏らす。

「アイナメか。いいな、急に腹が減ってきた」

由美が朗らかに笑う。

「いつもよりちょっと早いけど、ご飯にしようか。お兄ちゃん、食卓に並んでいる料理、座卓に運んでちょうだい。お父さんは、あら汁をお椀によそって。私、春斗くんを呼んでくるから」

由美が台所を出て、階段をかけあがっていく。悟は、あら汁を椀によそっている孝雄の背を見た。由美の問いに、なんでもない、と答えていたがあれは嘘だ。長年、一緒に暮らしてきた悟にはわかる。春斗と母親の電話で、なにか心に引っかかることがあるのだ。

なにを気にしているのか訊こうとしたとき、それを察したかのように孝雄は悟を急かした。

「ほら、さっさと料理を運べ。もたもたしてると冷めちまうぞ」

まるで、訊くな、と言われているようで、悟はそれ以上なにも言えなかった。

夕食は和やかに進んだ。

食べ慣れないあら汁に苦戦する春斗を、由美が笑い、孝雄が手本を見せる。孝雄の真似をしてきれいに食べた春斗を、孝雄は嬉しそうに褒めた。由美が味を訊ねると、美味しいです、と答える。

三人のやり取りを眺めていた悟は、夕方に気になった孝雄の態度は、自分の考えすぎではないか、と思った。孝雄が自信がなさそうに見えた理由は、春斗に関するものではなかったのかもしれない。たまたま、別のなにかを考えていた姿を、勝手に偽りを言っているように勘違いしてしまったのかもしれない。

うん、そうだ。きっとそうだ。母親も電話で安心したと言っていたようだし、春斗もいまは普段と変わらず落ち着いている。

悟は少し気が楽になり、残っていたあら汁を一気に平らげ、由美に椀を差し出した。

「おかわり」

孝雄も続く。

「俺もだ」

由美は椀を受け取り、太郎の言い方を真似る。

「はい、ありがとうございます。あら汁ふたつ追加。おふたりさんね。大盛サービスだ」

さすが夫婦だ。よく似ている。悟は噴き出した。

さきに食べ終えた春斗が、身体の前で手を合わせた。

「ごちそうさまでした」

座卓から立ち上がり、自分の空いた皿を流しへ下げる。悟も自分の皿を下げ、一緒に洗った。

春斗が洗って悟が拭く。手を動かしながら、なにも考えずに訊ねた。

「昨日のこと話したら、お母さんなんて言ってたんだ？　すごく心配して眠れなかったとか、今日声を聴いて安心したとか、さ。でも、嬉しそうにしてただろう。息子から直接電話がかかってきて」

きゅっと蛇口が閉まる音がして隣を見ると、春斗が洗い物を終えていた。

「もう、うえにあがります」

そう言って台所を出ていく。春斗がいなくなるとほぼ同時に、由美が皿を下げにきた。

由美はあたりを見渡し、訊ねた。

「あれ、春斗くん、もう部屋にいっちゃったの？」

悟は洗いかごに置かれている器を拭きながら、答える。

「ああ、たったいま、あがっていった」

「そっか、帰る前にもう一回、顔を見たかったんだけどな」

下げてきた皿を流しに置き、由美は台所の隅に置いていた自分のカバンを手にした。

「じゃあ、お兄ちゃん。あとはお願いね」

玄関まで見送りに出た悟は、由美に礼を言った。

「いつもありがとう。特に今日は助かった。由美がいると場が明るくなるから」

靴を履き終えた由美は、悟を振り返った。

「本当は今日、予約がけっこう入ってて、ここには来られないなって思ってたの。でも、太郎ちゃんが、行ってこいって言ってくれてね。昨日の今日で、みんなまだぎくしゃくしているかもしれない、そういうときは、美味しいものを食べるに限るんだ、それだけで元気が出るからって」

太郎はちょっと声を掛けづらい風貌をしているが、気持ちは本当にいいやつだ。

由美が照れるように、身体をもじもじさせる。

「太郎ちゃんがいい人なのはわかっているけど、いつも一緒にいるとそれを忘れちゃうときがあるの。でも今日、太郎ちゃんの話を聞いて、改めて優しい人だなって思った。春斗くんのことではいろいろ心配するけれど、それで改めて気づくこともあるんだなって。そう考えたら、春斗くんが来てくれてよかった、ってちょっと思った」

太郎だけでなく由美も優しい、と悟は思った。それと同時に、春斗にかかわらないようにしてきた自分を、とても冷たい人間のように感じる。

玄関を出ていこうとする由美の背に、悟は声をかけた。

「気をつけて帰れよ」

「了解」

ちょっとおどけた調子でそう言い、由美は帰っていった。

悟は後片付けを終えると、二階へ上がった。九時を回ったあたりだった。昨日の孝雄の話と同じく、春斗の部屋の灯りはもう消えていた。

襖が閉まっている春斗の部屋を、悟はじっとみた。

この二日間、灯りが消える時間が早くなった。いつもと違うのはそれだけなのに、なんとなく落ち着かない。

きっと、考えすぎだ。

悟は自分の心に湧いた不安を振り払った。昨日のことで、少し神経質になっているのだ。実際、今日の春斗に変わった様子はなかった。大丈夫だ。心配ない。

自分にそう言い聞かせて自室に入ろうとしたとき、ふとあることに気づき襖にかけた手を止めた。

今日は、土曜日だ。春斗は毎週土曜日の夕方に、宅配便を出している。今日はどうだった。夕方、コンビニに行っただろうか。記憶を辿るが、春斗が出かけた記憶はない。由美も、外へ出て行った、とは言っていない。

悟の胸が、ざわりとした。

部屋の電気が消える時間が早まったとか、宅配便を出しに行かなくなったとか、普段なら気にも留めない些細なことだ。しかし、真面目な春斗が規則のように行っていたことをしなくなるのは、春斗のなかでなにかが変わってきている証のような気がした。

悟は振り返り、もう一度閉じられている襖を見た。春斗にとっていい方向への変化であればいい、そう願いながら、悟は自分の部屋に入った。

第四章

　五月下旬の月曜日。悟は朝から出掛けた。行き先は、同じ市内にある南部鉄器製造会社『株式会社盛祥（もりしょう）』だ。

　盛祥は清嘉より歴史は古く、南部鉄器といえば盛祥の名を思い浮かべる人も多い有名な会社だ。広い敷地には製品が買える店舗があるが、自社製品に限らず郷土の菓子や食品なども置いてある。ここに行けば岩手を代表する土産ものが揃うため、観光客にも人気があった。

　同じ敷地にはほかに、本社と工房がある。この工房が大きい。なにも知らない人が見たら、自動車の整備会社ではないか、と思うほどだ。

　盛祥の工房の造りは清嘉と同じで、なかは土間になっている。鋳型製造、溶解、研磨といった作業ごとのスペースになっていて、そこに職人が使う作業台が置かれていた。しかし、清嘉とは、規模が違う。従業員の人数、設備、ひと月に仕上げる製品の数まで、清嘉とは桁違いだ。

　一番の違いは溶解炉だ。清嘉は古くからあるこしきを使っているが、盛祥は高周波誘導炉を用いている。一度に安定した大量の湯を作ることができる大型の設備で、清嘉のように少量の湯しか作れない工房のなかには、使用料を払い高周波誘導炉を借りにいくものもいた。

　長く連なった作業台で仕事をしている職人を眺めていると、後ろから声を掛けられた。

「小原さん、いらしていたんですか」

この春、盛祥の社長に就任した清水直弥（しみずなおや）だった。前社長で現会長の清水直之助（なおのすけ）の息子で、今年で四十一歳になる。

「お忙しいところ、お時間をもらってすみません。少し早く着いたので、工房を見せてもらってました」

悟は頭をさげた。直弥とは、南部鉄器工業組合の集まりで幾度か会ったことはあるが、きちんとした形で挨拶するのははじめてだった。

三月に行われた就任のお披露目会には、県内外から多くの関係者が出席した。孝雄は出たが、悟は行かなかった。自分とそう歳が違わない直弥が会社を背負って立つのに、自分は工房を継ぐ覚悟もなく、かといって他にやりたい仕事があるわけでもないまま、漫然と日々を過ごしている。それが恥ずかしく、同時にそんな息子が隣にいたら孝雄も立つ瀬がないだろう、と思ったからだ。

お披露目会には行かない、と言う悟に、孝雄は出席を無理強いしなかった。どこかのタイミングで挨拶はしてこい、それが礼儀だ、と言っただけだった。延ばし延ばしにしていたが、そろそろ行かないともっと行きづらくなる、と考えやっと重い腰をあげた。

盛祥の本社建物は、工房の隣にある。直弥は悟を本社の応接室に案内すると、すぐ戻ります、と言ってどこかへ行ってしまった。

悟は部屋のなかを見渡した。窓のそばには大きな観葉植物があり、高そうな絨毯（じゅうたん）のうえには立派な応接セットが置かれている。壁際に置かれている書棚は、金具がすべて南部鉄器だった。なかには南部鉄器や盛祥の歴史に関連する書籍が並んでいる。ドラマでよく見る応接室が、そのまま目の前にあった。

立ったまま待っていると、直弥がやってきた。

「お待たせしてすみません。急ぎで連絡しなければいけないところがあって」

時間より早く来たのは悟だ。直弥が謝る必要はない。

「そちらにどうぞ」

直弥がソファを勧める。革製のソファは座り慣れなくて落ち着かなかった。応接テーブルを挟んでふたりが座ると、ドアが開いて事務服姿の女性が入ってきた。ふたり分のコーヒーをセンターテーブルに置き、退室する。悟は持参した手土産を、直弥に差し出した。

「お祝いの挨拶が遅くなってすみません。これ、ほんの気持ちです。みなさんで召し上がってください」

「そんな気を使わなくていいのに。でも、せっかくお持ちくださったんだ。ありがたくいただきます」

直弥はそう言いながら、恭しく受け取った。

それからしばらく、雑談を交わした。どこのラーメンが美味しいとか、あの映画が好きだとか、そんな他愛もない話だ。こうしていると、自分と特に違いはない同年代の男性に思えてくる。しかし、直弥の後ろの壁を見ると、自分とは明らかに別世界の人間だと感じる。

壁には、盛祥のポスターが飾られていた。ポスターは、直弥が自社の南部鉄瓶を手に微笑んでいるもので、その横に会社名とキャッチコピー『昔もいまもこれからも。南部鉄器がある豊かな暮らしをあなたに』がある。堂々とした直弥の姿には、社長の肩書に恥じない風格が漂っていた。

悟の視線に気づいたのか、直弥は振り返ってポスターを見た。顔をもとに戻し、照れくさそうに鼻の頭を掻く。

「表に出るのは苦手なんだけど、周りから担ぎ出されましてね。若い社長であることをアピールして盛祥を盛りあげましょうって、半ば強制的にやらされたんです」

「いいポスターです」

悟がそう言うと、直弥は笑った。

「お世辞はいいですよ」

本心だった。直弥の明るさとエネルギッシュな感じがよく出ている。ポスターを見た人の多くが直弥に――ひいては盛祥に好感を抱くだろう。

「でも――」

直弥は強い眼差しで、悟を見た。

「本当なら嬉しいです。もっと全国に南部鉄器が広がってほしいから、少しでもその力になれてるなら頑張った甲斐がある」

悟は直弥の視線から、顔を背けた。自分は日々、注文された製品を作っているに過ぎないのに対し、直弥は会社の将来だけでなく南部鉄器の未来まで考えている。見識が狭い自分が、不甲斐ない。

会話が途切れたタイミングで、悟はソファから立ち上がった。

「今日はこれで帰ります。時間を取っていただきありがとうございました」

悟がドアを開けると、ちょうどなかへ入ろうとしていた人と鉢合わせをした。相手は驚いた様子で後ろに身を引く。

「いやいや、これは失礼。小原さんの息子さんが来ていると社員から聞いて、ご挨拶をと思いましてね」

直弥は少し怒ったような顔をした。

「父さん、それは昨日、俺が伝えただろう」

目の前には、直弥の父親――現会長の清水直之助が立っていた。直之助をひと言で表すならば、好々爺（こうこうや）がぴったりだ。垂れた目じり、穏やかな話し方、にこやかな笑みがそう感じさせる。

息子から咎められた直之助は、気を悪くする様子はなく、むしろ楽しそうに笑った。

「いやいや、面目（めんぼく）ない。このところ物忘れがさらにひどくなってな。お前の名前を忘れるのも、そう遠くないなあ」

直弥の顔が、さらに険しくなる。

「それ、笑えないよ。いまの八十歳なんてまだまだ若い。頼むからしっかりしてくれよ」

直之助が降参の意を示すように、肩を竦めた。

「わかったわかった。小言が多いところは、母さん似だな」

自分は真面目に言っているのに、軽くあしらわれたようで腹が立ったのだろう。直弥が食って掛かる。

「小言じゃないよ。俺はずっと元気でいてくれって頼んでいるんだよ」

この調子じゃいつまでも終わらないと思ったのか、直之助は強引に話を切り上げ、悟に訊ねた。

「ところで、もうお帰りですか。もしお急ぎでなかったら、少し私と話しませんか」

唐突な申し出に戸惑った。直之助とは仕事の場で幾度か挨拶をしたが、改めて話をしたことはない。

「僕は大丈夫ですが、話ってどんな――」

助けを求めるように、直弥を見る。もし、仕事の交渉や取引に関する話ならば、親方の孝雄としたほうがいい。自分が聞いても、なにも答えられない。

直弥が悟の考えを見抜いたらしく、横から口を挟む。

「仕事の話なら、またにしたら。今日は挨拶にいらしただけだから」

直之助は微笑みながら、顔の前で手を左右に振る。

「違う違う、そんなんじゃない。年寄りの茶飲み話に付き合ってほしいだけだ」

直弥が声を尖らせる。

「それならなおさらだ。小原さんだって忙しいんだ」

「でも、次にいつ会えるかわからんしなあ」

一度収まった言い合いがまたはじまりそうになり、悟はあいだに割って入ろうとした。そのとき、直之助の後ろから、悟たちにコーヒーを運んできた女性が顔をのぞかせた。

「ご一緒するなら、お茶をお持ちしますか」

直之助は、助かった、といった顔で女性を振り返った。

「ああ、いらないよ。これから小原さんと工房へ行くから」

直之助の言葉に、悟は再び驚いた。

「工房、ですか？」

オロオロする悟をよそに、直之助は勝手に話を進める。

「たまにはよその工房を見るのもいいでしょう。——というわけだ。直弥、お前は来なくていいぞ。さっき岐阜テックスさんから電話があって、珪砂の号数について確認したいそうだ。連絡してくれ」

直弥が渋々といった態で、応接室を出ていく。その背が廊下の奥に消えると、直之助はほっとしたように息を吐いた。

「あいつは昔からあのとおりだが、社長になってなおのこと口うるさくなった。張り切るのはいいが、何事も塩梅というものがある。どこかで力を抜かないと、パンクしてしまうのになあ」

頭に春斗の顔が浮かんだ。直弥もどこかでガスを抜かないと、春斗のように爆発してしまうかもしれない。

「たしかに、そうですね」

言葉に実感がこもっていたのだろう。直之助は意外そうに悟を見た。

「なにか、思い当たることがあるのかな」

他人に春斗のことは言えない。悟は首を横に振る。

「いいえ、ただ、本当にそうだなと思いましたから——」

直之助はそれ以上訊かず、廊下を歩き出した。

「じゃあ、行きましょうか。いえいえ、工房ではありませんよ。多少の違いはあるが、工房なんてどこも造りは同じです。いまさら改めて見なくてもいいでしょう。あれは、直弥を追っ払う方便です。あいつは口を開くと小言ばかりで、一緒にいても面白くない。いま、若い職人がほとんどいなくてね、歳をとると、たまには若い人と話したくなるもんですよ」

すぐにはピンと来なかったが、孝雄を思い出し、そういうものかもしれない、と思った。我が子の世話をろくにしなかったのに、いまは春斗の面倒を見ている。どうして補導委託を申し出たのかわからず、ずっともやもやしていたが、いまの話を聞いて少し気が晴れた。特に深い理由はなく、年齢を重ねて心持ちが変わったのかもしれない。

悟は軽い足取りで直之助に追いつくと、隣に並んだ。

「さきほどのお話、うちの親父も同じです」

直之助が、意外そうな顔で悟を見た。

「孝雄さんが？」

悟は小さく笑った。

「いま、知り合いから頼まれて、若い子を預かっているんです。まさか親父が引き受けるなんて思わなかったからびっくりしました。でも、会長のお話を聞いてわかりました。いままで気づかなかったけれど、親父も歳をとったんだなって思います」

直之助は急に黙り込んだ。考え込んだ様子で、ただ足を進める。

廊下の角に差し掛かったとき、作業服を着た男性社員の姿が見えた。社員はその場で立ち止まり、直之助に軽く頭をさげる。

「親方、おはようございます」

直之助は我に返ったような顔をして、すぐに社員に笑みを返した。社員がいなくなると、悟は訊ねた。

「会長ではなく、親方と呼ばれているんですか」

直之助は、はは、と短く笑った。

「社員にはずっとそう呼ばせています。立場上、外では社長や会長と呼ばれることはありますが、ここでは私は職人です。生涯、親方です」

岩手を代表する企業の会長であるにも拘わらず、偉ぶらない姿勢を好ましく感じる。柄にもないことを言った、とでも思ったのか、直之助は少しおどけて見せた。

「まあ、そうは言っても、老い先は短いけれどもね」

「そんな――」

弱気な言葉を、悟は止めようとした。しかし、直之助が途中で遮った。

「実は、もう二十年近く糖尿を患っていましてね。だましだましやってきたが、ここ数年はただでさえ体力が落ちているのに、さらに身体がしんどくてねえ。まあ、ここが引き際だろうと思って、息子に跡を継がせたんです」

廊下の突き当たりに、従業員用の出入り口があった。外へ出ると、すぐ目の前が工房だった。

直之助はまぶしそうに建物を眺める。

「やっぱり、ここが一番好きだなあ」

直之助の顔に、子供のような笑みが浮かぶ。

「ご存じかと思いますが、盛祥は私の祖父が立ち上げました。この工房は私が生まれたときからあって、晴れの日も雨の日も一緒に頑張ってくれた。まさに盟友のようなものです。息子は建て替えを考えているようですが、それは私が死んでからにしてくれ、と言いました」

直之助が会社の門をくぐり、外へ行く。着いていくと川に出た。北上川(きたかみ)の水系で、名前もない小さなものだ。直之助は背中で手を組み、川沿いの野道をゆっくりと歩く。

「誰にも言ったことはないが、私はあなたのお父さんがずっと羨ましかった」

「え？」

思わず短い声が出た。岩手を代表する南部鉄器会社の会長が、どうして清嘉のような小さい工房の親方をそんな風に思うのか。

直之助は歩きながら、話を続ける。

「そう思いはじめたのは、私が親父の跡を継いで社長になったあたりからです。それまでは一日の大半は工房で鋳物を作っていたのに、社長室で書類と向き合うことが多くなりましてね。社長とはそういうことだとわかっていたんですが、なってみるととても淋しかった。たまには現場で仕事がしたい、と言っても、社長がいると若手がみんな緊張する、と止められてね。なんだか部屋に軟禁されている気分でした」

直之助は、付け足しのように笑う。

「それでもまだ、身体が丈夫なときはよかった。会社の健康診断で糖尿病と言われてから、さらにできないことが増えたんです。塩分の強い物はダメ、酒もほどほど、甘い物も控えなければいけない。私の祖父も父も糖尿でしてね。そういう家系なんです。だから私は若いときから暴飲暴食はせず、健康に留意してきました。それなのになってしまった」

直之助は、隣を歩く悟を見た。

「孝雄さんは、頑固でしょう」

悟は正直に答えた。

「頑固をとおり越して、偏屈です」

直之助は豪快に笑う。

「偏屈ですか、なるほど。そうとも言えるかもしれませんね」

笑いが収まると、直之助が遠くを眺めた。その視線を悟は追う。ゆっくりと流れる川の向こうに家々の屋根が並び、その奥に岩手山が見えた。

直之助は、視線を自分の足元に落とし、独り言のようにつぶやく。

「確固たる自分の意志があるから、頑固とか偏屈と言われるんです。職人に限らず、なにかを作り出す者はそれがないといけません。刺激や影響を受けつつも、己を貫きとおす芯がないと、中途半端なものしかできない。節子さんも、孝雄さんのそんなところに惹かれたんでしょう」

「母が父を——ですか？」

悟は驚いて、直之助を見た。

「意外ですか？」

直之助が、悟に顔を向ける。

「ええ、まあ」

曖昧に答える。ふたりの馴れ初め（なそ）を悟は知らない。訊いたことはあるが、孝雄からは無視され、母には笑顔ではぐらかされた。やがて孝雄を身勝手な人間だと思うようになり、あんな男を母親が好きになるわけがない、半ば強引に孝雄が結婚に持ち込んだのだろう、そう思っていた。

直之助は、面白そうに笑う。

「あなたは反論するだろうけれど、孝雄さんはいい男ですよ。ええ、本当にそう思います」

悟に向けていた視線を、直之助が遠くへ戻した。

川から強い風が吹いた。足元の雑草がいっせいに音を立てて揺れる。

「物事には風というものがありましてね。仕事、人生、時代にいろんな風が吹く。穏やかなそよ風もあれば、激しい暴風もある。ほかにも追い風、逆風などがありますが、人はそれらに翻弄されるんです。いい風に乗ったと思ったら、一転して嵐のような風に見舞われ転落したりする。それが世の理だから致し方ないのですが、それらに立ち向かうために必要なものはなんだかわかりますか」

「なんですか」

訊ねると、直之助はぽつりと答えた。

「強さです」

念を押すように、繰り返す。

「どんな風にも動じない、強さが必要なんです」

直之助は風と言ったが、それは運不運という言葉に置き換えられるものだろう、と悟は思った。真面目、努力、根性といった精神論が通じるものではない。人間がなにをしても、どうにもならないものだ。そんな途方もないものに立ち向かう強さを、孝雄が持っているというのか。

そうとは思えない気持ちが顔に出ていたのだろう。直之助は口元に笑みを浮かべながら、悟の顔を横からのぞき込んだ。

「どうしました？」

確信をもって言い切る直之助に、自分はそう思えない、とは言えず、悟は言葉を変えて訊ねた。

「どうして、親父を強いと思うんですか」

直之助は、意外そうな顔をした。

「そんなことは、見ていればわかります。もしかして、あなたはいつもそばにいるのに、わからないんですか」

お前の目は節穴か、そう言われたようで極まりが悪い。しどろもどろになっていると、直之助が反省するように、したを向いて自分の頭を手で叩いた。

「こりゃ、言い方がまずかったな。別に責めたわけではありません。そう感じたなら謝ります。私からすれば当然のことだったので、てっきり息子さんのあなたも同じだと思いましたが、距離が近すぎて見えないということも、世の中にはありますからねえ」

直之助は、再び背中で手を組んだ。

「私は、孝雄さんが喧嘩をしているところも、誰かに挑みかかっていく姿も見たことがありません。昔からあのとおり無口で、どこか物事を達観している感じで、むしろ小心者のように思っていました」

ふたりがはじめて顔を合わせたのは、孝雄が十代後半、直之助が二十代半ばのころだった。

「もう五十年も前になりますが、親密な付き合いはありません。青年会や組合の会議で、年に数回顔を合わせるだけでした。でも、この長い時間のなかで、私は孝雄さんの強さを知りました。清嘉さんがずっと焼型にこだわっているのも、そのひとつです」

鉄を溶かした湯を流し込む型には、大きく分けてふたつある。生型と焼型だ。

生型は砂に凝固剤を混ぜて、それをアルミなどの型にプレスした鋳型で、大量生産に向いている。一度にたくさん作れるため、価格が低く抑えられるのが利点だ。

一方、焼型は伝統的な作り方で、細かい作業を入れると百近くの工程が必要となる。そのため、価格は生型より高い。しかし、細かい模様を施したり、繊細な形を作ることができる魅力がある。

直之助は、遠くを見た。

「盛祥もかつては焼型だった。しかし、時代とともに変化する生活様式、職人の高齢化の問題、なにより、南部鉄器の普及のために生型を導入した。それは、正しかったと思っている」

悟は心の中で頷いた。現在は、県内の特産品を扱う店にはたくさんの南部鉄器が置かれ、インターネットでも販売されている。それができるのは、生型で作るようになったからだ。

直之助はそこでひと呼吸おき、話を続けた。

「どちらがいいとか、優れているということではない。だがね、人は自分が選ばなかった道にいつまでも嫉妬するものなんだ。昔ながらの焼型をいまでも主軸にしていたら別な盛祥があったんじゃないか、とね」

その気持ちが、悟にはわかるような気がした。職人ならば、自分の技術を思う存分発揮できる仕事をきっと望む。

直之助は、なにかを吹っ切るように俯き加減だった顔をあげた。

「私だけじゃない。生型を戦力にした工房の経営者の多くが、そう思っているだろう。しかし、そうしなければならなかったんだ。南部鉄器の代わりになる安い製品が溢れる時代を生き抜くには、焼型だけでは難しいんだ。だが、孝雄さんはそこにこだわった」

頑なにやり方を変えない孝雄に多くの人が呆れ、なかには、いずれ清嘉は潰れる、そこを免れてもいまより店が大きくなることはない、そう面と向かって言う人もいたらしい。

「何事もはじめるのは簡単だが、継続がとても難しい。様々な問題が立ちはだかりますからね。自分の迷い、価値観の違い、周囲との軋轢、金銭面。孝雄さんはそれらと闘い、いまも清嘉を守り続けている。それを強さと呼ばず、なんと言うのでしょう」

いまの話が孝雄ではなく別な誰かだったら、揺るぎない信念を持つ強い者だと思うだろう。息子としてずっと孝雄を見てきた悟には、やはり偏屈としか思えないが、ここは直之助に敬意を払いその考えを一旦受け入れた。

「どうすれば、そんなに強くなれるんでしょう」

直之助は、小さく笑いながら首を横に振った。

「それは私が知りたいですよ。きっと、ほとんどの人が私と同じ答えのはずだ。でも、孝雄さんなら知っているでしょう。なんせ強い人ですから。そう言っても孝雄さんは、俺は強くねえ、と一蹴するでしょうけれど」

直之助が真似た孝雄の口調は、そっくりだった。

「でも、強くなるために必要なものはわかります」

歩きながら、直之助が言う。

悟は思いついたものを、いくつかあげた。

「忍耐、負けん気、信念でしょうか」

直之助は、小さく何度か頷く。

「たしかにそれらも必要でしょう。でも、私が思うものは少々違います」

直之助は、言葉を区切るようにつぶやいた。

「たとえば怒り、たとえば嘆き、たとえば悔恨――それらをすべて受け止められたとき、人は強くなれるように思います」

直之助の話は、なんだか住職の説法のようだった。わかるようでわからない。返事に困って黙っていると、直之助は話を、孝雄たちの馴れ初めに戻した。

「見せかけだけじゃなく、本当の強さを見抜いたあなたのお母さんはなかなかの人でした。孝雄さんに出逢って、絶対にこの人だ、と思い押し掛け女房までして一緒になったんでしょう」

悟は突っかかった。

「それは、夫婦の関係は母の一方的な想いで成り立っていた、ということですか」

母にとって孝雄は大事な人だったが孝雄にとって母はそうではなかった、そんな風に言われた感じがして、つい、喧嘩腰の口調になってしまった。

直之助は気を悪くする様子もなく、笑いながら否定した。

「いやいや、そんなことはありませんよ。孝雄さんも節子さんを好いていました。孝雄さんが結婚になかなか踏み出せなかったのは、自分は結婚に向かない、と思っていたからです」

夫婦の馴れ初めだけでなく、孝雄の結婚観も聞いたことがない。

「それは、親父が言ったんですか」

直之助が頷く。

「昔、酒の席でね。私がまだ若くて、孝雄さんがいい男だとわからなかったころです。いや、わかっていたけど認めたくなかったのかもしれません」

直之助がはじめて節子に会ったのは、孝雄が結婚したばかりで、用事で清嘉に行ったときだったという。

「玄関で挨拶をする節子さんを見て、こんな美人がいるのか、と驚きましたね。そして、どうしてあんな朴念仁(ぼくねんじん)がこんな素敵な人と結婚できたんだって悔しくなった。だから後日、南部鉄器の若手職人が集まる青年会で、どうやって口説いたんだ、とか、なんか弱みを握ってたんじゃないのか、などと絡んだんです。最初、孝雄さんは黙って聞き流していましたが、あまりにしつこいので腹が立ったんでしょう。私を睨みつけ、うるさい、と凄んだんです。そして猪口の酒をぐいっと呷り、俺は結婚には向いてないってぽつりと言ったんです。そのときの辛そうな顔は、いまでもはっきりと覚えています」

たしかに孝雄は家庭的ではない、と悟も思う。しかし、それは親子関係においてのことで、夫婦関係のことではない。悟と孝雄はいい関係性とは言えないが、節子と孝雄もそうだったかはわからない。悟のなかに、ふたりが喧嘩をしていた記憶はない。しかし、仲睦まじくしていた思い出もない。ただふたりはそばにいた、そんな感じで実際はどんな仲だったのか、悟は知らない。

「母は、幸せだったんでしょうか」

思わず口からこぼれたひと言に、悟は自分でも驚いた。しかし、それ以上に直之助はびっくりしたようだ。そんなこともわからないのか、といった表情だ。

直之助はうえを見て、ふっと息を吐いた。

「それは節子さんにしかわかりません。幸不幸は他人の物差しでは測れないのでね。でも、きっと悔いはなかった。連れ合いより先に逝く無念とか、残されたあなた方の心配といった今生への未練はあったかもしれないけれど、自分の気持ちに正直に生きたのだから、後悔はなかったでしょう」

直之助が、うえを向いたまま足をとめる。

「きっと、孝雄さんも同じです。私のようには気の進まない仕事をせず、人におもねるようなこともしないで、ただひたすら自分が選んだやり方で南部鉄器を作り続けてきた。節子さんと同じく、後悔のない人生でしょう」

直之助は、悟に視線を移した。

「あなたも、両親のように生きなさい。私みたいになってから、あれがしたかった、これがしたかったと思ってもどうにもなりません。苦労はしても、後悔のない人生を送りなさい。それは自分のためであり、また、自分の大事な人のためでもある」

自分の思うように生きるのが、どうして人のためになるのか、いまの悟にはわからなかった。自分がいい親子関係を築けなかったのは、孝雄のせいだと思っている。もっと我が子のことを考えて歩み寄ってくれていたら、いまとは違う形になっていたはずだ。直之助の言葉に素直には頷けないが、自分を思って言ってくれていることには心から感謝した。

「ありがとうございます」

悟が頭を下げると、直之助は両手をうえに伸ばし、気持ちよさそうに深呼吸をした。

「ああ、いい風だ。今日はお会いできてよかった」

「私もです」

ふたりはどちらからともなく、いま来た道を戻りはじめた。

会社の正門に着き、自分の車を停めてある駐車場へ向かおうとしたとき、背に直之助の声がした。

「あなたも、そのうち清嘉を継がれるんでしょう」

悟は振り返り、正直に答えた。

「まだわかりません。でも、私が継がなくてもうちには健司さんがいるし、親父だってこんな息子をあてにしていませんよ」

直之助は少しの間のあと、試すように悟に訊いた。

「あなたは南部鉄器が好きで、職人になったんじゃないんですか」

悟は返す言葉に詰まり、一礼してから、その場をあとにした。

乗ってきた会社のワゴン車の運転席に座るとエンジンをかけて、盛祥の駐車場を出る。ハンドルを握っていると、視界の隅で小さなものが揺れた。車の鍵につけているキーホルダーで、南部鉄瓶がモチーフのものだ。

視線を前方に戻し、直之助の言葉を反芻（はんすう）する。

――あなたは南部鉄器が好きで、職人になったんじゃないんですか。

すぐには答えられなかった。南部鉄器に興味がなかったわけではない。溶けた鉄が眩（まば）ゆい光を放ちながら鋳型に流し込まれる光景は昔から好きだった。しかし、孝雄が嫌だった。一緒に働くなど考えたこともなかった。

悟が清嘉で働きはじめた理由は、母親の節子に頼まれたからだ。

地元の高校を卒業した後に悟は、県内の大学に通った。学部は情報学部。どうしても行きたい学部ではなかった。これからの時代、ＡＩやデータ分析、プログラミングなどの知識が求められる。きっと就職に有利だ、と思ったからだ。

節子が身体の不調を感じ、市内の開業医を受診したのはその年の秋だった。以前からみぞおちが痛み、次第に食欲も落ちてきた。そのとき節子は、四十九歳。心配する悟に、加齢に伴う体調の変化だ、と笑っていたが、症状は悪くなる一方だった。本人も身体が辛くなったことと、由美からきつく受診を促されたことで、やっと重い腰をあげた。

ＣＴや胃カメラを受けたところ、すぐに市内の大学病院を紹介された。そこでさらに詳しい検査を受けた結果、ステージ４の胃がんとの診断を受けた。

腫瘍は質(たち)の悪いもので進行が早く、すでにリンパへ転移していた。医師の話だと、できる限りの治療をしても残された時間は一年もないだろう、とのことだった。

節子は大学病院を受診する前に、診断の結果は正直に伝えてほしい、と孝雄と悟に伝えていた。そのときふたりは頷いたが、いざとなると迷いが出た。

人は、本当のことを知りたい、と思う一方、本当のことを知るのが怖い。節子もきっとそうだ。余命いくばくもないと知ったら、節子はどうなるだろう。絶望し、死の恐怖に怯え、辛い時間を過ごすのではないか。それならば、残された時間を穏やかに過ごせるように、多少の嘘を交えて伝えたほうがいいのではないか。

孝雄と悟は相談し、後者を選んだ。節子をできるだけ苦しませたくないし、苦しむ節子を見るのも辛い。少しでも長く穏やかな時間を過ごすほうが互いのためだろう、そう考えたのだ。

由美にはその旨を電話で伝えた。携帯の向こうから、ふたりがそう決めたなら、と言う涙声が聞こえた。由美は、医師の説明に自分も同席する、と言ったがそれは止めた。家族全員で病院に押し掛けたら、きっと節子は不審に思う。嘘が見破られてしまうかもしれない。そう言うと、由美は納得し引き下がった。

しかし、みんなで相談し悩んだ末に出した結論は、節子のひと言でいとも簡単に覆った。

担当医からの説明を明日に控えた夜、孝雄と悟は病院へ面会に行った。節子のベッドは四人部屋の窓際で、昼間は遠くに岩手山が見える場所だった。面会に行くたびに、節子はその日の山の様子を語る。稜線がくっきり見えた、とか、雲がかかっていて見えなかった、など観察日記のようだった。

その日も同じような会話をし、帰ろうとすると節子は、そこまで見送る、と言って一緒に部屋を出た。

節子をあいだに挟み、病棟のフロアでエレベーターが着くのを待つ。そのあいだ悟は、やはり節子に本当のことを言わないことにしてよかった、と思った。他愛のない会話をし、なんてことはない話に笑う。いつもとかわらない時間を過ごすことが、みんなのためなのだ。

エレベーターが到着し、扉が開いた。孝雄と悟が乗り込むと、それまで笑顔だった節子が真顔になった。小さいが固い決意がこもった声で言う。

「約束、守ってね。絶対に」

不意を衝かれた悟は、身体が固まった。咄嗟に横を見ると、孝雄は怖いぐらい真剣な顔で節子を見ていた。

扉が閉まる間際、節子は笑顔に戻り、軽く手を振った。

「気をつけて、帰ってね」

エレベーターの扉が、目の前で静かに閉まった。したに降りるあいだ、ふたりとも口を開かなかった。一階に着き外へ出ると、冷たい夜風が顔にあたった。足元を、枯葉が転がっていく。歩き出した孝雄が、重い声でつぶやいた。

「母さんのあんな顔を見るのは、はじめてだ」

隣を歩きながら、返事をする。

「俺もだ」

物心ついたときから、節子はいつも笑っていた。口を開けて大笑いしたり、口の端をわずかにあげて微笑んでいたり、常に優しい表情をしていた。ときには怒ったり叱ったり、厳しい表情になるときもあったが、すぐに機嫌を戻し、顔に笑みを浮かべていた。あんな深刻な顔の節子は、いままで見たことがなかった。

「母さんが覚悟したんだ。その気持ちを尊重すべきだ。そうだろう」

最後の言葉は、悟に言っているようでもあり、自分に言い聞かせているようでもあった。悟は沈黙に、同意の意思を込めた。

翌日、三人で病状の説明に臨(のぞ)んだ。担当医には事前に、本人にも本当のことを言ってほしい、と伝えておいた。

担当医は面談室で、机を挟み椅子に座っている三人に、ホワイトボードを使いながら説明した。途中で話を止めて、ここまではおわかりいただけましたか、と常に確認をする。正しく理解できているかを確かめることでもあるが、節子の様子を見ているようでもあった。

説明を終えると、担当医は椅子に座り、三人と向き合った。

担当医は、節子、孝雄、悟の顔を順に見る。

「ここまでが、節子さんのいまの身体の状態です。これからお話しするのは、今後の治療の流れです」

以後は消化器内科だけではなく、外科もチームに加わるという。まずは手術で腫瘍を取り除き、その後、放射線と薬物治療をする。

「医学の進歩は目覚ましく、術式も薬も昔とは大きく違います。術式は患者さんの身体になるべく負担をかけないようになっていますし、放射線や薬による副作用もかなり軽減されています。わからないことや不安なことがあったら、いつでも言ってください。私も看護師も、対応します。よろしいですか」

担当医は節子に訊ねた。

説明のあいだ、節子はずっと担当医を見ていた。取り乱すことはなく、言葉ひとつも聞き逃すまいというように、じっと話に耳を傾けていた。

節子は目を閉じて深い息を吐くと、再び担当医を見つめ、静かに微笑んだ。

「丁寧なご説明ありがとうございました。すべてお任せします。よろしくお願いします」

深々と頭を下げる節子に、担当医とそばにいた看護師は目を合わせた。節子の冷静さに、当惑しているようだった。

節子は頭をあげると、孝雄と悟に顔を向けた。

「約束、守ってくれてありがとう。私、頑張るね」

穏やかな笑みを見て悟は、正直に伝えてよかった、とこのときは思った。

節子は前向きに治療に臨んだ。担当医や看護師の指示に従い、病と闘った。その甲斐があってか、節子の病状は驚くほどよくなり、一時は退院できるほど回復した。

家での節子は、食事の量が減ったのと疲れやすくなったこと以外は、以前と変わりない様子で過ごしていた。家の掃除や洗濯、料理、店の手伝いをする。悟と由美が止めても、きかない。いつもどおりにしているのが一番幸せなの、と笑う。嬉しそうに動いている姿を見ると、無理に止めさせることができなかった。

孝雄は、なにも言わず、節子がやりたいようにやらせていた。身体を労る言葉をかけることはなく、家のことを手伝う様子もない。

見かねて、一度、孝雄に詰め寄ったことがある。節子に聞かれないよう、誰もいない工房へ連れ出し、もっと節子を大事にしろ、と訴えた。孝雄は黙って聞いていたが、やがてひと言、訊き返した。

「それだけか」

「なに？」

聞き間違いかと思い、訊き返す。孝雄は不機嫌な顔で繰り返した。

「言いたいことは、それだけか」

まるで他人事のような言い方に、怒りを越えて笑いが込み上げてきた。孝雄がどんな人間か知っていたはずだ。それなのに、いまさらなにを期待したのか。自分の愚かさを恨む。

ひとしきり笑うと、悟は孝雄を睨んだ。

「親父、病気のことを母さんに正直に伝えると決めたとき、自分がなんて言ったか覚えているか。母さんの気持ちを尊重するって言ったんだ。そのとき俺は、表には出さないが親父は母さんを大切に思っているんだって思った。でも、違ったんだな。尊重なんて耳当たりのいい言葉を使っても、本当は考えるのが面倒なだけだったんだ。いまもそうなんだろう。母さんのことを放っておくのは、同じ理由なんだろう」

孝雄は表情ひとつ変えず、黙っている。ばかにされているような感じがして、悟は怒鳴った。

「なんとか言えよ！」

孝雄はぼそりと言った。

「なにも言うことはない」

孝雄が工房から出ていこうとする。悟は前に回り込み、胸倉を摑んだ。握りしめた拳で孝雄を殴ろうとしたとき、工房の戸が開き悲鳴のような声がした。

「なにしてんの！」

由美だった。

「家に帰ったらふたりがいなくて、母さんに聞いたら工房だっていうから来てみれば――」

由美は怖い顔でそばに来ると、身体をあいだにねじ込み、力ずくでふたりを離した。

由美のきつく結んだ唇が、かすかに震えている。気迫に圧(お)され、頭に上っていた血が少し下がった。悟は気を静めて、孝雄を殴ろうとした理由を説明しようとした。

「これには訳が――」

由美は悟を睨みつけ、言葉を途中で遮った。

「どんな理由があっても、母さんに心配かけるようなことしないで！」

由美が叫ぶように言う。

「みんな大変なのはわかってる。私だってそう。いろいろ考えて哀しくなったり、些細なことに苛立ったり、深く落ち込んだり。でも、一番辛いのは母さんでしょ。その母さんを悲しませるようなことはやめて。母さんがなにも考えないで治療に専念できるように――」

そこで由美は言葉に詰まり、やがて絞りだすようにつぶやいた。

「お願い――」

工房に、由美のすすり泣く声が響く。

孝雄がなにも言わず、工房を出ていこうとした。悟は背中に声をかけた。

「親父、なにか言うことないのかよ」

孝雄が背を向けたまま、ひと言だけ答える。

「ない」

そのまま工房を出て行った孝雄に、やはり親父とはやっていけない、と悟は思った。節子の病気を知ったときはさすがに落ち込んでいたようだが、孝雄はもともと感情が希薄な人間なのだ。深い愛情や慈しみを持っていない。

悟の胸に、悔しさと強い憤りがこみ上げた。あんな人間と一緒にいたくない。同じ空気を吸うのも嫌だ。いずれ自分は家を出る、そのときにそう決めた。

担当医が告げた余命一年が過ぎても、節子はかわらない日々を過ごしていた。通院で受けている放射線治療で体調が悪くなるときはあったが、一定の期間が過ぎると再び戻る。もしかしたら、このまま病気が治るのではないか、と思うほど健やかだった。

しかし、病はゆっくりと進行していた。手術から一年半が過ぎたあたりから、節子は目に見えて弱っていった。食欲がなくなり、見る間に痩せていく。身体がだるく、一日の大半を布団で過ごすようになり、家事も料理も店の手伝いもできなくなった。

半月に一度だった通院が毎週になり、定期的に受けていた放射線治療は、これ以上続けると骨量が減少し骨折のリスクが高くなる、との理由でできなくなった。

担当医は入院を勧めたが、節子は頑なに拒んだ。飲み薬を続けて自宅で過ごす、と言う。当初は本人の意思を重んじ、担当医も入院を無理強いしなかったが、やがて節子のほうから、入院する、と言った。痛みに耐えきれなくなったのだ。

入院する日、孝雄と由美は外せない用事があったため、悟が節子に付き添った。若い看護師が案内した部屋は、個室だった。怪訝そうな顔をする節子に、看護師は笑顔で説明する。

「少し体力が落ちているので、ゆっくり休める個室にしました。ほかの患者さんが一緒だと、いびきや物音が気になって眠れないかもしれませんから」

「よかったな、母さん」

咄嗟に話を合わせたが、悟は節子がこの部屋から出ることはないと直感した。個室を用意されたのは、常に看護師の目が必要なくらい病状が悪く、万が一、ほかの患者から感染症がうつったら命にかかわるほど身体が弱っているからだ。

隣を見ると、節子が部屋に一台しかないベッドをじっと眺めていた。その姿に悟は、本人もこの部屋の意味がわかっている、と感じた。節子は、悔しさや悲しみ、諦めが入り混じった表情をしていた。しかし、それは一瞬のことで、すぐにいつもの穏やかな表情に戻った。看護師に微笑み、頭を下げる。

「お世話になります」

若い看護師は、節子が嘘に気づいていると気づかずに、笑顔で部屋を出て行った。

節子が入院しているあいだ、孝雄、悟、由美の誰かが、必ず面会に行っていた。悟が差し入れを携えて病室に行くと、節子はいつも少し困ったように笑った。

「みんな仕事や学校があるから大変でしょう。困ったことがあったら看護師さんに頼むし、私もこのところ調子がいいの。毎日、面会に来なくていいって、お父さんにも由美にも伝えて」

たしかに、痛み止めの薬を服用から点滴に変えてから、和らいだ表情が増えていた。しかし、強い薬は身体に負担をかけるリスクがある。痛みが軽くなるのと引き換えるように、節子の食欲は目に見えて落ちていった。入院してひと月が過ぎたころには、病院着の袖から覗く腕は、骨の形がわかるほど細くなっていた。

部屋のなかにあるトイレに行くのも苦労するくらい弱っても、節子はずっと笑っていた。

「いまなら身体の骨の数、数えられるね」

そんな自虐めいた冗談を言う節子が、悟には痛々しかった。

悟が知る限り、病気になってから節子が泣いたのは一度だけだった。亡くなる一週間前、面会に行くと、眠っていた節子がふと目を覚ました。

「悪い、起こしちゃったかな」

そう詫びると、節子はゆっくりと顔を悟に向けた。

「悟、あなたにお願いがあるの」

ベッドのそばにある椅子に座り、か細い声が聞こえるよう、節子のほうに身を寄せた。

「なに」

節子は布団から右手を出し、二本の指でVの字を作った。

「ふたつ」

「ひとつ目は?」

節子は、言葉を区切るように、ゆっくりと言った。

「あなたに清嘉を、継いでほしいの。あなた、南部鉄器が好きでしょう。子供のころ、姿が見えないと決まって工房にいた。目をキラキラさせて作業を見ていたものね」

思いがけない頼みに、悟は驚いて節子を見た。咄嗟に、言い繕う。

「そんなことないよ。それに、清嘉には親父と健司さんがいる。バイトも雇ってるし、俺は必要ないよ」

悟の声が聞こえていないのか、それとも聞き流しているのか。節子は構わず話を続ける。

「ふたつ目は、お父さんのこと。私がいなくなったら、お父さんのことお願いね」

「なに言ってんだよ。治るために入院したんだろう。そんな弱気になるなよ」

哀しみを隠すため、怒ったふりをした。

節子は布団から出している手を、悟へ差し出した。両手でその手を包み込む。指の細さに、胸が詰まった。悟を見つめる節子の目が、潤みを帯びる。

「ごめんね。頑張ったけど、母さん、ここまでみたい」

詫びる節子を、悟は叱った。

「やめろよ。大丈夫だって言ってるだろう」

節子の頬を、涙がつたった。

「あなたと由美は、心配してない。ふたりとも、しっかりしてるから。気がかりなのは、お父さん。強がっているけど、すごく淋しがりやなの。不器用だし頑固だから、なにかあってもきっとあなたたちには言わない。もう、ひとりにはさせたくないの」

節子とのやりとりを思い起こしているうちに信号が赤になり、悟はブレーキを踏んだ。車が停まってもまだ揺れている、南部鉄器のキーホルダーを見る。

あのときは気に留めなかったが、いまになると節子が口にした「もう」には、深い事情があったのだとわかる。それはきっと、孝雄の過去が関係している。

春斗が工房で鋳型を粉々にした翌日、孝雄は春斗に南部鉄器に関する話を訥々としていた。そのとき春斗に、どうして職人になったのか、と訊かれた孝雄は、もう、辛い思いをするのは嫌だったからなあ、と答えた。

ふたりの、もう、は同じことを指している。昔、孝雄になにがあったのか、節子は知っていた。誰かに聞いたのか、本人から教えられたのかはわからない。自分で、言ってはいけない、と思っていたのか、誰かに口止めされていたのかもわからない。節子は最期まで、孝雄の過去を誰にも話さずに逝った。

節子が、最期まで孝雄の過去に触れなかったのはなぜか。

悟は、さきほどの直之助が言っていたことを思い出した。節子が孝雄を好いて一緒になった、という話だ。孝雄の過去を知り、強さを感じ、惹かれたのではないか。頑固で無口な男を理解できるのは自分だけだ、と思ったのではないだろうか。

考え込んでいると、後続車のクラクションがけたたましく鳴った。我に返り前を見る。信号が青になっていた。急いでアクセルを踏み、車を発進させる。運転しながら、頭を左右に軽く振った。ぼんやりしていて事故でも起こしたらどうする。いまは運転に集中しろ、と自分に言い聞かせたが、そう思うそばから、前方に見知った顔を見つけ、そちらに意識を持っていかれた。

八重樫だった。対向車線側の歩道を、こちらに向かって歩いてくる。春斗と健司も一緒だ。どうして三人がここにいるのか。

悟はハザードをつけて、車を路肩に停めた。運転席の窓を開け、三人に向かって声を張る。

「おい、そこでなにしてるんだ」

どこから声を掛けられているのかわからず、三人はキョロキョロしている。悟はさらに大きな声を出した。

「こっち、道路の反対側」

最初に気づいたのは健司だった。友達を見つけた子供のように、嬉しそうに手を振る。

「おお、悟ちゃあん。もう、盛祥さんの用事は済んだのかあ」

「いま、帰る途中だけど、三人そろってどうしたんだ」

道路を挟んで叫びあっているふたりを、通りすがりの通行人が怪訝そうに見ていく。その視線に気づいた悟は、自分でも顔が熱くなるのがわかった。

「いま行くから、そこで待っててくれ」

そう伝え、急いでそばにあるコインパーキングに向かった。車を停めて健司たちがいるほうへ走っていくと、三人はその場で悟を待っていた。あがった息を整えながら、訊ねる。

「三人が一緒に出掛けるなんて、びっくりした。どこへ行くんだ」

悟の質問に、健司が得意そうに答えた。

「パンケーキの店だ」

「はあ？」

つい、変な声が出る。八重樫が、不機嫌そうな顔で健司を見た。

「なんど教えたら覚えるんすか。店の名前は、『プチ・ボヌール』っす」

そういえばこのあいだ由美が、近くにパンケーキの専門店ができた、と言っていた。美味しいと評判で、インスタ映えもする。そのうち行ってみる、と意気込んでいた。悟がそう言うと、健司が偉そうに腕を組んだ。

「そうそう、そこでいまから八っちゃんに奢ってもらうんだ。悟ちゃんも、一緒にどうだ？」

「ちょっと待ってください」

八重樫が怒って口を挟んだ。

「誰が来てもいいけれど、俺が奢るのは春斗だけっす。みんな、自分の分は払ってください」

健司が口を尖らす。

「そんなケチくさいこと言うなよ。俺とお前の仲じゃないか」

八重樫がむきになって言い返す。

「どっちがケチくさいんすか。あと、俺は健司さんからそんな言い方されるほど、親密だとは思ってないっすから」

ふたりに聞いても埒が明かない。悟はそばにいる春斗に事情を訊いた。

「どうしてこんなことになったんだ」

春斗は答えた。

「八重樫さんが、約束だからって――」

そうだ。春斗が工房で暴れた翌日、八重樫は、家に電話しろ、そうしたら褒美になにか奢ってやる、と言っていた。あれはその場の勢いで言っただけだと思ったが、本気だったのか。

自分がねだったと思われるのが嫌だったらしく、春斗がパンケーキを食べに行くことになった経緯を悟に伝えてきた。

「今朝、工房で八重樫さんに、家に電話したかって訊かれたので、はいって答えたら、昼休みになにか奢ってやるって言われたんです。僕は、いいです、って断ったんだけど、あとからやってきた健司さんが、俺も行くって言いはじめて――」

悟はため息を吐いた。あとは聞かなくてもわかる。

「健司さんがひとりで勝手に盛り上がって、ふたりとも一緒に来ざるを得なかったんだろう?」

春斗はこくりと頷いた。健司が嬉々としてはしゃぐ姿が、目に浮かぶ。その健司が、自分の腕時計に目を落とし、大げさなほど驚いた。

「ああ、もうこんな時間じゃねえか。急がないと、午後の仕事に遅れちまうぞ。ほら、もたもたしてないで行くぞ」

さっさと歩き出す健司のあとを、八重樫が苦い顔でついていく。

春斗がちらりと、悟を見た。目が、一緒に来てほしい、と訴えている。いがみ合うふたりとどう接していいかわからず、困っているのだろう。本当はふたりに構いたくないのだが、春斗を見捨てるのは忍びない。悟は仕方なく、付き合うことにした。

プチ・ボヌールは、信号をふたつ越えた先の裏通りにあった。道路にせり出したトリコロールカラーの庇に、フランス語と思しき文字が書かれている。おそらく店名だろう。開いている出窓で、薔薇模様のレースのカーテンが揺れていた。レトロな雰囲気を持つ盛岡の街並みに馴染んでいる。

健司が店の前で、臆したように二の足を踏んだ。

「なんだよ、このくすぐったい店は。まさか、ここに入るのか」

「嫌なら、帰っていいっすよ」

八重樫は躊躇いなく、木製のドアを開けた。引き返すわけにもいかず、春斗とふたりであとへ続く。恐々といった様子で、健司もついてきた。

店は、入り口は狭いが奥に長く、思っていたより広かった。真ん中の通路を挟んで、二人掛けと四人掛けのテーブルがあり、満席になると二十人は入るだろう。そのうち、空いているテーブルはひとつだけだった。客の大半が女性同士で、男性と女性の組み合わせは二組だけだ。健司が臆するのもわかる。男四人が似合う場所ではない。

四人掛けのテーブルに座ると、クラシカルな白いエプロンをつけた店員が、水とメニューを持ってきた。

メニューを開いた悟は、戸惑った。ほとんどが、カタカナの舌を噛みそうな名前だ。なにがなんだかわからない。名前の隣に載っている写真で、決めるしかない。

「春斗は」

八重樫が訊ねると、春斗はある写真を指差した。

「これがいいです。マスカルポーネ、好きだから」

「なんだ、そのマスカラなんとかってのは」

しかめっ面で、健司が春斗を見た。かわりに八重樫が答える。

「チーズの名前っすよ。ティラミスとかによく使われてるやつっす」

健司の顔が、ぱっと明るくなる。

「ティラミスなら知ってるぞ。前に食ったけど美味かった。俺もそれにする」

大きな声を出した健司を、周りの女性客がちらりと見てくすくすと笑う。悟ははずかしくなり背を丸めたが、八重樫は気にする風もなく悟に訊いた。

「悟さんは、なんにします」

はっとして、慌ててメニューに目を戻す。まだ決めていなかった。選ぶ余裕がなく、悟は目にとまった写真に指を置いた。

「これにする」

八重樫はメニューを閉じ、片手をあげて店員を呼んだ。気づいた店員が、伝票を手にやってくる。

「お決まりですか？」

八重樫は口頭で、注文を伝えた。

「ヘーゼルナッツとピスタチオのカッサータ風をふたつと、サバイヨンのビオレソリエスジュレ。それから、オ・フレーズ。以上です」

メニューも見ずに淀みなく伝える八重樫に、悟は唖然とした。健司も同じような顔をしている。

店員が立ち去ると、健司が前のめりに訊ねた。

「お前、ここに前から来てんのか」

八重樫が首を横に振る。

「いいえ、はじめてっす」

「じゃあ、ネットかなにかでどんなメニューがあるか前もって調べたんだな。そうだろう」

八重樫はむっとして、健司を斜に見た。

「そんな高校生のデートみたいなことしないっすよ。なんでそんなに突っかかるんすか」

健司が悔しそうに、口をへの字に曲げる。

「横文字の長ったらしい名前をすらすら言えるなんて、ちょっとカッコイイなと思ってよ。なあ、悟ちゃん」

認めるのは癪だが、悟は素直に同意した。

「たしかに、女性受けはいいよな」

味方を得た健司が、強気になる。

「さてはお前、女にもてるために、いろいろ勉強してるんだな。正直に言え」

八重樫は呆れ顔で、椅子の背にもたれた。

「健司さんはそうかもしれないけれど、俺はそんなことしないっすよ」

「なに」

椅子から立ち上がろうとする健司を、悟は慌てて止めた。

「落ち着いて、健司さん。お店に迷惑ですよ」

健司はあたりを見回し、ばつが悪そうに椅子に尻を戻した。八重樫が、面倒そうに言う。

「バイクで旅に出ると、よく喫茶店に寄るんすよ。サイフォンでたてたコーヒーが好きだし、マスターの趣味を生かした個性的な店が多いから、面白いんす。マスターが釣り好きで、たくさんのルアーが飾ってあったり、豆にこだわりすぎて、コーヒーの種類が百近くあったり。そんな店を見つけるのも、旅の楽しみっす」

そのなかに、スイーツに凝った店もあるという。

「最初はわかんなかったけど、いろいろ食べ歩いているうちにわかるようになったっす。スイーツに使われる食材やフルーツは、だいたい決まってるから。その組み合わせが、名前についていることが多いっす」

「カツオの土佐造り新玉ねぎ添え柚子(ゆず)酢掛け、ってとこか」

八重樫が、笑いながら手を叩いた。

「そう、それっす。健司さん頭いいっすね」

単純な健司は、褒められて機嫌が直ったようだ。得意げに鼻から息を抜き、隣に座っている春斗の顔をのぞき込む。

「春ちゃん、いいこと聞いたな。これで安心して、女の子をデートに誘えるぞ。ちなみに、付き合ってる女の子いるのか？」

すかさず八重樫が、健司を諌（いさ）めた。

「それ、セクハラっす」

健司が言い返す。

「固いこと言うなよ。仲間なんだから、こんくらいいいじゃねえか。なあ、春ちゃん。で、どうなんだよ。これ、いるのか？」

これ、と言いながら、健司は右手の小指を立てた。いまどき、付き合っている女性をそんな仕草で表現する人間はほぼいない。

八重樫がきつい目で健司を睨み、春斗に命じた。

「春斗、職場環境配慮義務違反で訴えろ」

健司が不服そうに、舌を鳴らした。

「まったく細けえなあ、お前は」

「健司さんが下品なだけっすよ」

悟はテーブルに片肘をつき、顎を載せた。また、はじまった。一見、いがみ合っているようだが、ふたりはじゃれあっていると悟は知っている。しかし、春斗はそれがわからないらしく、ぽつりと答えた。

「いません」

八重樫と健司が、同時に春斗を見る。春斗はおずおずといった様子でふたりを見ながら、改めて答えた。

「彼女なんていないし、いたこともありません」

健司が嬉しそうに、手もみをする。

「そうか、いないのか。そりゃあ淋しい青春だなあ。好きなタイプはどんな子だ。俺は顔が広いんだ。教えてくれれば、いい子を紹介するぞ」

さすがに言いすぎだ。悟は話に割って入ろうとしたが、それより早く春斗が返事をした。

「好きなタイプはありません。彼女もいりません」

「ええ、なんでだよ」

驚く健司を、春斗は反抗的な目で見た。

「そんなの機嫌を取ったり顔色を窺ったり、疲れるだけです。それに、僕には遊んでいる暇はありません」

健司が憐（あわ）れむように、春斗を見た。

「あのなあ――」

そこまで言ったとき、注文した品が運ばれてきた。

「おお、これはすげえ」

健司が驚きの声をあげる。目の前に置かれたパンケーキは、写真で見るより大きくて豪華だった。健司と春斗が頼んだものは、厚みのあるパンケーキのうえに、クリームがたっぷり載り、周りには砕いたナッツがちりばめられていた。

悟のものは、パンケーキの横にチョコレートアイスとバニラアイスがあり、とろみのある赤いソースがトッピングされていた。たしかにこれは、インスタ映えする。

意外だったのは、八重樫が頼んだものだ。パンケーキのうえにクリームとカットされた苺が山ほど載っているだけの、シンプルなものだった。

「それで、よかったのか？」

悟が訊ねると、八重樫は柄の長いスプーンでクリームをすくった。

「スイーツでもラーメンでも、はじめての店では一番オーソドックスなものを頼んでるんす。それで、その店のレベルがわかるから」

悟は心のなかで頷いた。なにごとも、シンプルなものに作った者の腕が出る。ごまかしが利かないからだ。南部鉄器も同じだ。デザイン性の高いものより、昔から伝わる素朴な品を作るほうが難しい。

「美味え！」

一口食べた健司が、声をあげる。悟も口にした。たしかに美味い。見た目だけでなく、味もいい。

夢中になって食べていると、八重樫が口を開いた。

「さっきの話だけど。春斗が、彼女がいらないいってやつ」

口のなかのものを飲み込もうとしていた悟は、思わずむせた。どうして終わった話を蒸し返すのか。

健司が目を輝かせ、フォークの先を八重樫に向けた。

「そうそう、その話、まだ途中だったんだ。どこからだったかな。どうして彼女がいらないのかってところか」

八重樫は首を軽く左右に振る。

「そんなのはどうでもいい。俺が気になったのはそのあとっす」

春斗がわずかに首を傾げた。心に引っかかるようなことを自分は言っただろうか、そう考えているらしい。悟も思い当たらなかった。

ぴんと来ていないふたりを、八重樫が交互に見た。

「遊ぶ暇はないってやつ」

健司が感心しながら、大きく頷く。

「なるほど、たしかにそうだ。彼女を作るのは遊びじゃないよな。だって本気だもんな」

ひとりで納得している健司を無視し、八重樫は言葉を続けた。

「彼女の話はどうでもいい。でも、遊ぶ暇がないっていうのは違う」

「どういうことだ?」

なにが言いたいのかわからず、悟は訊ねる。八重樫が悟を見た。

「なにかをやるやつは、時間がなくてもやるし、やらないやつは、時間があってもやらないってことっす。暇がないってのは、やらない言い訳っす」

思い当たることがあるのか、春斗は八重樫から目をそらした。八重樫は組んだ腕をテーブルに置き、春斗の顔をしたから覗き込んだ。

「お前、やりたいことねえの?」

春斗は黙っている。

「やりたいことがないならそれでもいいけど、やりたくないことばっかりしてたら、生きるのが嫌になるぞ」

　春斗は八重樫を真っ向から睨み、言い返した。

「そんなことない」

　八重樫は譲らない。言葉で畳みかける。

「実際、お前そうじゃん。いまはそこまで思ってなくても、いまのままだといずれそうなる。やりたくないことを続けて、なにもかもが嫌になったから、爆発したんだろう」

　春斗が八重樫を睨みながら訊ねる。

「爆発って、なんですか」

「お前が警察の厄介になったことだよ。やりたくないことをしていたから鬱憤が溜まって、万引きや自転車泥棒なんかしたんだ」

「違う」

　春斗が強く否定する。

「そんなことない」

「そうだよ」

　八重樫がぴしゃりと言う。

「鋳型をぶっ壊したのもそうだ。もう無理するな。そんなことしても、誰も喜ばない」

「ふたりとも、ちょっと落ち着いて——」

　言い合いを止めようとしたとき、悟は視線を感じた。あたりを見ると、近くの席の客が盗み見るようにこちらに目を向けていた。悟と目が合うとすぐに逸らし、一緒にいる相手と声を潜めてなにか話している。きっと、八重樫が口にした物騒な言葉が耳に入ったのだ。

早く店を出たほうがいい。悟は三人を急かした。

「おい、そろそろ行こう。のんびりしてると、仕事に遅れてしまう」

壁に掛かっている鳩時計を、目で指す。午後の始業時間が迫っていた。促された三人は、残りのパンケーキを急いで食べはじめた。先に食べ終えた悟が、入り口のそばのレジで会計を済ませると、あとから来た八重樫が言う。

「あとで俺と春斗の分、払います」

悟は財布を尻ポケットに戻しながら、笑った。

「いいよ。美味しい店を教えてもらったお礼だ」

本意ではなさそうだったが、八重樫は大人しく引き下がった。レジの前で揉めては、店に迷惑がかかると思ったのだろう。

店を出ると、健司が満足そうに腹を叩いた。

「いやあ、美味かった。こんど理恵ちゃんとガキたちを連れてこよう」

自分のことしか考えていないように見えるが、健司は愛妻家で子煩悩(こぼんのう)だ。いつも休みの日は、家族と過ごしている。

悟が乗ってきた会社のワゴン車で帰ることになった。みんなで駐車場へ向かって歩いていると、ふいに春斗が立ち止まった。

気づいた悟は足を止めた。

春斗は、道沿いにあるスーパーのなかを窓越しに見ていた。

「なにか、気になるものでもあるのかい」

悟が訊ねると、春斗は慌てたように首を横に振り歩き出した。春斗がなにを見ていたのか確かめたかったが、引き留めて問いただすまでもないような気がしたし、仕事がはじまる時間も迫っていた。悟はそのまま、前を歩く三人を追った。

午後の仕事は、何事もなく終了した。健司と八重樫は、帰り支度をしながら今日のパンケーキ代についてなにか言い合っていたが、悟は構わず工房をあとにした。

洗面台で手と顔を洗い振り返ると、すぐ後ろに春斗がいた。驚いて、思わず短い声が出る。

「ああ、びっくりした。いつからいたんだよ」

春斗はうつむいたまま立っている。悟は場所を春斗に譲った。

「俺はもう終わったから、ここ、使っていいよ」

春斗の横を通り台所へ行こうとすると、春斗が悟を呼び止めた。

「いま、ちょっといいですか」

春斗から話しかけてくるのは、めずらしい。悟は少し身構えた。

「いいよ」

「さっきの話ですけど——」

言われて困った。春斗がどの話を言っているのかわからない。

春斗は顔をあげて悟を見た。

「八重樫さんが言った、自分が無理をしても誰も喜ばないって話です」

「ああ、あれか」

思い出した。さっきの店でそんな話をしていた。

「悟さんは、どう思いますか。八重樫さんの言うとおりだと思いますか」

咄嗟には言葉が出なかった。しかし、春斗の目を見て、戸惑いを吹っ切った。春斗の目は真剣だった。どうしてその話が気になるのかはわからないが、真面目に質問しているなら、こっちも本気で答えなければならない。しばらく悩み、考えがまとまった悟は、春斗の目を真正面から見つめた。春斗が口のなかにたまった唾を飲み込むのがわかる。

悟は言葉に力を込めた。

「結論から言うと、そうだと思う」

別な答えを期待していたのだろう。春斗の顔が悔しそうに歪んだ。悟は慌てて言葉を継いだ。

「いや、結論って言ったけど、それは極論でもあるから、そうだとは言い切れないよ。百人いればその数だけ考えがあるし、理由も事情もそれぞれだ。すべてが自分と同じ人がいないのと同じだよ。でも、自分に当てはめた場合、誰かが無理しているのを見たらこっちも苦しくなるだろうなって。少なくとも喜んだりしないよ」

春斗は納得しない。悟に食い下がる。

「でも、相手がそれを望んでいたら――無理してでも頑張ってほしいと思っていたら、その人は喜ぶんじゃないんですか」

理詰めの討論なら、八重樫のほうが得意だ。しかし、いま春斗が意見を求めているのは自分だ。いまは自分が、春斗としっかり向き合わなければいけない。悟は話を続けた。

「そういうケースもあるだろうね。でも、その相手――仮に、無理しているのはAさん、相手は

Bさんにしよう。このふたりがどういう関係なのかで、捉え方もだいぶ変わってくるよね」

悟は例をあげた。

「たとえば、ふたりが仕事の関係者だとして、Aさんに無理をさせることでBさんに利益が出るとしたら、Aさんが頑張れば頑張るほど、Bさんは喜ぶよね。でも、ふたりが夫婦とか友人などの互いを大切にする間柄だったら、どっちかが無理をしても相手は喜ばない。むしろ辛いはずだ。八重樫はあとの関係性のことを言ったんだと思うよ」

悟の話をじっと聞いていた春斗は、やがて訊ねた。

「もしそうだとして、Aさんが無理していることをBさんが知らなかったら、どうなるんですか」

「知らなかったら、か――」

悟は腕を組んだ。春斗の問いは、答えがひとつしかない数学のようにはいかない。考えられる様々なケースを思い浮かべ、自分がこれと思う答えを述べなければいけない。まるで自分が試されているような気持ちになる。

悟は必死に考え、これと思う答えを口にした。

「それは、どっちにとっても、いいことはないと思う。Aさんが無理してるってBさんが知らないということは、AさんはBさんに自分の気持ちを伝えていないってことだよね。言えないのか言わないのかは別として、どのみちAさんはいつか倒れてしまう。そうなってからBさんはAさんが無理をしていたことに気づいたとしたら、そうさせていた自分を責めると思うんだ。それが八重樫が言った、無理しても誰も喜ばない、ってことだと思う」

春斗は黙っている。同意も反論もしない。もしかして、気を悪くしただろうか。悟は春斗の顔がよく見えるよう、腰をかがめた。

そのとき、開いている洗面所の戸口から孝雄が顔を出した。

「込み入った話をしているようだが、なにかあったのか」

心配そうにふたりを見る。

「ああ、いや別に――」

悟は口ごもった。悟がひとりのときに訊いてきたということは、春斗にとってはできるだけ人に聞かれたくない話なのかもしれない。どう答えていいか考えていると、春斗が短く答えた。

「なんでもありません」

孝雄は春斗の本心を確かめるように目をじっと見つめていたが、やがてふたりに背を向けた。

「今日の晩飯は、味ぶかしだ。今年はもう筍（たけのこ）が終わりだから、いまのうちに春斗くんに食べさせたくてな」

味ぶかしとは岩手の郷土料理で、旬の食材を入れたおこわのことだ。節子の自慢料理だったが、いまは孝雄が得意としている。

「もうできてるから、準備ができたらいつでも食えるぞ」

そう言って、孝雄が立ち去る。

孝雄に続き、春斗が洗面所を出ていこうとした。反射的に呼び止める。

「春斗くん、さっきの話だけど――」

振り返った春斗は、悟に向かって小さく頭を下げた。

「ありがとうございました」

春斗が洗面所を出ていく。なんとなくすっきりせず、悟はもう一度、顔を洗った。

孝雄の作った味ぶかしは、美味かった。

前の日からあく抜きをした筍はえぐみがなく、牛蒡の出汁がよく出ている。もち米も柔らかすぎず固すぎず、絶妙なふかし具合だった。春斗も口に合ったらしく、おかわりをした。美味しそうに食べている春斗を、テーブルの向かいで孝雄が目を細めて見ている。

「ちょっと食いすぎたかな」

夕飯を食べ終えた悟は、自分の腹を叩きながら、隣にいる春斗を見た。春斗は夢中になって味ぶかしを食べている。

「おかわり、まだあるよ」

春斗は口のなかに残っていたものを飲み込み、遠慮がちに悟を見た。孝雄が怒ったように、悟を急かす。

「ほら、まだ食いたがってる。すぐにおかわりを持ってきてやれ」

春斗が夢中で食べてくれるのが嬉しいのだが、悟の手前、手放しに喜ぶのが気恥ずかしく、無理にきつい口調にしているのだろう。その証拠に、口元には隠しきれない笑みがこぼれていた。

春斗を見つめていた孝雄が、ふと思いついたように悟に訊ねた。

「そう言えば、今日の昼、工房に誰もいなかったな。みんな一緒だったのか？」

「ああ、俺は偶然だったけど、そうだよ」

パンケーキの店での様子を伝えると、孝雄が声に出して笑った。

「健司がパンケーキか。似合わないなあ」

悟は孝雄を、不思議な思いで見つめた。親父の笑い声を聞くのは、いつ以来だろう。節子が亡くなる前、いや、もっと昔から聞いていないような気がする。

ひとしきり笑った孝雄は、顔に笑みを残したまま言う。

「たくさん作ったから、明日、健司に持たせるか。なあ、悟」

知らない誰かに声を掛けられた感じがして、悟は戸惑った。しかし、それ以上に孝雄が困惑しているようだった。真顔に戻り、いつものぶっきらぼうな口調で言う。

「そろそろ片づけるか」

「あ、ああ。そうだな」

悟はなにもなかったかのように取り繕う。ふたりが椅子から立ち上がりかけたとき、春斗が引きとめた。

「あの、お願いがあるんですけど――」

悟は動きを止めた。孝雄も腰を浮かせた体勢のまま、春斗を見た。春斗はふたりの顔色を窺うように見ながら言う。

「来週の土曜日、休みたいんですけどいいですか」

工房の定休日は、年末年始と祝日のほかは、毎週日曜日と第一、第三土曜日だ。まだ少年の春斗には大変だと思った孝雄は、土曜日はいつも休んでいい、と言っている。しかし春斗は、工房の決まりに合わせる、と言い手伝っていた。

春斗がここに来てから、休みを欲しがることなどはじめてだ。孝雄が椅子に座りなおした。悟も、一度椅子から離した尻をもとに戻す。孝雄が春斗に訊いた。

「いいけれど、その日、なにかあるのかい？」

春斗は伏せていた目をあげて、孝雄をまっすぐに見た。

「チャグチャグ馬コが見たいんです」

悟は思わず、繰り返した。

「チャグチャグ馬コ？」

この地域に昔から伝わる、伝統行事だ。岩手は古くから馬の産地として知られ、馬を大切に扱ってきた。かつては軍馬や騎馬、近代では農耕馬が人の暮らしとともにあり、母屋と厩が土間で繋がっている南部曲がり屋は、人が馬を家族同様に大切にしていたことの証だ。

チャグチャグ馬コは、馬の息災延命を願い、馬の神様である鬼越蒼前神社に馬とともにお参りしたのが起源といわれている。

チャグチャグ馬コの行進は、鬼越蒼前神社から盛岡八幡宮までのおよそ十四キロに及ぶ。華やかな衣装をまとった百頭近くの馬が、身に着けている鈴を鳴らして歩く姿は、初夏の風物詩になっている。

かつては旧暦の端午の節句に行われていたが、いまは六月の第二土曜日——春斗が休みをほしがっている日に開催されていた。

「チャグチャグ馬コ、よく知ってたな」

感心したように、孝雄が春斗に言う。地元ではよく知られた行事だが、全国での認知度は高いとは言えない。

「パンケーキを食べた帰りに、ポスターを見かけて――」

悟は春斗が帰り道の途中で、立ち止まったことを思い出した。スーパーの窓ガラスに、開催を知らせるポスターが貼られていたのだろう。

孝雄が春斗のほうへ、身を乗り出した。

「馬コ、見たいか」

春斗は大きく頷き、返事をした。

「はい」

孝雄は腕を組み、難しい顔でうえを仰いだ。やがて、ぽつりと言う。

「休みにするか」

悟は呆れた。なにを考えているかと思えば、そんなことか。せっかく春斗が頼んでいるのに、迷う必要などないだろう。答えは、休んでいい、の一択だ。

孝雄はもう一度確かめるようにひとりで頷くと、組んでいた腕を解き春斗に顔を向けた。

「その日、工房は臨時休業にしよう。春斗くんひとりじゃ、どこをどう見ていいかわからないだろう。俺が案内する」

孝雄の信じられない提案に、悟は驚いた。自分が知る限り、清嘉が臨時休業したのは節子が亡くなったときしかない。つい心配が口をついて出る。

「そんなことして、いいのかよ」

孝雄は悟の言葉を一蹴した。

「心配ない。その日の代わりに、どこかの休みを返上すればいい」

悟が心配しているのは勤務日数のことではなく、孝雄についてだった。いままでよほどのことがなければ仕事の予定を変えなかったのに、簡単に臨時休業にするなど冷静とは思えない。

「いや、そうじゃなくて、もう少し考えたほうが——」

悟の不安をよそに、孝雄は勝手に話を進める。

「詳しいことは、市役所に訊けばわかるな。担当部署は交流推進部だったはずだ。明日、連絡してみよう。ルートはおおよそ決まっているが、工事とかで変わることもあるからな」

ひとりでぶつぶつ言っていた孝雄は、ふとなにかに気づいたように悟に顔を向けた。

「そうだ、健司の知り合いに牧場をやっている人がいたな」

たしかに、以前なにかの話の流れで、牧場で働いている友人がいる、と健司が言っていた。

「ああ、そのはずだ」

「南部なかよしパーク、いや、ともだちパークだったか」

悟は首を横に振る。

「南部なかまっこパーク」

訊いておきながら、孝雄は名前などどうでもいいというように、別の質問をする。

「そこに、馬はいるのか」

悟はぶっきらぼうに答えた。

「俺に訊かれてもわかんないよ。なかまっこパークなんて、小学校の遠足のときに行ったくらいで、よく覚えてない。それより、健司さんの友人が本当に牧場で働いてるのか確かめるのが先だろう。もしかしたら、俺たちの聞き違いかもしれないし、健司さんの思い違いってこともある」

悟の言い分を、孝雄は素直にのみ込んだ。

「たしかにそうだな。あいつは昔から、抜けてるところがあるから、ひとりで勝手にそう思い込んでいるってこともあり得るな」

孝雄は春斗を見た。

「健司の知り合いが牧場で働いているかもしれない。そこにチャグチャグ馬コに出る馬がいれば、近くで見せてもらえるかもしれないぞ」

春斗が目を輝かせる。

「本当ですか」

「明日、健司に訊いてみないとわからないが、そこがだめならほかを考えよう」

孝雄は記憶を辿るように、目を閉じた。

「チャグチャグ馬コを見るのは、何十年ぶりかな。工房の仕事もあるし、いつでも見られると思うと、まあいいや、って思っちまって、ずっと見ていない。着飾った馬コはきれいでなあ。衣装はぜんぶ、持ち主たちの手作りだ。数えきれないくらいの鈴も、一個一個、丁寧につけていく。この日は、いつも泥だらけになって働いている馬たちの年に一度のハレの日なんだ。馬主だけじゃなくて馬まで誇らしげに見える。岩手山を背にして歩く馬たちは、そりゃあ美しいもんだ」

孝雄は目を開けると、気合を入れるように自分の腿(もも)を叩いた。

「よし、そうと決まれば、後片付けをはじめるか」

我に返ったように、春斗は勢いよく椅子から立ち上がった。自分が使った皿を、てきぱきと流しに下げる。よほど嬉しいのだろう。流しに立つ春斗の口元には、かすかに笑みが浮かんでいた。

翌朝、悟が工房で仕事前のコーヒーを淹れていると、入り口の戸が音を立てて開き、健司が飛び込んできた。そばに来ると、朝の挨拶もなしにいきなり訊ねる。

「おい、あれなんだ、あの貼り紙。俺は聞いてねえぞ」

来週土曜日、臨時休業する旨を伝える紙を、今朝、孝雄が店の入り口に貼っていた。卓上用の小さなポットから、インスタントコーヒーが入っているマグカップに、沸いた湯を注ぐ。

「昨日の夜に決まったばかりだよ。健司さんも飲む？」

悟は健司が使っているマグカップを、軽く掲げた。可愛らしいクマのキャラクターの模様が描かれている。前に、似合わない、とからかったら、理恵ちゃんがくれたものに文句言うな、と怒られた。

土間においてあるパイプ椅子に、健司がどっかり腰を下ろす。

「ああ、濃い目にしてくれ。で、なんだよあれ、なにがあったんだ」

滅多にない出来事に、健司も驚いている。

コーヒーを淹れたマグカップを差し出しながら、悟は昨夜の話を手短に語った。とたんに健司が破顔する。

「チャグチャグ馬コか！」

「どうしてかわかんないけど、親父がその気になってしまって、店を休んで案内するって言いだしたんだ。そこで健司さんの知り合いの話になって——」

そこまで言ったとき、戸口が開いて孝雄がやってきた。後ろに春斗もいる。健司は手にしていたコーヒーを悟に押し付け、ふたりに駆け寄った。孝雄の手を取り、熱い目で見る。

「悟ちゃんから話は聞いた。春ちゃんのために工房を休みにするなんて、さすが親方。俺の目は間違っていなかった。ついてきてよかった」

孝雄は冷めた目で健司を見ると、握られていた手を振り払った。

「その台詞は聞き飽きた。給料を前借するときとか飯を奢ってもらったときとか、自分に都合がいいときに、決まってそう言う。頭んなかに録音済みのテープが入ってるんじゃないのか」

孝雄の嫌味を、健司はさらっと流す。

「俺も一緒に行きますよ。その日は見物客でごったがえすじゃないですか。場所によっては見づらいんですよね。でも俺、ゆっくり見られるいい穴場知ってるんですよ。ほら、材木町の交差点にあるビル。あそこの管理人、俺の同級生でね。ガキどもが子供のころ、あそこの屋上にあがらせてもらって、そこから見てたんですよ。チャグチャグ馬コの行進が、先頭から後ろのほうまで見えて最高なんだ。たしかあいつの電話番号、入れてたはずだな——」

健司がジャンパーの胸ポケットから、携帯を取り出した。孝雄が慌てた様子で、電話を掛けようとする健司を止める。

「いや、待て。お前には別に訊きたいことがある」

健司は不満そうに、片眉をあげた。

「ええ？　あそこ以上に眺めがいい場所なんてないですよ」

孝雄は首を横に振る。

「場所じゃなくて、馬のことだ」

孝雄は後ろにいる春斗を、前に押し出した。

「春斗くんに、チャグチャグ馬コを近くで見せてあげたいんだ。お前、牧場に知り合いがいるらしいじゃないか。もしそこに出る馬がいたら、行進のときにどこかでちょっと見せてもらえんかな」

健司は納得したように、左の手のひらを、握った右手で叩いた。

「なるほど、そういうことか。たしかに別の同級生が、南部わいわいパークで働いているんですよ」

「そうか、じゃあそのわいわいパークに電話して訊いてくれ」

揃いも揃って、地元の牧場の名前を間違えるふたりに悟は呆れた。横から訂正する。

「だから、南部なかまっこパークだって。ふたりとも、何年岩手に住んでるんだよ」

頭のなかは馬のことでいっぱいなのか、健司は悟の声など聞こえないといった感じで、春斗を椅子に座らせた。その横で立ったまま、先ほど取り出した携帯を操作しながら春斗に言う。

「待ってろよ、春ちゃん。いますぐ、そいつに訊いてみるからな。ああ、あったあった。田所(たどころ)一平(かずひら)、仲間内ではイッペエって呼ばれてる。漢字の一(いち)に平(たいら)って書くのもあるが、昔から大食いでいつも、腹いっぺえ食いてえ、って言ってたからだ」

どうでもいいことをしゃべりながら、健司は携帯から電話をかけた。耳にあてたまま、じっとしている。やがて残念そうに肩を落として、三人の顔を見回した。

「出ねえ。まさかあいつ、まだあのこと根に持ってるんじゃねえだろうな」

「なにかしたのかよ」

悟が訊くと、健司は携帯の送話口を手で塞ぎ、声を潜めた。

「駅前のスナックに、あいつが入れ込んでる女の子がいるんだ。このあいだ一緒に飲みに行ったとき、昔、あいつが飲みすぎてでかいほうを漏らした話をしたんだよ。そうしたら怒っちまってさあ。あんなことくらいで腹たてるなんて、小せえ野郎だ」

悟はイッペエに同情した。きっと健司の頭のなかには、羞恥心、という言葉がないのだろう。

電話が繋がったようだ。健司が明るい声で言う。

「ああ、イッペエか。俺だ、健司だ。はあ？　誰ですかって、そんな言い方はねえだろう。このあいだのことは俺が悪かったよ。そう拗ねるなよ。こんど、もっと可愛い女の子がいる店に連れていくから。それはそうと、今日は頼みがあって電話したんだ。今回は金じゃねえよ、本当だって。それより、お前が働いている牧場、そう、なかまっこパークに馬はいるか。いや、ポニーじゃない。チャグチャグ馬コに出る馬だ」

携帯から相手の声が漏れ聞こえてくるが、内容まではわからない。黙って様子を見ていると、健司はぱっと顔を輝かせて、ここにいる全員の顔を見た。

「そうか、いるか！　今年は出るのか？　毎年出てる？　それを早く言えよ、抜け作のところは昔からかわんねえな」

悟はハラハラした。ただでさえ頼みを聞いてもらえないかもしれないのに、さらに相手を怒らせるようなことを言ってどうするのか。春斗も不安そうに健司を見ている。

「だからお前は、昔から女にもてねえんだよ。もっとシャキッとしろよ、シャキッと」

悟は我慢ができず、健司から携帯を奪い取った。

「もしもし、お電話替わりました。健司さんと同じ工房で働いている者です」

「悟ちゃん、なにすんだよ」

取り返そうとする健司を、孝雄が手で制した。

親方に止められたのでは、健司は言うことをきくしかない。急に大人しくなる。

携帯の向こうから、のんびりとした声が聞こえた。

「ああ、どうも。健司くんと同じっていうと、清嘉の方ですか。田所です」

同級生でありながら、片やニックネーム、片やくん付け。呼び名を聞いただけで、ふたりの関係性が想像できる。

機嫌を損ねている様子はない。悟はほっとしながら、丁寧に事の経緯を説明した。話を聞いた田所は、やはりゆっくりと返事をする。

「そうですか、お知り合いのお子さんが見たいと――」

嘘を吐くのは心苦しいが、春斗に関する本当のことは言えない。悟は話を続けた。

「せっかくなら近くで見せてあげたいと思って、田所さんへお電話したんです」

「いいですよ」

「いいんですか?」

思わず聞き返した。お気に入りの女の子の前で恥をかかされた仕返しに頼みを断るか、きいてくれるとしても多少は勿体つけるのかと思っていた。あっさりと頷かれ、拍子抜けする。

隙を見て、健司が携帯を奪い返した。

「ああ、俺だ。そうか、見せてくれるか。やっぱりお前は頼れるやつだ」

ついさっき貶(けな)したばかりなのに、こんどは褒める。いつもながらの調子のよさにあきれるが、今回は健司に感謝しなければならない。続きは健司に任せて、悟は隣にいる春斗を見た。

「田所さん、いいって言ってくれたよ」

春斗は嬉しそうに微笑む。横で孝雄が悟に訊ねた。

「どこで見せてもらえるんだ？」

「それはわからない。詳しいことは、健司さんが訊くだろう」

孝雄が春斗の頭を撫でた。

「よかったなあ。俺だって近くで見たことないぞ。その日は八幡宮の境内(けいだい)に屋台が出るんだ。いろんな食い物があるが、ババヘラを食わせたいな。知らないか？　ばあさんがしゃもじみたいなヘラで、ピンクや黄色のアイスをコーンに盛ってくれるんだ。暑いときに食うと、一段と美味い。俺も昔、買って食った」

説明されても想像がつかないらしく、春斗は困った顔をしている。アイスの実物を見たほうがいいと思い、悟が携帯で画像を検索しようとしたとき、健司が電話を切った。春斗に向かって、にっこりと笑う。

「話はついた。春ちゃん、チャグチャグ馬コ、すぐそばで見られるぞ」

行進のゴールである盛岡八幡宮で見せてもらえるという。

「歩き終わった馬たちは、神社の境内に集まって衣装を外すんだ。そこからトラックで厩舎(きゅうしゃ)へ帰るが、その前なら時間があるってよ」

春斗が嬉しそうな顔で、健司に頭をさげた。

「ありがとうございます」

健司が得意げに、胸を張る。

「いいってことよ。そうだ、悟ちゃんもどうだ」

「俺はいいよ」

健司の誘いを、悟は断った。馬を近くで見たい気持ちはあるが、孝雄が一緒では落ち着かない。

「どうしてだよ。その日、空いてんだろう?」

「いや、いろいろやることがあるから――」

「そう言うなよ、付き合い悪いな」

健司はしつこく誘ってくる。必死に切り抜けようとしていると、八重樫が出勤してきた。

「おはようっす」

待ってましたとばかりに、健司は八重樫にも声をかけた。

「ちょうどいいところに来た。来週の土曜日、八っちゃんも一緒に行こう」

肝心の、どこへ、が抜けている。八重樫は眉根を寄せた。

「どこへっすか?」

「チャグチャグ馬コを見に行くんだよ」

「はあ?」

八重樫は、裏返った声を出した。

「なに言ってるんすか。その日は仕事でしょう」

「俺が臨時休業にした」

健司の代わりに孝雄が答える。事の経緯を聞いた八重樫は、なるほど、とつぶやく。

「事情はわかりました。でも、俺は行きません」

「なんでだよ」

健司がむくれる。

八重樫は、健司を冷たい目で見た。

「その日、別なバイトを入れます。今年の夏、北海道に行く計画を立てているんです。早く旅費を貯めないと、いい季節が過ぎてしまう」

北海道をバイクでめぐるなら七、八月が最適だ、と前に八重樫が言っていた。そこを過ぎると、天気によってはかなり冷え込み、道路状況が悪くなるという。

「そういうことなら、仕方がねえな」

健司が折れる。八重樫が壁にかかっているカレンダーの前に立った。

「というわけで親方、臨時休業の代わりに出勤する日、どこですか。バイトの調整しないといけないから、早めに教えてもらえるとありがたいんすけど」

「そうか、お前はどこがいいんだ？」

孝雄と八重樫が、カレンダーを見ながら相談をはじめた。ふたりの姿を見ながら、健司が再び悟を誘う。

「なあ、悟ちゃん、一緒に行こうよ。祭りに行くなら、ひとりでも多いほうが楽しいよ。な、春ちゃんもそう思うよな」

同意を求められた春斗は、こくりと頷く。

「はい、そう思います」

　春斗が気を遣っている様子はない。本当に一緒に来てほしいと思っているようだ。健司がさらに畳みかける。

「なあ、考えてもみろ。馬を見るだけなら牧場へ行けばいい。でも、衣装を着けた馬を見られるのは年に一度、しかも、近くで見られるなんて機会はそうそうないぞ。それに、絵馬ってのがあるくらい、馬は縁起がいい動物だ。その晴れ姿を拝めば、きっといいことがある」

　悟は信心深いわけではない。しかし、敢えてジンクスを破ろうとはしないし、新年にお守りを買う程度には験を担ぐ。話を聞いているうちに、行かなければ損をするような気分になってきた。

　迷っていると、健司がなにかひらめいたように、目を大きく見開いた。

「そうだ。春ちゃんの親父さんたちも呼ぼう」

　カレンダーを見ていた孝雄が、健司を振り返った。八重樫も同様に顔を向ける。

　自分で名案だと思ったのだろう。健司は得意そうに、工房にいる全員の顔を順に眺めた。

「土曜日なら、親父さんの仕事も休みだろう。おふくろさんと一緒に来ればいい。声をかければ、きっと喜ぶぞ」

「なるほど」

　孝雄が感心したようにつぶやく。

「親御さんも、久しぶりに会いたいだろうな」

　春斗がここに来てから一か月以上が経つ。そのあいだ、両親と電話で連絡は取っているが、一度も会っていない。

「健司さんも、たまにはいいこと思いつくじゃないっすか」

「なんだと」

横から茶々を入れた八重樫に、健司がかみついた。

いつものふたりのじゃれあいを見ながら、たしかに健司にしてはいい案だ、と悟も思った。お互いの関係性を深める方法のひとつに、同じものを一緒に体験する、というのがある。映画を見て感動したり、ジェットコースターに乗ってハラハラしたり、感情を共有することで互いの距離が近くなる、というものだ。春斗はいま、両親とぎくしゃくしている。一緒に行事に参加することで、互いの距離が縮まるかもしれない。悟にとっても、両親が来てくれたほうがありがたかった。孝雄と向き合わなければならない時間が減るからだ。

話がまとまりかけたとき、春斗の声が工房に響いた。

「呼ばなくていいです」

全員が春斗を見る。一斉に向けられた視線に、春斗は一瞬ひるんだようだが、それぞれの目をまっすぐに見つめて改めて言った。

「両親は、呼ばなくていいです」

「なんでだよ」

健司が不満げに口を尖らせた。

「父は忙しいんです。たくさん仕事を抱えているから、休みの日でも仕事に出掛けるんです」

健司は残念そうな顔をしたが、すぐに明るい顔に戻った。

「だったら、おふくろさんだけでも来ねえかな」

春斗は首を横に振った。

「母は、騒がしいところが苦手なんです。お祭りとかイベントとか人が集まるところは好きじゃないから、呼ばなくていいです」

「せっかくだから、訊くだけでも――」

粘る健司を、孝雄が止めた。

「春斗くんがそう言ってるんだ。今回はいい」

諦めきれないのだろう。健司が未練たらしく口のなかでもごもご言う。

「来れば楽しいのになあ」

しつこい健司に対して、八重樫が孝雄の援護射撃をした。

「自分がそうだから相手もそうだと思うのは、健司さんの悪い癖っす。ラーメンが好きな人もいれば、そばが好きな人もいるでしょう。そばが好きな人に、自分が好きだからって無理にラーメンを勧めても、その人が困るだけっすよ」

そのとおりだと思ったのだろう。健司は悔しそうな顔をして黙った。

健司が引き下がったところで、孝雄がこの話を打ち切った。

「出掛ける時間とか、行進を見る場所とか、細かいことはあとで相談しよう。さあ、仕事だ」

それぞれが自分の持ち場に着く。作業台に座った悟は、ＦＡＸで届いていた注文書がないことに気づいた。持ってくるのを忘れたのだ。

「忘れもの、取ってくる」

孝雄にそう言い残し、工房を出る。ＦＡＸ、コピー、スキャンができる複合機は、清嘉の店舗の隅に置いてある。悟は送られてきたままになっている注文書を手にして、店を出ようとした。

そのとき、茶の間の電話が鳴った。

「はい、清嘉です」

受話器の向こうから、聞き覚えのある声がした。

「おはようございます、田中です」

春斗を担当している、家庭裁判所調査官だ。いまちょっといいですか、と前置きをして、田中は本題に入った。

「春斗くん、体調は大丈夫ですか」

悟は首を傾げた。春斗になにかあれば、こちらから連絡を入れることになっている。わざわざ電話をしてきて、どうしてそんなことを訊くのか。

悟は受話器を握りしめながら答えた。

「具合が悪い様子はありませんが——なにかありましたか」

電話の向こうで、田中がほっと息を吐く気配がした。

「春斗くんのお母さんから、息子が具合が悪いようだけど大丈夫でしょうかって、電話があったんです」

母親——緑に春斗が電話で、体調が優れない、と言ったらしい。心配した緑は、親である自分から孝雄に伝える、と言ったが春斗は、大丈夫だから連絡はしないで、と頼んだという。

「言うことをきいてしばらくなにもしなかったけれど、やっぱり心配で私に電話をしてきたんです。春斗くんには内緒で様子を教えてほしいって」

「春斗くんが具合が悪いって言ったのは、いつごろですか」

「お母さんが聞いたのは一週間ほど前だけど、その前から調子が悪かったようです」

悟はここしばらくの、春斗の様子を思い返した。多少、精神的に不安定なことはあったが、朝は普通に起きているし、仕事もしている。食事も三食とっているし、昨夜は味ぶかしをおかわりまでした。具合が悪い様子はない。

そう伝えると田中は、ぼそっとつぶやいた。

「嘘――かな」

春斗を疑いたくはないが、悟もそう思わざるを得なかった。でも、そうだとしたら、どうしてそんな嘘を親に吐くのか。仕事をしたくなくて、悟たちに仮病を使うならわかる。だが、親に嘘を吐いて春斗にいいことがあるとは思えない。

「でも、なぜ嘘を」

悟が訊ねると、田中は少し考えてから答えた。

「親の関心を惹きたかった、とか」

「それはないと思います」

きっぱりと言い切る。

「どうしてですか」

不思議そうに訊ねる田中に、さきほどのチャグチャグ馬コの件を伝えた。

田中が、興味津々といった感じで繰り返した。

「へえ、チャグチャグ馬コですか」

「ご両親にも声を掛けようって話になったんですが、春斗くんは呼ばなくていいって言うんです。お父さんは忙しいいし、お母さんは騒がしいところは好きじゃないからって。もし、関心を惹きたいんだったら、来る来ないは別として誘うんじゃないでしょうか」

受話器の向こうから、ううん、という唸り声が聞こえた。

「たしかにそうですね。本当にご両親のことを思って呼ばないってことも考えられますが、なんとなく顔を合わせづらい、って感じがしますね。自分のことを気に掛けてほしい、でも、会いたくない、ふたつの気持ちが春斗くんのなかにあるのかもしれませんね。親とどう向き合っていいのかわからなくて悩んでいるのかも」

田中の話を聞きながら悟は、そうかもしれない、と思った。自分がそうだからだ。この歳になっても、孝雄とどう接していいのかわからずにいる。

電話の向こうで田中が、はきはきとした声で言う。

「事情はわかりました。お母さんには、春斗くんは元気だから心配はありません、と伝えます。チャグチャグ馬コの話は、春斗くんが自分から言うまで黙っておきますね。春斗くんがどんな様子だったか、あとで教えてください」

「わかりました」

そう言って電話を切ろうとしたとき、田中が言った。

「よかったです」

なにがよかったのだろう。田中は言葉を続けた。

「なにかをお願いするってことは、相手に頼ることです。人は、自分の味方だと思った人にしか頼りません。春斗くんにとって、清嘉の人たちは味方なんですね」

「いや、そんなことはないんじゃないかな」

咄嗟に否定した。半分は褒め言葉が気恥ずかしくて出た言葉だが、半分は本心だった。

春斗はまだ、悟たちに本音でぶつかっていない。微笑むことで嬉しさを伝えたり、鋳型を壊すことで怒りを表したりはするが、面と向かって感情を吐露したことはないのだ。

「本当に味方だと思っているなら、安心して気持ちを態度に出すでしょう。でも、そんな春斗くんを、俺はまだ見たことがありません」

「なるほど」

田中は納得したようにつぶやくと、でも、と言い返した。

「まだ味方じゃないかもしれないけれど、少なくとも敵ではありませんよね」

「まあ、そんな風には思ってはいないと思うけど――」

敵だと思っていたら、一緒にパンケーキを食べに行ったり、チャグチャグ馬コが見たいと頼んだりしないだろう。

「自信を持ってください。僕も近いうちに様子を見に行きます。引き続き、春斗くんをよろしくお願いします」

悟はすっきりしない気持ちで、受話器を置いた。ちょうどそのとき、孝雄がやってきた。電話の前に佇んでいる悟を見つけ、声をかける。

「どうした、ぼうっとして」

「いま、田中さんから電話があったんだ」

電話の内容を伝え、孝雄に確認をした。

「春斗くんの体調が悪いって話、聞いてないよな」

孝雄は難しい顔をして、腕を組んだ。

「聞いてないし、そんな様子もない」

「どうしてお母さんに、そんな嘘を吐いたんだろう」

「ここに来たときと最近とで、春斗くんが変わったと思うことはないか」

悟は考えて、ひとつ思いついた。

「あるといえばあるけれど、別に関係ないと思うけどなあ」

「いいから言ってみろ」

「部屋の灯り」

ここにきたばかりのときは、夜遅くまでついていたが、最近は違う。

「九時過ぎには、もう電気が消えているんだ。起きているのか寝ているのかわからないけれど、変わったことっていうとそれくらいかな」

悟の話を聞いてなにか思い出したのか、孝雄ははっとした様子で悟を見た。

「宅配便も出さなくなったな」

たしかに、いつも土曜日の夕方にコンビニへ出しに行っていたが、少し前から出掛けていない。

悟は孝雄に訊いた。

「そのふたつって、なにか関係あるのかな」

孝雄はなにも答えなかった。腕を組んだまま、なにもない空間をじっと見つめている。

「こんにちは」

店舗の戸が開く音がして、女性の声が聞こえた。来客のようだ。

「はい、いま行きます」

返事をして、悟は茶の間を出ようとした。その背に孝雄が言う。

「春斗くんだが、いまはそっとしておこう。きっとなにか理由があるんだ。いまのことは、俺から田中さんへ伝えておく」

悟は孝雄を見つめた。変わったのは春斗だけではない。孝雄もだ。我が子の面倒すらみなかったのに補導委託をはじめたり、家の者に頭を下げたことなどなかったのに、春斗の件で悟に詫びたり、明らかに昔とは違う。

「あのさ――」

悟の声に、孝雄が顔をあげた。

「なんだ」

なにから訊けばいいのかわからない。呼びかけたのになにも言わない悟に、孝雄が先を促す。

「どうした、早く言え」

親父、なにかあったのか。まずはそのひと言からはじめればいい。そう決めて口を開きかけたとき、店から女性が呼ぶ声がした。

「すみません、誰かいませんか。鉄瓶が欲しいんですけど」

大きな声で、孝雄が返事をした。

「はい、ただいま」

悟より先に、孝雄が茶の間を出ていく。やがて店のほうから、孝雄が接客している声が聞こえてきた。ここにいても仕方がない。悟は注文書を手に、工房へ向かった。

悟は歩きながら、タイミングの悪さを恨んだ。あの客がもう少し遅かったら、孝雄に訊けていたのに。

そこまで考えて、悟は足を止めた。うえを見る。初夏の明るい空に、白い雲が浮かんでいる。爽やかな景色を見ていると、なんだか辛くなってきた。訊けなかったのは、客のせいではない。自分に意気地がないからだ。なにかが変わってしまうのが怖いのだ。

悟はため息を吐いた。これじゃあ、春斗と同じだ。なにかを恐れて、足を踏み出せずにいる。

歩きはじめたとき、工房から健司が出てきた。悟を見つけて声をかける。

「おう、ちょっと出掛けてくる」

卸し先から、急いで鉄瓶をいくつか持ってきてほしい、と連絡があったという。健司の手には、大きな紙袋があった。重いだろうが、力が強い健司は軽々と持っている。

強い——その言葉に、悟はあることを思い出した。立ち去ろうとする健司を、急いで引きとめる。

「健司さん、ちょっと待って。訊きたいことがあるんだ」

面倒そうに、健司が悟を振り返る。

「いま急いでるのわかってんだろう。あとじゃだめか」

「ひとつだけ。親父って強いかな」

昨日、直之助が言っていたことだ。そう思う理由を直之助から聞いたが、どうしてもそう思えず胸に引っかかっていた。

「なんだそりゃ」

怪訝そうな顔をする健司に説明する。

「盛祥の直之助さんが、親父を強いって言ったんだ。俺はそんな風に思わないけれど、周りはどうなんだろうって――」

合点がいったらしく、ああ、と健司が声を漏らした。

「あの親父が言いそうなこった。昔から、自分はなんでも知っている、みたいな面して威張ってやがるんだ」

健司は、自分よりも立場がうえの者に憎まれ口をよく言う。以前、悟がそのことを指摘したら、俺は弱きを助け強きを挫くんだ、と言い返してきた。それは意味が違うと言いたかったが、素直に認めないだろうからそのままにした。

「健司さんは、親父をどう思う」

悟の質問に、健司は首を捻りながら答えた。

「俺からすれば、強いっていうより、おっかねえな。腕っぷしなら俺のほうが強い。でも、絶対に諦めない根性っていうか、刺し違えてでも俺は負けないっていう気迫みたいなもんを感じるときがある。そんときの親方はおっかねえよ」

話を聞いて、悟は昔を思い出した。

「たしかに、子供のころは親父が怖かったなあ。いつも難しい顔をしていて、用があるときしか話さなかった。滅多に笑わないけど、怒ることもなくて、俺が悪さをしてもただ睨むだけなんだ。

それがすごく怖くてさ、ひと睨みされただけで震えあがってた」

健司がおかしそうに笑う。

「そうそう、あの目で凄まれると小便ちびりそうだった。おっかないだけだったら、さすがの俺も工房を逃げ出していただろうな」

おっかないだけ――その部分がひっかかり、悟は突っ込んだ。

「だけってなんだよ。ほかになにかあるみたいじゃないか」

健司が驚いた顔をした。

「あるだろうが、優しいとかあったけえとか」

「はあ？」

思わず裏返った声が出た。

「なに言ってんだよ。親父が優しいなんて、嘘も大概にしてくれよ」

健司がむきになった。

「嘘じゃねえよ。あの人ほどあったけえ人はいない」

悟は顔の前で、手を左右に振った。

「息子の俺に気を遣っているならやめてくれよ。そういうのいらないから」

健司が眉根を寄せた。

「もしかして、本気でそう思ってんのか」

健司にしてはめずらしく、怖いくらい真剣な顔で訊いてくる。一瞬、ためらったが、すぐに答えた。

「こんなこと、嘘を吐いてどうするんだよ。本気もなにも、俺は親父を優しいなんて思ったことはない。逆ならたくさんあるけど」

健司は厳しい表情をしていたが、やがて和らげ、悟に顔を近づけた。

「悟ちゃん、今日、一杯やらないか。どうせ暇だろう」

なんだか、そんな気分ではない。

「いや、今日はいいよ。また今度——」

断っているにも拘わらず、健司は勝手に話を進める。

「なにか食いたいものはあるか。たまにはふたりっきり、さしで行こうや。今日は俺のおごりだ。こんな盆と正月がいっぺんに来たようなこと、そうそうないぞ。店は俺が決めておく。じゃあ、楽しみにしてろよ」

健司はそう言い残し、小走りに清嘉の敷地を出て行く。悟は慌てて叫んだ。

「ちょっと、健司さん。俺は今日は行かないって言っただろう。なあ！」

健司は振り返らずに、姿を消した。

悟はため息を吐いた。あの調子だと、嫌だと言っても力ずくでも悟を飲みに連れ出すだろう。今日の夕飯の当番は、孝雄だ。それに、健司の言うとおり予定はなく、暇といえば暇だ。飲みに行ってもなんの問題もない。しかし、勝手に話を決められたのが癪に障る。それにしても——。

悟は健司が消えた先に目をやった。大勢で騒ぐのが好きな健司が、さし飲みに誘うなんてめずらしい。脳裏に、今しがた見た、健司の厳しい表情が浮かぶ。きっと、悟の孝雄を見る目に対してなにか思うところがあり、その話をしたいのだろう。

健司は悟が生まれる前から、清嘉にいる。長いあいだ近くにいすぎて、面と向かって孝雄について話したことはない。健司が孝雄を慕っているのはわかっていたが、優しいとか温かいと感じていたとは思ってもいなかった。自分が知らない孝雄を、健司は知っている。健司の口から、悟が孝雄に対してずっと抱いている疑問の答えが聞けるかもしれない。

悟は今夜、健司と飲みに行く覚悟を決めて、工房へ向かった。


スナック『マリー』は、駅前の繁華街から離れた場所にあった。

大きい道から裏道に入り、角をいくつも曲がると、薄暗い路地の先にぽつんと看板が見える。そこがマリーだった。

古い木製のドアを顎で指し、健司は悟に向かって得意そうな顔をした。

「ここが俺の隠れ家だ」

店が入っている建物は、四角い箱を縦にふたつ重ねたような造りで、一階が店、二階は住居のようだった。二階のベランダに物干しハンガーがあり、洗濯物が夜風に揺れていた。

健司はドアを開けてなかへ入った。ドアに取り付けられていたカウベルが、鈍い音を立てる。

「ママ、来てやったぞ」

健司が店のなかへ向かって声をかけると、奥からハスキーな声が聞こえた。

「そんな大きな声出さなくても聞こえるって。いま行くから、いつもんとこに座ってて」

マリーはカウンターだけの店だった。八人も座ればいっぱいになるぐらいの広さしかない。その割には、カウンターのなかにある棚には、客のボトルがたくさん並んでいた。

「悟ちゃん、ここに座れよ」

健司はカウンターの奥に座ると、隣の椅子を悟に勧めた。言われたとおり、スツールに腰かける。そのとき、カウンターの奥から女性が現れた。店は照明を落としていてかなり薄暗い。女性は念入りに化粧をしているが、顔に深く刻まれた隠しきれない皺からかなり年配であることが窺えた。

「いらっしゃい、風邪、もういいの？」

女性は小型の保温機から、おしぼりを取り出しながら健司に訊いた。健司が眉間に皺を寄せる。

「いったい、いつの話だよ。俺はここ三年、風邪をひいてねえぞ」

「じゃあ、あんたがそれぐらいここに来てないってことじゃん」

「先月、来たじゃねえか。ボトル入れたの忘れたのかよ」

「そうだった？　まあ、そんなことどうでもいいじゃない。はい、どうぞ」

女性はおしぼりを、悟に差し出した。受け取りながら、軽く頭を下げる。健司が横でぼやいた。

「まったく、常連がいつ来たのかも覚えてないのかよ。それになんだよ。今日はずいぶん化粧が厚いな。いつもは眉毛がないのに、今日はしっかりあるじゃねえか」

女性は負けずに言い返す。

「今日はめずらしく、あんたが若い人を連れてくるっていうからめかし込んだんだよ。それに毛のことをいうなら、あんたは大変だね。眉毛は簡単に描けるけど、髪はそうはいかないもんね」

「やめろよ。ここんとこやけに地肌に風が当たるようで気にしてんだからよ」

健司は手で頭を撫でながら、女性を悟に紹介した。

「この口の悪いババアが、ここのママだ。みんなからはマリママって呼ばれている」

ママは、鼻で笑った。

「あんただって、口が悪いジジイじゃないの」

互いの悪口を言いながらも楽しそうに見えるのは、ふたりが気心が知れた間柄だからだろう。

姉と弟がきょうだい喧嘩をしているような感じだ。

「ところで、お兄さんはなに飲む？」

まだ悟を紹介していなかったことに気づいたらしく、健司は悟の名前を教えた。

「こいつは悟ちゃん。もうすぐ不惑だが、奥手すぎてまだ独身だ」

悟は健司を睨んだ。

「勝手に決めつけるなよ。俺は奥手じゃない」

言い返す悟を、健司は軽くいなす。

「悟ちゃんが奥手じゃなかったら誰が奥手なんだよ。俺は悟ちゃんがおむつをしているときから知ってるんだ。間違いないよ」

このまましゃべらせたら、なにを言いだすかわからない。悟は健司を無視して、ママに頼む。

「ママ、ビールください。あと、なにか腹の足しになるものを」

今日、悟はまだ夕飯を食べていなかった。健司は仕事が終わると、すぐに悟を外へ連れ出した。てっきり焼肉か食堂などの飲食店に行くのだと思っていたが、健司が連れてきたのはここだった。

食事を頼まれたママは、悟の背後を顎で指した。

「すぐに出せるのはあれしかないけど、いい？」

振り返ると、後ろの壁に『マリママ特製カレー』と書かれた紙が貼られていた。訊かれたのは悟なのに、健司が勝手に答える。

「おお、いいな。ママは口は悪いが、料理の腕はいいんだ。特にカレーは美味い。俺にもくれ。あとビールも」

ママが苦々しい顔で笑った。

「いまさら褒めてもダメだよ。お代はまけないからね」

冷えたビールの栓を抜きふたりに酌をすると、ママはカウンターの奥へ消えた。ばね式の扉を開くとき隙間からなかが見えたが、奥は厨房になっていた。

悟は改めて店内を眺めた。カウンターや椅子、ボトルが入っている棚といった調度品はかなり年季が入っているが、手入れが行き届いているからか古さは感じなかった。長く使い込まれた南部鉄器と同じで、味わいがある。

天井からぶらさがっているペンダントライトの照明は琥珀(こはく)色で、唯一の窓は百合(ゆり)模様のステンドグラス、流れているBGMはけだるいジャズだ。落ち着きのあるレトロな造りは、きっとママの趣味なのだろう。

「こんないい店があるなんて知らなかった。ずっと黙ってるなんてずるいよ」

悟が責めると、健司はにやりと笑った。

「俺の隠れ家だって言っただろう。そう簡単に教えるかよ」

「ここ、いつからあるんだ」

「俺もよく知らねえ。ママが若いころからだって聞いたから、もう六十年は過ぎてるんじゃねえかな」

「そんなに経ってないよ。まだ五十年だ」

厨房からママの大きな声がした。

「まだ耳は遠くないいんだな」

健司が笑いながら、奥へ向かって言い返す。悟と健司は、互いに手酌でビールを飲む。瓶が空になったとき、ママが厨房から戻ってきた。

「はい、お待たせ」

目の前に、カレーの皿とスプーンが入った水が置かれる。

健司が子供のようにはしゃいだ。

「これだよ、これ。いただきます」

スプーンを手にし、カレーを口のなかに突っ込む。次の瞬間、ううん、と満足そうな唸り声をあげた。

「やっぱり、マリママのカレーは最高だ」

悟もカレーを口に入れる。たしかに美味い。スパイスが効いている。市販のルーではなく、一から自分で作っているのだろう。どこか懐かしい味がするのは、きっとカレー粉が入っているからだ。

ママは棚から焼酎のボトルを出して、ふたりの前に置いた。「健ちゃん」と書かれた名札がついている。

「健ちゃんはいつもの水割りね。悟ちゃんはどうする？　日本酒や梅酒もあるわよ」

「いえ、俺も焼酎をもらいます。炭酸で割ってください」

健司は二、三日なにも食べていないみたいに、夢中でカレーをかっこんでいる。ママが酒とつまみを出したときには、もう食べ終えていた。盛大なげっぷをして腹を叩く。

「いやあ、食った食った。この美味さは昔から変わらねえな」

「あんたの見事な食いっぷりも変わんないよ。おかわりはいいのかい」

健司は顔の前で、手を左右に振った。

「もういっぱいだ。言いたかねえけど、もう歳だ。若いころみたいには入らねえ」

「それを言うなら、あたしだって同じだよ。最近、腰が悪くてね。カウンターのなかじゃあ、スリッパなんだよ」

「ヒールは死ぬまで脱がねえって、言ってたじゃねえか」

「そうかい？　最近、物忘れがひどくてね」

健司は呆れたように笑いながら、横にいる悟を見る。

「ママは昔から都合が悪くなると、忘れたふりをするんだ」

憎まれ口を言いながらじゃれあうふたりが、なんだか羨ましく思える。

空いたカレーの皿を片付けたママは、最近飲みはじめたという漢方茶を淹れながら健司に訊ねた。

「それで、今日はなんなんだい」

「なにが」

健司がぶっきらぼうに訊き返す。

ママが面倒そうに説明する。

「あんたがここに来るときは、金がないかなにか話したいときだろう。自分では気づいていないかもしれないけれど、あんた、金がないときは椅子に座る前に、今日はツケだ、って言うんだよ。でも、今日は言わなかった。となるとここに来た理由は、なんか話があるってことじゃないか。だから、今日はなんなんだいって訊いたんだよ」

健司が苦笑いしながら、首の後ろを撫でた。

「伊達に歳は食ってねえな。ママには敵わねえ」

「ひと言多いよ。それ以上憎まれ口叩くなら、ツケを払うまで出禁だよ」

ぴしゃりと言われた健司は、肩を竦めて大人しくなった。健司が静かになると、ママは悟に話しかけた。

「あんた、清嘉んとこの息子さんだろう」

健司が驚いた様子で訊ねた。

「どうして知ってるんだよ。俺はまだなにも言ってねえぞ」

ママは、グラスを持っている悟の手を目で指した。

「その手を見れば、鋳物を扱ってる仕事だって、すぐにわかるよ」

悟は自分の手を見た。皮膚や爪のなかは、洗っても取れない鉄粉や煤で黒くなっていた。素直に認めるのが癪なのだろう。健司がすぐ言い返す。

「ほかにも、手が汚れる仕事はあるじゃねえか。鋳物って言ったのはあてずっぽうだろう」

ママはうえから見下ろすように健司を見た。

「悟ちゃんが着てる作業着の胸元。色が抜けるような染みがついてる。それ、漆だろう。土や煤で汚れた手、そこに漆とくれば鋳物じゃないか」

健司はまだあきらめない。しつこく食い下がる。

「ほかの工房かもしれねえじゃねえか」

ママは首を横に振る。

「あり得ないね。あんた、清嘉の奥さんが亡くなったとき、大学を出たばかりの息子さんが工房で働くことになったって言ってただろう。あれから十五年くらい経つから、その息子さんはまさにいまこんくらいの年齢じゃないか。それに、あんたは人懐っこいようで他人と距離をとるところがあるから、ここに知り合い程度のやつを連れてくるわけないだろう。そう考えると、悟ちゃんはあんたが慕っている親方の息子さんってことになるんだよ」

ここまで言われたら、健司も脱帽するしかない。素直にママの観察力を褒めたたえた。

「すげえ、名探偵みてえだな」

「昔、好きで探偵小説をよく読んでたんだよ。ホームズ、ポアロ、ミス・マープル、明智小五郎、金田一耕助」

さっき注意されたばかりなのに、健司はさっそく憎まれ口を叩いた。

「古いのばっかりじゃねえか。やっぱり歳だなあ」

「古典と言いな。それに、物語に年齢は関係ないよ。あんたの言い分じゃあ、シェイクスピアを読んでる人はおよそ四百歳ってことになっちまう」

そこまで言って、ママは悟に訊ねた。

「悟ちゃんは、本とか読むの？」

「ああ、いやあまり――」

大学時代に小説好きの友人がいて、そのとき話題になっていたものを読んだことはあるが、好きな作家がいるとか追いかけているシリーズがあるといったことはなく、いまでは手に取っていなかった。

ママが諭すように言う。

「本はいいよ。本を読むとね、人が抱える苦しみや悲しみは昔から変わらないんだってわかるんだよ。そして本には、人がその苦難とどう向き合いどう乗り越えたのかってことが書いてある。それを読むと、こんな辛い思いをしているのは自分だけじゃない、みんな同じだ、頑張ろうって思えるんだよ」

ママの話を聞いて、悟は孝雄が口にした言葉を思い出した。

春斗に、どうして南部鉄器の職人になったのか訊かれたときの孝雄の返事だ。

――もう、辛い思いをするのは嫌だったからなあ。

きっと、ぼんやりしていたのだろう。横から健司が訊ねた。

「おい、大丈夫か。もう酔ったのか」

悟は慌てて否定した。

「そんなことないよ。ただ、いまの話を聞いて、親父も辛い思いをしたのかな、と思って――」

そこまで話したとき、ママが口をはさんだ。

「あんた、馬鹿じゃないの？」

冷たい声に、悟は身体が固まった。ママはカウンターに片肘をつき、挑むように悟のほうへ身を乗り出した。

「あんた、いまなんて言った？　親父も辛い思いをしたのかな、だって？　いい歳してそんな間抜けなこと言ってんじゃないよ。跡取りがこんなんじゃあ、清嘉の先も知れてるね」

いくらなんでも、はじめて会った人間にここまで言われる筋合いはない。悟はむっとした。

「間抜けって――それはひどいんじゃないですか」

「あたしはね、嘘は吐けない性分なんだ。間抜けだから間抜けって言ってなにが悪いんだよ」

「まあまあ」

健司がふたりのあいだに、割って入った。

「ここはママの説教が名物なんだよ。最初に言っただろう、このババアは口が悪いって。でも、ママも少しは加減しろよ。悟ちゃん、ここはじめてなんだからさ。いきなり怒られたら、そりゃあびっくりしちまうよ」

「こんくらいでビビってるようじゃ、まともに叱られたことなんてないんだろう。大事に大事に育てられたおぼっちゃんかい」

「そんなんじゃない！」

自分でも驚くほど大きな声が出た。健司もびっくりしている。悟は後悔した。これでは酒癖の悪い客ではないか。しかし、いまさら引っ込みがつかない。

悟は腹を括り、出禁覚悟で言い返した。

「俺は、大事になんか育てられてない」

「はい、これ！」

いきなり健司が、この場を仕切るように声を張った。カウンターに身を乗り出しているママを見ながら、悟の背中を勢いよく叩く。

「今日、悟ちゃんを連れてきたのは、これなんだよ。こいつ、自分の親父のことをまったくわかってなくてさ。俺が言っても信じねえから、清嘉の親方がいかにあったけえ人かってことを、ママから話してほしいんだよ」

ママは納得したように、ああ、と声を漏らした。

「そういうこと、なるほどね。やっぱりおぼっちゃんじゃないか」

悟はきつい目でママを睨んだ。ママが鼻で笑う。

「まあ、多少根性はありそうだけどね」

ママはさきほど作った漢方茶を手にカウンターから出てくると、健司の隣に座った。遠くを見ながら、ぼそりとつぶやく。

「清嘉の親方ねえ。たしかに、器用な人じゃあないよね」

「親父を知ってるんですか」

悟が訊ねると、ママは首を横に振った。

「いいや、よくは知らない。あっちだってあたしのことなんか知らないよ。あたしが清嘉を知っているように、この店の名前くらいは知っているかもしれないけど、それだけだよ」

「じゃあ、親父がどんな人間かわからないじゃないですか」

「わかるよ」

ママは健司を、親指で指した。

「こいつから話も聞いたし、あんたを見てればわかる」

「俺を？」

ママがカウンターに肘をつき、手に顎を載せて悟を見た。

「工房での仕事って大変なんだろう」

「ええ、まあ」

楽な仕事はないだろうが、鋳物造りも楽ではない。重いし暑いし汚れるし、一日の仕事が終わるとかなり疲れる。

ママは値踏みするように、悟を無遠慮な視線で見た。

「身体を鍛えてるようには見えないけど、腕や胸はけっこう筋肉がついてるみたいだね。健康そうじゃないか」

いままでに体調が悪くて寝込んだのは、十年前に罹ったインフルエンザくらいだ。ほかに病気らしい病気になったことはない。

「身体は丈夫だと思います」

我が意を得たりといった感じで、ママは悟に言う。

「それだけで、あんたの親が子供を大切にしてきたってわかるじゃない。世の中、いろんな親がいるだろう。あたしからすれば、子供を元気に育ててあげたってだけで立派だよ」

たしかにママの言うとおりだと思うが、一方で、親子の関係性は無視していいのか、との思いも頭をよぎる。

いまひとつ納得していない悟に気づいているのか、ママは言い含めるように言葉を続ける。

「あんたはいま元気で、仕事があって、ここで酒を飲んで、カレーが美味いと思えている。それがどんなに幸せなことか、わかってるかい？」

「そう、その当たり前がいかに大切か、みんなわかってねえんだよなあ」

腕組みをして偉そうに言う健司を、ママが斜に見た。

「あんたはどうなんだい」

健司は、へへ、と付け足すように笑い、手にしているグラスをぐるりと回した。

「俺は頭が悪いから、当たり前の大切さってのを時々忘れちまうけど、いま俺がこうしていられるのは親方のおかげだってことは、一度も忘れたことはねえ」

ママが小さく笑う。

「それさえ覚えてればいいだろう」

昔から健司は孝雄に心服しているが、単に親方だからという理由だけではないらしい。悟は健司に訊ねた。

「親父と健司さんのあいだに、なにがあったんだよ」

健司はグラスの中身を、覚悟を決めるように一気に飲み干した。

悟はじっと、健司の言葉を待つ。やがて健司は、独り言のように話しはじめた。

「ちょうど、ふたり目の子供が産まれたときだ。家族が増えたことが嬉しくてな。一家の主としてもっと頑張ろうって、張り切っていた」

そんなある日、健司は昔の仲間の結婚式に出席した。久しぶりに友人に会えた喜びと、次の日、仕事が休みだったことから深酒をした。タクシーで家に帰り、翌朝、目が覚めてすぐにホームセンターへ車で出かけた。

「その日はあいにくの雨でな。俺は二日酔いで痛む頭を抱えながら、運転してた。作業着が古くなったから、新しいのを買いに行ったんだ。いま思えば、そんなもんいつでもよかったのによ。そんときは、まさかあんなことになるなんて思ってもいなかった」

ホームセンターが近づいたところで、健司は車のスピードを緩めた。右折して店の駐車場に入ろうとしたとき、立て看板の脇からいきなり自転車が飛び出してきた。慌ててブレーキを踏んだが間に合わず、車と自転車は接触してしまった。

「急いで車から降りて、自転車に乗ってた人に駆け寄ったんだ。乗っていたのは、中学生の男の子でな。見たところ大きな怪我はないし、本人も大丈夫だって言ったんだが、俺は警察を呼んだ。あとで大事があっちゃあいけないからな」

すぐにパトカーがやってきて現場検証がはじまったが、話を聞いていた警察官は健司に飲酒運転の検査を求めた。健司が前の日に、遅くまで飲んでいたというのが気になったようだった。

「俺は、そんなことはないって言いながら、警察官が差し出したアルコール検知器に息を吹きかけた。そしたら、微量のアルコールが検出された。俺はびっくりしちまって、なんかの間違いだ、もう一回させてくれって頼んだんだ。いま思えば検知器に間違いなんてあるわけないのによ。二回目も当然、同じ結果だった。俺は酒気帯び運転で逮捕された」

幸い男の子に怪我はなく、初犯でもあることから、健司の処分は罰金と免停で済んだ。しかし、男の子側へ多額の慰謝料を払うことになった。

健司の話を聞いていた悟は、疑問を抱いた。

「相手に怪我がなかったら、慰謝料はないんじゃないか？」

以前、取引先の人が同じような事故を起こしたことがある。横道からバイクが飛び出してきて、車で接触したのだ。相手に怪我はなかったが、すぐに保険会社があいだに入った。

自動車事故の種類は大きく分けてふたつある。人身傷害が発生する人身事故と、物の破損のみの物損事故だ。

取引先の人は互いの車両が傷ついただけの物損事故で、過失割合に応じた修理費のみの支払いで済んだ。相手への慰謝料は支払わなくていいのか、と悟が訊ねると、物損事故の場合は一般的に、物が壊れたことによる精神的苦痛は考慮しないため慰謝料は発生しない、とのことだった。

悟がそう言うと、健司のかわりにママが答えた。

「本来はそうなんだけど、子供の父親ってのが質悪くてね。子供をだしに、ああだこうだとごねたんだよ」

「やめてくれ」

健司が強い口調で、ママを止めた。

「それは何度も言っただろう。悪いのは父親じゃねえ、俺だ」

ママは長い息を吐き、不機嫌そうに言う。

「もう過ぎた話だからいいけどさ、あんたはよくも悪くもまっすぐすぎるんだよ。そんなんじゃ損するばかりだよ。それにね、あんたがよくても周りに迷惑がかかることもあるんだよ。実際、親方がそうだったじゃないか」

健司はきつく目をつむり、深く項垂れた。

「ああ、そのとおりだ。あのときは、本当に親方に迷惑をかけた」

先が知りたくて、悟は健司を急かした。

「それで、そのあとどうなったんだよ」

後日、健司は弁護士に入ってもらって、男の子の両親に会いに行った。そこで示談の話になったが、父親が子供が負った精神的苦痛を持ち出し、かなりの金額を要求してきた。

健司は話を続ける。

「弁護士にそのことを伝えたら、その金額はあり得ないって言われてな。親の心情を考慮して、見舞金程度を渡すならわかる。でも、父親が要求した金額は高すぎる。自分が出て行って交渉するって言うんだ。でも、俺はそれを断った。だってそうだろう。どんな理由であっても、一歩間違えればひと様の子供を死なせちまってたんだ。どんなに詫びても詫びたりねえ。結局、弁護士には契約書だけ作ってもらって、それに判を押して俺は父親のところに持ってった」

具体的な金額は聞かなくとも、健司が簡単に支払える額でないことは想像がついた。

「それで、その支払いどうしたんだよ」

言ってから、ここに来てからのふたりの言葉を思い出した。

「まさか——親父が肩代わりしたのか」

健司は済まなそうな目で、悟を見た。

「そうだけど、そうじゃねえ」

もどかしくて、ついきつい口調になる。

「なんなんだよ、はっきり言えよ」

「健司はね、清嘉をやめようとしたんだ」

横からママが、口を挟んだ。悟は驚いた。職人以外の仕事をしている健司など、考えられない。おそらく、健司本人もそうだ。

「どうして、そんなこと思ったんだよ」

こんどは健司が答えた。

「清嘉の給料では、自分の家族を養っていくのがやっとだった。とても慰謝料なんて払えねえ。だから、東京へ出てもっと金になる仕事をしようと思ったんだ」

たしかに清嘉の給料は高いとはいえない。しかし、それは清嘉に限ったことではない。首都圏に比べて地方の収入が安いのは、どこも同じだ。

「でも、家族は――」

さっき健司は、事故を起こしたのは、ふたり目の子供が産まれたばかりのときだった、と言った。

「家族はこっちに置いたまま、俺だけ東京に行って、金を家に仕送りするつもりだった。話をしたら、理恵は嫌がってな。自分たちも一緒に行くって言ったんだが、俺がとめた。慰謝料を払いながら家族で東京に住めるほどは稼げない。慰謝料を払い終わるまで、こっちで子供たちと頑張ってくれって頼んだんだ」

理恵を説得した健司は孝雄に事情を説明して、清嘉をやめる、と伝えた。話を聞いた孝雄は、しばらく腕を組んだまま黙っていたが、やがてひと月にどのくらい足りないのか、と訊ねた。

「親方はその分、給料を増やすって言ったんだ」

「そんなの無理だろう」

悟は思わず言った。鉄器を量産している工房と違い、清嘉はひと月に造れる数は多くない。頑張っても限界があり、そう簡単に給料をあげられるほど経営は楽ではない。それは昔もいまも同じなはずだ。

「ああ、俺もそんなの無理だって言ったんだ。子供の小遣いなら別だが、そんときは当時の給料の倍近く必要だったからな。それに、俺が店の利益を奪っちまったら、親方の家族に負担がかかる。そんなことはできねえって言ったが、親方は頑として自分の考えを曲げなかった。お前は辞めさせない、の一点張りで、俺がどんなに頼んでも首を縦に振らなかった」

そのときのことを思い出したのか、ママがくすりと笑った。

「あんときは、あんたもかなり困ってたね。どうしたらいいかわかんねえ、ってその席で泣きそうな顔してたね」

健司は開き直ったように、椅子の背にもたれかかった。

「そりゃそうだろう。親方に迷惑をかけたくないのもあるけど、そんときは悟ちゃんも由美ちゃんもまだ小さくてさ、このふたりに不憫な思いはさせたくねえって思いもあったんだよ」

健司の話から計算すると、健司が事故を起こしたのは、悟と由美がまだ小学生のときだ。たしかに、家は贅沢ができるほど裕福ではなかった。自分が健司の立場だったら、やはり同じように思うだろう。自分が世話になっている人の子供に、辛い思いはさせたくない。

健司は隣にいる悟を見て、自分の胸のあたりに手を持っていった。

「悟ちゃんはまだこんくらいでよ。工房に来るとそのへんの砂で遊びはじめて、親方によく怒られてた。ここは仕事場だから入って来るなってな。それなのに悟ちゃんは懲りずに何度もやってきて、また親方に怒られて。そんな悟ちゃんを見て節子さんと、よっぽど南部鉄器が好きなんだね、って笑ったよ」

話を聞いて、悟は思い出した。たしかに小学生のころまでは、工房へよく出入りしていた。当時は、一生懸命に仕事をしている父親が誇らしく思え、その姿が見たかったのだ。やがて、それが自分の家族を顧みないことの裏返しだったと気づき、いまでは嫌悪している。

健司は悟に向けていた顔をもとに戻し、記憶を辿るように遠くを見やった。

「庭先で無邪気に遊んでる悟ちゃんや由美ちゃんを見てると、俺はとてもじゃないが、親方の提案を受け入れられなかった。いろいろ考えて、親方にわかってもらうには自分の気持ちを正直に言うしかねえ、そう思って、腹を決めて親方に伝えた。本当は言いたくなかったけど、そこまでしねえと店をやめられねえって思ったんだ」

健司の気持ちはわかる。どんなに言葉を選んだとしても、親方んちは貧乏だ、そう言っていることにかわりはない。さぞかし、言いづらかっただろう。

「それで、親父はなんて——」

悟が訊くと、健司は感極まったように、瞼(まぶた)をきつく閉じた。

「そんなことは考えなくていい、そう言われた。親方は、慰謝料の支払いが終わるまで、ひと月に受ける注文の数を増やして、その分の売り上げをお前にやる。俺の家族に負担はかからないようにするから心配するなって」

「そんなの無理だ」

思わず口をついて出た。職人がひとつひとつ丁寧に作る鉄器は、そう簡単に増やすことはできない。

健司が頷く。

「そう、俺もそう思った。まして、そのころの俺は職人としては半人前だ。俺にそれだけの給料を払うなら、もっと腕のいい職人を雇った方がいい。そう言ったんだが親方は、俺も頑張るからお前も必死に働け、ふたりでやればなんとかなる、って言って俺の手を握ったんだ」

健司は零(こぼ)れ落ちるなにかを堪(こら)えるように、うえを見た。

「どうしてそこまでしてくれるんだって、俺は訊いたよ。俺はただの職人だ。親方の身内でもなんでもねえ。そうしたらよ、親方、なんて言ったと思う。お前のためじゃねえ、お前の家族のためだって言ったんだよ」

家族――その言葉に、悟は息を詰めた。

「お前ひとりなら好きにすればいい。でも、お前には家族がいる。家族は離れちゃいけない。だから、ここで死ぬ気で頑張れ、そう言ったんだ」

「親父が、そんなことを――」

孝雄がなにかのためとか、誰かのためなどと言うところなど想像ができない。健司は悟に向き直った。

「そこから俺は、一生懸命に働いた。親方も頑張ってくれた。そのおかげで五年で慰謝料を支払うことができた。過ぎてみりゃあ五年なんてあっという間だが、振り返ればいろいろあった。理恵が身体を悪くしたり、子供が学校でいじめられたりよ。家族の問題が起きるたびに、俺は親方に感謝したよ。家族が一緒にいられたから、大変なことを乗り越えられたって」

ママが椅子から立ち上がり、カウンターのなかに戻った。健司と悟の新しい酒をつくり、ふたりの前に置く。

「人にはそれぞれ事情はあるけどさ、家族はできる限り一緒にいるほうがいいんだよ。ひとりじゃ乗り越えられないことでも、味方がいればなんとかなる。世の中、そういうもんさ」

健司はママがつくった新しい酒を美味そうに口にすると、見慣れた笑顔に戻って悟の肩に手を置いた。

「なあ悟ちゃん、いまの話を聞いてわかっただろう。親方ほどあったけえ人はいないって」

悟は健司から顔を背けた。他人事だと思って聞けば、たしかにそう思う。しかし、それが孝雄だと思うと、胸がもやもやした。

なにも答えない悟を見て、健司は悟が自分の話を信用していないと思ったらしい。悟の肩をぐいっと引き寄せ、勝ち誇った顔で言う。

「こんなときのために、ここに悟ちゃんを連れてきたんだよ。なあ、ママ。いまの話、本当だよな」

確認を求められたママは、健司を顎で指した。

「そいつはね、どうしようもない馬鹿だけど、嘘だけは吐かないよ。それはあたしが保証する」

「馬鹿とはなんだよ、馬鹿とは」

健司が怒鳴った。

怒鳴る健司に、ママも負けじと怒鳴り返す。

「馬鹿だから馬鹿って言ったんだよ。文句があるならツケ払いな」

悟はふたりの言い合いを止めようと思ったが、その必要はなかった。ツケの話を出された健司は、なにも言い返せず大人しくなった。そそくさといった感じで話をもとに戻す。

「ほら、ママも俺は嘘を言ってないって証明しただろう。親方は、悟ちゃんが思っているような人じゃないよ」

悟は誤解を解いた。

「俺は別に、健司さんが嘘を言っているなんて思ってないよ。でも、やっぱり親父をあったかいなんて思えない」

「なんでだよ！　どっからどう見てもあったけえだろう！」

健司はこんどは悟を怒鳴った。ママがあいだに割って入る。

「まあまあ、すぐにかっとなるのは、あんたの悪いところだよ」

窘められた健司は、ママに言い訳がましく言う。

「でもよお、息子のこいつが親方のことをわかってないなんて悔しくてよお」

ママは悟を見て、にやりと笑った。

「自分の思ったことを簡単に曲げないところは、父親に似たんじゃないの？」

嫌な人間に似ていると言われて、喜ぶ者はいない。悟は強く否定した。

「似てない」

ママはもっとおかしそうに、声に出して笑った。

「ほら、そういうところ。ねえ、そう思わない？」

訊ねられた健司は、不機嫌そうに悟を見た。

「いいや、親方はこんなわからずやじゃねえ」

ママと健司のやり取りを聞いていると、頭が混乱する。孝雄のことを、誰がどう思おうと勝手だ。しかし、自分の考えはこの場ではっきりと伝えておきたい。悟は酒で口を湿らし、声を張った。

「とにかく、俺はあんなやつに似ているなんて言われたくない」

それまで互いに言いあっていたママと健司は、口をぴたりと閉ざして悟を見た。

悟はふたりを見返した。

「健司さんにとって、親父は恩人なんだろうけど、俺は違う。本当にあったかい人間だとしたら、どうして自分の家族には冷たかったんだよ」

「そんなことねえよ」

健司がむきになって否定する。

「親方は節子さんや悟ちゃん、由美ちゃんを大事にしてきたよ」

グラムやセンチといった、違う単位で話をしているように感じる。どこまで行っても平行線だ。もうこの話はやめよう、そう思うが、酔いが回り感情的になっているのか、口が止まらない。カウンターに肘をつき、健司のほうへ身を乗り出した。

「親父が俺たちを大事にしてきた？　なにを見てそう言ってんだよ。やめてくれ。俺はそんな風に思ったことはない」

「ずいぶん自信満々に言うね」

ママが少しきつい口調で言う。

「あんたがそう思うのは勝手だけど、母親や妹も同じだってどうして言い切れるのさ。夫婦のことは夫婦にしかわかんないし、父親と娘の関係だって、息子のあんたとは別かもしれないでしょう」

ママが言うことも一理ある。しかし、素直に頷けなかった。頭ではわかっていても、感情が認めたくないと言っている。

悟は自分の酒を飲み干し、カウンターに強く置いた。

「とにかく、誰になにを言われても、俺は親父をあったかいとか家族思いだとか、そんな風には思えない」

ママは悟のグラスを手に取りながら、長い息を吐く。

「こりゃあ、根深いねえ」

酒をつくりながら、ママは悟に訊いた。

「あんた独り身だっていうけど、誰かを心から好きになったことある?」

いきなり恋愛の話にかわり、悟は狼狽(うろた)えた。

「そんなこと、親父の話とは関係ないでしょう」

「おおあり」

ママは悟に新しい酒を出した。

「なにか大切なものを見つけたとき、多くの人は両手で抱きしめて大事にするだろうけど、なかには臆病になっちゃって逆に距離を置く人もいるんだよ」

悟はママを睨んだ。

「親父がそうだって言いたいんですか？」

悟の問いにママは、芝居がかった感じで首を傾げた。

「さあ、あたしは清嘉の親方をよく知らないから断言はできないけれど、健司とあんたの話を聞いていると、そういうケースもあるなって思ってね」

ママは両手で、目に見えないなにかを抱えるような仕草をした。

「大事すぎて、ぎゅうって抱きしめて自分で好きなものを壊しちゃったり、壊れることを恐れて逆に指一本触れることができなかったり。そういう不器用なやつもいるんだよ」

「俺のことか？」

健司が横から割って入った。ママが呆れたように言う。

「あんたはどっちでもないよ。思ったことをすぐ口にするだろう。好きになったらその場で、大好きだーって叫ぶタイプじゃないか。そういうわかりやすいやつは、あんまり関係がこじれないんだよ。気持ちは伝わっているから相手が、この人は自分をどう思っているんだろう、って悩まなくて済む。なにかがこじれる理由は、相手の考えていることがわかんないからだよ。自分ひとりで好かれてるって勘違いしたり、嫌われてるって誤解したりするから心がすれ違っちまう」

ママは自分の分の漢方茶を淹れながら、言葉を続ける。

「人なんてさ、どんなに話し合ったって、百パーセントわかり合えることなんてないんだよ。もし、そう思っているやつがいたら、あたしからすれば傲慢だよね。なにが善でなにが悪かを決められないように人も、こいつはこんなやつだ、なんて決めつけられない。いろんな価値観、感情、事情で生きてるからね。だから、思ったことはできる限り言葉にしないといけない。気持ちなんて、それでやっと自分が言いたいことの数パーセントが伝わる程度なんだから。しかも、それが近くにいる人だったらなおさらさ。近すぎて見えないこともあるからさ」

「近すぎて見えないって、老眼かよ」

健司の茶々に、ママは笑った。

ママは手に本を持つような仕草をして、その手を顔に近づけたり離したりした。

「あんた、うまいこと言うね。たしかに老眼も人間関係も、近すぎるより、離したほうがよく見えるよね」

「そうそう、話したほうが相手のことがよくわかる」

健司のだじゃれに、ママは楽しそうに手を叩いた。

「あんた、今日は冴えてるね」

健司が大げさに胸を張ったとき、店の扉が開いてふたりの男性客が入ってきた。ママがそちらに顔を向ける。

「いらっしゃい、マーボーとタケボーが一緒なんてめずらしいわね」

どうやら馴染みの客らしい。ふたりの客がカウンターに座ると、またすぐに扉が開き、別の客が入ってきた。こんどは男女の四人だ。やはり常連らしく、ママと親し気に挨拶を交わす。

カウンターがいっぱいになると、健司は椅子から立ち上がりママに声をかけた。

「じゃあ、俺たち行くわ。お勘定、いくら？」

ママは新しくやってきた客におしぼりを渡しながら答えた。

「今日はいいよ。あたしがご馳走する」

健司が驚いた声をあげる。

「ええ、本当かよ」

嬉しそうな顔をする健司にママは苦い顔をした。

「あんたに奢るんじゃないよ。悟ちゃんにご馳走するんだよ」

健司は鼻を指でこすりながら、へへ、と笑った。

「なんでもいいよ。タダならさ」

悟と健司が外に出ると、ママが見送りに出てきた。腕を組んでうえを見る。

ママの視線を追って空を見ると、星がちらちらと見えた。悟はママに礼を言った。

「明日は晴れるね」

「今日はご馳走さまでした」

ママは、少しよろめきながら先を歩いていく健司を見た。

「あいつが人を連れてきたの、はじめてだよ」

「はじめて？」

悟は繰り返した。健司はマリーにかなり長く通っているはずだ。それなのに、誰も連れてきたことはないのか。

ママは腕を組んで、足元に目を落とした。

「人は誰でも、弱音を吐ける場所が必要だろう。あいつにとってはマリーがそうなんだ。その大事な場所にあんたを連れてきたってことは、あいつにとってあんたはとっても大事な人なんだなって思ったよ。そして、あんたの父親であいつの恩人の親方も」

ママは顔をあげて、悟を見た。

「あんたの父親、本、読む？」

いつも新聞は読んでいるが、孝雄が本を読んでいる姿は見た覚えがない。さあ、と言いながら悟は訊き返した。

「どうしてそんなことを訊くんですか」

「本棚を見ると、その人がどんな人かわかるよ。読んできた本は、その人が生きてきた足跡みたいなもんだから。なにに興味があってなにを求めてきたのかきっと見えるよ」

「おおい、悟ちゃん、なにしてんだよ。ババアに口説かれてんのか！」

道の先で、健司がこちらに向かって手を振っている。ママが大きな声で叫んだ。

「ジジイにババアなんて、言われたくないよ！」

夜道に健司の笑い声が響く。夜にこんな大声で叫んでいては近所迷惑だ。悟はママに頭をさげて、健司に向かって駆け出した。

追いついた悟の肩に、健司は腕をかけた。

「マリママのカレー、美味かっただろう」

悟はふらつく健司を、身体で支えた。

「いままで食べたカレーで、一番美味かった」

健司は満足そうに頷く。

「そうだろう。俺はずっとあの味に支えられてきたんだ」

さきほどのママの、マリーは健司が弱音を吐ける場所、という言葉が蘇る。悟が知らない孝雄がいるように、悟が知らない健司がいるのだろう。なんだか、いままでと違う健司が隣にいるような気がする。

ふたりで黙って歩く。やがて、健司がぽつりと言った。

「悟ちゃんは、親方が変わったって言うけど、俺からすれば親方は変わらない。変わったのは悟ちゃんのほうだ」

「俺が？」

思わず訊き返す。

健司は大きなしゃっくりをして、遠くを見やった。

「なにか言いたいことがあっても、いままで悟ちゃんは親方になにも言ってこなかっただろう。遠慮なのか言ってもわかんねえっていう諦めなのかしらねえけどよ。夫婦のことは夫婦にしかわかんねえのと同じで、親子には親子にしかわかんねえことがあるから、俺は黙ってた。でも、春ちゃんが来てから悟ちゃん、自分の気持ちを出すようになっただろう」

たしかに健司の言うとおりだ。かかわらないようにしたいがそうはいかず、口を出すようになっている。

健司は酔いが回った目を、悟に戻した。

「ずっとふたりを見てて、もどかしかったんだ。そりゃあ親方にも悪いところはあるよ。あのとおり、不器用だからさ。ちゃんと言葉や態度に表さないと相手に伝わらないですよって言ったこともある。でもさ、ああいう人がなにか言われて、はいそうですかって、できるわけがねえ」

悟も酔いが回っていた。健司に食って掛かる。

「父親なんだから、言いたいことがあったらはっきり言えばいいだろう」

ゆっくりと夜道を歩きながら健司は、なんかさ――とつぶやいた。

「ずっと親方を見てきたけど、敢えてそうしない――いや、そうしちゃいけないって、自分を抑えてるような気がするんだよな」

「なんでだよ」

健司は腕を組んで首を大げさなほど大きく捻った。その弾みで足元がふらつき、慌てて悟が支える。

腕を取られながら、健司はぼそぼそとひとりごとのようにつぶやく。

「俺も理由はわからないけど、見てれば気づくこともある。例えばさっきさ、子供のころの悟ちゃんが、工房に出入りするなって怒られてたって言っただろう。あれさ、ここは仕事場だからってことだけじゃねえんだ。工房は子供にとって危ないもんだらけだから、怪我をしたら大変だから入れなかったんだよ」

悟は言い返した。

「だったらそう言えばよかったじゃないか。邪魔者扱いされて、出て行けって言われるだけじゃあ、親父が考えていることなんかわかんないよ」

「それ！」

健司が勢いよく、悟の方に身体を向けた。

「さっき、マリママが言ってたことだよ。ちゃんと言わなきゃ相手に伝わんないって話。まさにそれだよ」

健司は少し困ったように笑う。

「親方は不器用だし、悟ちゃんは親方に対して斜に構えちまってる。ふたりはぎくしゃくしちまったが、由美ちゃんが素直に育ったのはよかったよ」

同じ環境で育ったきょうだいでも、感受性や価値観は違う。孝雄に対して思うところはあるだろうが、息子と娘の違いなのか、由美は斜に構えず大きくなった。

「親方も思ったことを多少は口にするようになったかもしんねえけど、それだけだ。中身は同じだ。あったけえ人だよ」

しばらく黙って夜道を歩く。遠くで犬の鳴き声がした。

「どうして親父は、健司さんの家族を守ったんだろう。自分の弟子が困っているんだからなんとかしてあげたいって思うのはわかるけど、自分の負担を増やしてまでっていうのは、やっぱりなにか特別な思いがあるんだと思う」

健司がぼそりと言う。

「いま思い出したけどさ。親方、前に春ちゃんに、もう辛い思いをしたくなかったから職人になった、みたいなこと言っただろう。俺が工房を辞めるって言ったときも、似たようなことを言っていたんだよな」

悟は健司を見た。

「なんだよ、それ」

健司は視線をしたに落としたままだ。

健司が歩きながら言う。

「工房で頑張るって決めたあと、どうしてこんなによくしてくれるのか、訊いたんだ。そうしたら小さい声でひとこと、もう誰にもあんな辛い思いはしてほしくないんだ、って答えてよ」

また、辛い思い、だ。

「健司さんは、親父が言う辛い思いっていうのがなんなのか、知らないのか」

悟の問いに、健司が即答する。

「ああ、知らない」

「知りたいと思ったことないのかよ」

「あるけど、訊いたことはない」

「どうして」

覚束（おぼつか）ない足取りの健司を支えながら、悟は訊く。健司はしたを向いたまま、つぶやくように答える。

「何度も、訊こうとしたことはある。でも親方の目を見ると、訊いちゃいけねえって気持ちになるんだ。目の奥に、深い悲しみがあるような気がしてさ。人はみんな、触れられたくないことってあるだろう。それが親方にとっては、昔あった辛いことなんじゃねえかなって感じたら、訊く気がなくなった」

真面目に話していた健司は、悟に顔を向けるとおどけたように、にっと笑った。

「昔なにがあったか知らねえが、親方は親方だ。俺はこれからもいままでどおり、ずっと親方についていくぜ」

悟は健司が、羨ましくなった。そこまで信頼しきれる人物がいるのといないのとでは、人生の厚みが違うような気がする。孝雄に対する思いが大きく変わったわけではないが、ただ、健司にとっての孝雄のような人が自分にいるか、と考えてもすぐには思い浮かばない。なんだか自分の人生が、ひどく薄っぺらいもののように思えてくる。

黙り込んだ悟の顔を、健司が覗き込んだ。

「なんだよ、急に黙っちまって。俺があんまりにも親方のことが好きだから、淋しくなったか？」

健司が悟の背中を、叩く。

「心配すんな。俺は親方と同じくらい悟ちゃんのことが好きだからよ」

そんなんじゃない、そう言い返そうとしたが、その気力がなかった。健司の笑い声が、夜道に響いた。

第五章

ビルの屋上についた悟は、深く息を吸った。澄んだ空気が肺を満たす。深呼吸を繰り返していると、身体のなかの悪いものがきれいな空気に洗い流されていくような気がした。

「どっちから来るんですか」

春斗が屋上に張り巡らされているフェンス越しに遠くを眺め、訊ねた。健司が隣に立ち、岩手山の方向を指さす。

「あっちだ。もう少しすると、道の奥からたくさんの馬が鈴を鳴らしてやってくる。そりゃあ見事だぞ」

春斗がつま先立ちで、健司が指したほうを見る。

悟は健司の隣で、したを見た。車両通行止めになった道路は、チャグチャグ馬コの行進を見るために集まった人々でひしめいていた。みな、そわそわとした様子で、行進が来るのをいまかいまかと待っている。

今朝、悟が階下へ降りていくと、すでに春斗が台所で朝ご飯を食べていた。孝雄も一緒だった。春斗は悟を見ると、いつもより大きな声で朝の挨拶をした。

「今日はずいぶん早いね」

悟が寝ぐせがついた髪を手で直しながら声をかけると、春斗は少し恥ずかしそうな顔をした。

「今日、馬が見られると思うと嬉しくて、早く目が覚めました」

誰がいつから言い出したのかはわからないが、チャグチャグ馬コの日は晴れると言われている。きれいに着飾った馬たちが雨に降られてはかわいそうだと、神様が晴れにしてくれるらしい。その話を信じているわけではないが、なぜかチャグチャグ馬コの日は、たしかに晴れる。

今日も、朝から晴れた。数日前の予報では曇りのち雨だったが、近づいていた台風の進路が変わり晴天に恵まれた。

行進は朝の九時半に鬼越蒼前神社を出発し、途中で休憩を挟みながら、午後の二時前に目的地の盛岡八幡宮に到着することになっている。

いま悟たちがいる、材木町を通るのは十二時半ごろ。あと十五分ほどでやってくる。

悟たちの後ろから、ああ、という苦しそうな声がした。振り返って屋上の出入り口のほうを見ると、ドアの前に孝雄がいた。腰に手を当てて辛そうな顔をしている。

「やっぱり歳だな。思っていたより階段がこたえる」

健司が顔の前で、手を小さく左右に振る。

「親方だけじゃないですよ。俺も悟ちゃんもきつくて、休みながら上ってきました。休まずにきたのは春ちゃんだけだ」

孝雄は春斗のそばにやってきて、全身を眺めた。

「こんなに細くて体力があるように見えないのに、やっぱり若いんだな」

健司が声に出して笑う。

「そりゃそうでしょ。棺桶に半分足を突っ込んでるじいふたりと、まもなく不惑のおじさんが十代と同じじゃあおかしいでしょう」

孝雄は春斗の隣で、悟がしたように深呼吸をした。

「ああ、気持ちがいいなあ。岩手山もあんなにきれいだ」

屋上からは、遠くに聳（そび）える岩手山がよく見えた。岩手県の最高峰で、富士山の片側が削れたような形をしていることから、南部片富士とも呼ばれている。山頂付近に雲がかかることが多く、全景が見えることはあまりない。しかし、今日は雲ひとつなく、山がよく見えた。青空を背にした山の稜線がくっきりと浮かび上がり、沢や谷のくぼみまでわかる。まるでポストカードのようだった。

健司が山を見ながら春斗に言う。

「こんなにきれいな岩手山、滅多に見られねえぞ。写真撮って、お父さんとお母さんに送ってやれよ」

いつもはスマートフォンを持つことを禁止されている春斗だが、今日は携帯していた。チャグチャグ馬コの写真が撮りたいから今日だけ持たせてほしい、と春斗が頼んだからだ。孝雄は快く聞き入れ、今朝、家を出るとき春斗に渡した。

健司に言われて、春斗は少し迷うようにしたを向いていた。しかし、やがて背負っていたリュックからスマートフォンを取り出し、岩手山に向けてシャッターを切った。

一度撮ったら面白くなったのか、春斗はどんどんシャッターを切る。岩手山だけでなく、市内を流れる北上川や街並みの写真も撮りはじめた。

夢中で撮っている春斗の横で、孝雄が誰にともなくつぶやいた。

「いまはいいなあ。フィルムのころは、その場でちゃんと撮れているか確認できなかったから、怖かったんだ」

孝雄のつぶやきに、健司が頷く。

「そうそう、いざ現像したら思いっきりブレてて、悔しい思いをたくさんしましたよ」

孝雄と健司のやり取りを聞いていたのだろう。春斗はふたりに向かって、得意そうに言った。

「デジタルは加工や合成も簡単なんです。インスタに載ってる画像の大半は、加工してます」

健司が眉間に皺を寄せて、腕を組んだ。

「それって、嘘じゃねえか。そんなんで評判になったって嬉しくねえだろう」

いつもの春斗だったら、ここで臆して黙り込んでしまっていただろう。しかし、今日はかなり気分が高揚しているらしく、笑いながら健司をやり込めた。

「いまはそれが当たり前なんです。加工していることを知ってて、みんな楽しんでるんですよ」

「へえ、そんなもんなのか」

世代の違いを指摘されたらなにも言えない、と思ったのか、健司にしてはめずらしく素直に引き下がった。

風に吹かれているからか、気持ちの昂ぶりのせいか、チャグチャグ馬コを待つ春斗の頬が、わずかに紅潮している。生き生きとした目を見ていると、目の前の少年が問題行動を起こしたとは思えなかった。

春斗を見つめながら、ガス爆発、という言葉を思い出す。脳裏に、工房で鋳型を粉々に打ち砕いた春斗の姿が浮かんだ。春斗はなにに抗っているのか。なにが春斗を、そこまで追い詰めているのだろう。

「ねえ、健司さん。ちょっと遅くないかな」

春斗の声に、悟は我に返った。春斗は隣にいる健司を見て、少し不安そうな顔をしている。腕時計を見ると、ここを通過する予定の時間を十分ほど過ぎていた。

「途中でなにかあったのかな」

春斗はつま先立ちで、フェンス越しに道の奥を眺める。春斗の心配を、健司が笑い飛ばした。

「大丈夫だって。いつもより馬の落とし物が多くて、時間を食ってるんだよ」

健司が言う馬の落とし物とは、馬糞のことだ。孝雄が健司を窘める。

「春斗くんに嘘を教えるんじゃない。馬は走りながらでもできるんだ。そんなことで遅れない」

健司が肩を竦めたとき、春斗が叫んだ。

「来た！」

道の先を見ると、カラフルな装飾を施した車が見えた。車はゆっくりとした速度で、こちらに近づいてくる。その後ろに、馬がいた。たくさんの馬が、華やかな衣装をつけてやってくる。

健司が春斗の背を、勢いよく叩く。

「ほら、待ちに待った馬コがやってきたぞ！」

春斗がフェンスにしがみつき、首を伸ばす。

悟も同じ方角を見やった。先頭の馬に、陣羽織と陣笠を身に着けた男性が乗っている。行進は、最後尾が見えないくらい長く続いていた。

「どうだ、すげえだろう。この行列がどのくらいあるか知ってるか?」

今日のために調べてきたのだろう。健司が自慢げに、行進について説明をはじめた。長さは五百メートルほどあるとか、馬たちがつけている装束は手作りで馬に負担がかからない素材を用いているとか、ほかにも鈴の数や衣装をつける順番などいろいろ語る。しかし、春斗の耳には届いていないらしい。返事もせず、近づいてくる行進を夢中で見ている。

やがて、チャグチャグという鈴の音が聞こえてきた。カッポカッポという馬の蹄(ひづめ)の音もしてくる。行進がすぐそばにやってくると、沿道で見ている人々の歓声が大きくあがった。

「おい、田所さんがどこにいるかわかるか」

したたを見ながら、孝雄が健司に訊く。健司は行進に目を凝らしながら、ううん、と唸った。

「俺もさっきから探してるんだけど、こっからじゃあ引手の頭しか見えないから、どこにいるかわかんないんですよ」

フェンスにしがみついていた春斗が、孝雄と健司のほうを勢いよく振り返った。

「田所さん、参加していますよね」

健司が呆れたように息を吐く。

「春ちゃんは本当に心配性だな。いまからそんなんじゃあ、若いうちにこんなになっちまうぞ」

そう言いながら、地肌が目立つ自分のごま塩頭を、健司は撫でた。それを見て春斗が笑ったとき、沿道から泣き声が聞こえてきた。

「なんだ、なんだ」

健司がフェンス越しにしたをのぞき込む。つられて悟も見下ろすと、父親と思しき男性に肩車をされた小さな女の子が大泣きしていた。どうやら、行進を近くで見せようと思った父親が馬のそばにいったところ、怯えてしまったらしい。

あやしているのか、男性は女の子を肩に乗せたまま、身体を小刻みに弾ませた。馬たちは子供の泣き声などまったく意に介さないらしく、列を乱さず一定のリズムで歩き続ける。

「春ちゃん、あそこ。ほら、あれ見てみろ」

健司が少し離れたところに移動する。追いかけた春斗は、嬉しそうな声をあげた。

「犬が衣装を着てる！」

ふたりが見ているほうに目を移すと、人込みのあいだから犬が見えた。種類はわからないが、ゴールデンレトリーバーくらいの大きさだ。犬は馬たちと同じデザインの衣装をつけていた。

「チャグチャグ馬コじゃなくて、チャグチャグ犬コだな」

ふたりは楽しそうに、行進を見ている。

女の子が、泣き止んだ。男性に肩車をされたまま、沿道の隅で行進を眺めている。

孝雄が横で、ぼそりと言った。

「お前も、あんな風に泣いたことがあったな」

悟は孝雄を見た。孝雄は泣き止んだ女の子のほうを、眩しそうに目を細めている。

悟がなにも訊いていないのに、孝雄は話を続けた。

「由美がまだ節子におぶわれていたから、お前は五歳くらいだったのかなあ。お前がチャグチャグ馬コが見たいというから、みんなで出掛けたんだ。俺はお前に馬を近くで見せたくて、あの女の子みたいに肩車して近づいたんだ。そうしたら、馬が怖いって泣き出してな。一緒に由美も泣き出したから大変だった。あのときは往生した」

思い出し笑いする孝雄に、困惑した。いまの話を、悟は覚えていない。そんなことがあったのをはじめて知ったし、なにより孝雄が嬉しそうに話しているのが意外だった。

なにを言っていいかわからず、ありきたりなことを訊く。

「おふくろ、困ってたか」

亡き妻の面影を追うかのように、孝雄は空を見上げた。

やがて孝雄は、つぶやくように話しはじめた。

「あいつに、そんな様子はなかったなあ。背中で由美をあやしながら、俺の肩のうえで大泣きするお前を笑って見ていた。思えば、あいつの怒った顔を、俺は見た覚えがない。せいぜい拗ねるくらいだった」

いままでに、孝雄が節子のことや悟たちの思い出を語ったことはない。まして、誰からも訊かれていないのに話し出すなど、考えられないことだった。

悟は、同じ市内にある南部鉄器工房——盛祥の会長である直之助と会ったときのことを思い出した。直之助は、ふたりは節子が押し掛け女房のような形で結婚した、と言っていた。節子は孝雄を好いていたが、孝雄はどうだったのか。本当のところが知りたい。

「あのさ——」

思い切って声を掛けると、孝雄がこちらに顔を向けた。まともに目があう。こんなに近くで顔を見るのは、いつ以来だろうか。

目の前にいる孝雄は、悟が思っていたより歳をとっていた。目じりには深い皺が刻まれ、目の周り全体がたるんでいる。両頬には濃いシミがくっきりと浮かんでいた。

――おふくろのこと、どう思ってた。

そう聞くつもりだったが、言葉が出てこない。咄嗟に、思いついた話にすり替える。

「親父の本棚だけど、このあいだ見せてもらったよ」

いざとなると、いつもこうだ。意気地なしの自分が情けなくなる。

孝雄がふと思い出したような顔をした。

「参考になるようなものはあったか」

悟はマリーに行った翌日、孝雄に本棚を見せてほしい、と頼んだ。本棚を見るとその人がどんな人かわかるよ、というママの言葉が頭から離れなかったからだ。理由は、南部鉄器に関して知りたいことがある、ということにした。だいぶ前に用事があって孝雄の部屋に入ったとき、書棚に仕事関係の本がたくさん並んでいたのを見ていた。本当の理由――孝雄がどんな人間か知りたいから、とは言えず嘘を吐いた。

孝雄は悟の本当の目的を知る由もなく、いつでも見ていい、気になる本があったら持っていけ、と答えた。

その日の夕方、孝雄が買い出しに出かけたあと、悟は書棚を見に行った。孝雄がいるときでもよかったが、嘘を吐いていることに引け目を感じ、堂々と部屋に入ることが憚られた。

孝雄の部屋は十二畳の和室で、置いてあるものは高さが天井まである書棚と、古い文机、金具の引手がついた箪笥だけだ。節子が生きていたころはふたりの部屋だったが、いまは孝雄がひとりで使っている。

悟は書棚の前に立ち、並んでいる本を眺めた。大判のものから文庫サイズのものまで、百冊以上はある。それらの背表紙を、一冊一冊見ていく。半分以上は南部鉄器にかかわるもので、そのほかは岩手の郷土史、将棋、建築やデザイン関係のものだった。

緊張していた悟は、気が抜けた。並んでいる本は、悟が知っている孝雄しか見えてこないものばかりだった。本棚を見るとその人がわかる、というママの言葉を信じるなら、孝雄は昔からいまのような人間だったのだろう。

悟は本来の目的を消し去り、せっかくだからなにか面白そうな本を借りていこう、と改めて本を眺めた。そのとき、うえから三段目の棚の端に、ずいぶん古い本があることに気づいた。カバーはついていない。背表紙は日焼けしていて、題名と著者名は薄れていた。

多くの本のなかで、それだけがひっそりと埋もれるようになっているのが気になり、悟は抜き取った。宮沢賢治の『銀河鉄道の夜』の文庫だった。

本を手にしたまま、改めて書棚を眺める。見る限り、ほかはすべて実用書だ。どうして一冊だけ小説が交じっているのか。悟はパラパラとページを捲(めく)った。古い本は文字が小さい。こんな見づらいものを、昔の人はよく読んでいたと思う。

本にはいくつかの短編が収録されていたが、ある作品のページだけかなり傷んでいた。繰り返し読んだらしく、紙がよれたり角が折れたりしている。その作品は「グスコーブドリの伝記」という題名だった。森、という章からはじまっている。

悟はあまり小説を読まない。宮沢賢治で思いつくものは、有名な「雨ニモマケズ」と小説の「風の又三郎」、この文庫のタイトルにもなっている「銀河鉄道の夜」と「やまなし」くらいだ。

なぜ、ここだけ傷むほど読まれているのか。気になって読もうとしたとき、孝雄が帰ってきた気配がした。そのまま借りることもできたが、勝手に持ち出してはいけないような気がして、もとに戻して部屋を出た。本のことを訊こうと思っていたがタイミングがなく、気付くと今日になっていた。

悟は孝雄に訊ねた。

「書棚にあった『銀河鉄道の夜』、親父のか？」

なにげない問いだったはずだが、次の瞬間、いままで柔和だった孝雄の表情が、さっと変わった。驚きと恐れが入り混じった目で悟を睨む。

意外な孝雄の反応に、悟は戸惑った。どうしてこんな顔をするのだろう。あの本は孝雄にとって、なにか特別な意味を持つものなのだろうか。

「親父――」

呼ばれた孝雄は、はっと我に返ったような顔をして、口を歪めるように笑った。

「そんな本があったのか。忘れていた」

悟には、それが嘘としか思えなかった。たかだか一冊の本のことだ。ちゃんと答えない理由はなんなのかと思いをめぐらせていると、春斗の声がした。

「親方、悟さん。行進、通りすぎましたよ」

言われてビルのしたを見ると、清掃車が通過するところだった。行進の最後で、馬の落とし物を処理する車だ。

健司が首に巻いているタオルで、額を拭う。

「晴れたのはいいが、けっこう暑くなってきたな。行進を追っかけながら、冷たいもんでも食うか」

健司の言葉を聞いて、悟は自分も額に汗をかいていることに気づいた。陽を遮るものがない屋上は、たしかに暑い。

春斗がはっとしたような顔で、健司を見た。

「ババヘラアイス。健司さん、僕、このあいだ聞いたババヘラアイスが食べてみたいです」

名案だ、とでも言うように、健司が自分の手のひらを握り拳で叩く。

「そうだ、それを食おう！　俺が奢ってやる！」

「やったあ！」

春斗はそう叫び、屋上の出入り口に向かって走り出した。

「おいおい、そんなに急ぐな。転ぶぞ」

健司があとを追いかける。

ふたりがいなくなった屋上は、急に静かになった。悟は孝雄を見た。視線を感じているはずなのに、孝雄は悟を見ない。

孝雄は忘れたふりをしたが、本棚に『銀河鉄道の夜』があるのは覚えているのだろう。「グスコーブドリの伝記」のところだけ、何度も何度も読まれている理由もわかっているはずだ。なぜそのような些細なことを隠す必要があるのか。そんなことをぼんやりと考えているうち、出入り口のドアから健司が顔をのぞかせた。

「ふたりともなにしてるんですか。置いていきますよ」

あとを追ってこないふたりを、呼びに来たのだ。

「あ、ああ。いま行く」

そう答えて、孝雄が屋上を出て行く。すっきりしない気持ちで、悟もあとに続いた。

ビルを出ると、行き交う人々の喧騒に包まれた。子供たちのはしゃぐ声、女性の笑い声などが、一気に耳に飛び込んでくる。

先を見ると、孝雄の背中が見えた。健司も春斗もいる。なにか訊かれたのか、孝雄が隣を歩く春斗を見た。その横顔に戸惑う。春斗を見つめる孝雄の表情は、屋上で見た孝雄とは別人かと思うほど優しかった。

人の流れに従って、悟たちはチャグチャグ馬コのあとをついていく。

道路沿いの店先を眺めながら歩いていると、いきなり健司が大きな声をあげた。

「ほら、春ちゃん、見えるか？　あそこがババヘラアイスが売ってる場所だ」

健司の視線を追うと、道の先に派手なパラソルが見えた。それが昔から変わらない、ババヘラアイスの販売場所の目印だった。

販売場所に着くと、健司は売り子をしている年配の女性に声をかけた。

「ばあちゃん、ババヘラ四つくれ」

悟は慌てて健司を止めた。

「俺はいいよ」

喉が渇いていて、どこかでスポーツドリンクを買うつもりだった。しかし、健司は悟が遠慮したと思ったらしく、強引にアイスを四つ注文してしまった。

「まあまあ、いいから。俺はそんなにケチじゃねえ。春ちゃんだけじゃなくて、みんなに奢るよ」

その言葉に、孝雄が困った顔をした。

「俺も食うのか？」

健司が大げさなほど、驚いた声を出した。

「当たり前じゃないですか。祭りでババヘラアイスを食わないでなに食うんですか。それに、美味いもんはみんなで食うともっと美味くなるんだ。な、春ちゃんもそう思うよな」

春斗が、嬉しそうに大きく頷く。

売り子の女性が、冷えた金属製の大きな容器から、ヘラでアイスをコーンに盛る。ピンクと黄色のアイスが交互に重なり、花びらのようだ。

健司は四つ分の料金を払うと、手渡されたアイスを興味深そうに四方から眺めている春斗に言った。

「これが念願のババヘラアイスだ。食ってみろ」

春斗がおずおずといった様子で、アイスを口に含んだ。次の瞬間、目を輝かせて健司を見た。

「美味しい！」

それを聞いた健司が、大口でアイスにかぶりつく。目をきつく瞑り、ううん、と唸ると、ぱっと目を見開き叫んだ。

「うん、美味え！」

健司はその勢いのままの大きな声で、孝雄と悟をうながした。

「ほら、ふたりとも早く食って。もたもたしてると溶けちまう」

言われて悟は、慌ててババヘラアイスを口にした。懐かしい味が舌のうえに広がる。優しい甘みと柔らかなくちどけに、思わず頬が緩んだ。

隣で孝雄も、アイスを頬張る。一気に二口、三口食べたあと、ほっとしたようにつぶやいた。

「懐かしいなあ。これを食べるのは何十年ぶりかなあ」

春斗が孝雄に訊ねた。

「アイスの色って、昔からこの二色なんですか？」

孝雄が頷く。

「ああ、俺が知る限りずっと同じだ。ピンクのところがイチゴ味、黄色いところはバナナ味。そこだけ食べても美味いが、俺は一緒に食べるのが好きだった」

健司が嬉しそうに賛同する。

「俺もそうです。違う甘さが口のなかで混ざり合って、これがまた美味いんだよなあ」

三人はアイスを食べながら歩き出した。悟もあとをついていく。

前を歩いている孝雄の背を見ながら、悟はさっき孝雄がつぶやいた、懐かしい、という言葉を思い出していた。もしかして孝雄はアイスを食べながら、屋上のときのように悟の子供のころを考えていたのだろうか。もしそうならばその話が聞きたい、そう思ったが恥ずかしくて口にできなかった。

悟たちはチャグチャグ馬コの行進を追い、盛岡駅前をとおって、開運橋を渡った。行進は内丸の櫻山（さくらやま）神社、岩手銀行赤レンガ館の前を過ぎ、ゴールの盛岡八幡宮には十五分遅れで到着した。

朱塗りの鳥居をくぐった春斗は、驚いたようにあたりを見渡した。

「すごい――大きいんですね」

盛岡八幡宮は盛岡の総鎮守で、隣には護国神社がある。ほかにも十二支の神様などを祀っている神社があり、境内はかなり広い。

境内では多くの人がひしめきあっていた。悟たちとおなじように、チャグチャグ馬コの行進についてきた人や、ゴールで待ち構えていた人たちだろう。みな、明るい笑顔で、楽しそうにしている。

ものめずらしそうに、あたりをきょろきょろ眺めていた春斗が、健司に訊ねた。

「馬たちは、どこにいるんですか？」

言われて悟も、気が付いた。あれだけいた馬の姿が見えない。

訊かれた健司は、本殿に向かって右側のほうに顔を向けた。

「あっちだ」

悟は健司の視線を追って、そちらを見た。行き交う人のあいだから、境内の奥に目を凝らす。

「いつもは参拝者用の駐車場なんだが、この日は馬の休憩所になっている。到着した馬たちは、そこで衣装を脱いで帰り支度をするんだ」

春斗が心配そうな顔で、健司を見る。

「馬たち、帰ってしまわないですか。急がなくて大丈夫ですか」

健司は笑って答えた。

「大丈夫だよ。あれだけつけてる衣装を外すには、けっこう時間がかかるんだ。まだまだ、帰らねえよ。それより、まずは神様を拝もう」

　鳥居から本殿のあいだには、長い階段がある。悟たちは、参拝に向かう人の列に並び、自分たちの番になると、賽銭を捧げて手を合わせた。

　参拝を終えると、春斗は馬たちがいる駐車場のほうへ足を向けた。歩き出したその背を、健司が呼び止める。

「待て待て、春ちゃん。ここに来たら、もうひとつしなきゃなんねえことがある」

　春斗は慌てて、健司のところへ戻ってきた。

「なんですか？」

　健司は、自分たちがくぐってきた鳥居のほうを見やった。

「あれだ」

　参道の横に、大きな欅の樹がある。その手前に、ひょうたんの掛け所があった。絵馬をかけるような棚があり、そこにつやつやとしたひょうたんが、たくさんぶらさがっている。

　社務所から戻ってきた孝雄の手には、ひょうたんがあった。四人にひとつずつ渡す。

「これ、どうするんですか？」

　めずらしそうにひょうたんを眺めている春斗に、健司が説明する。

「外側に自分の名前と歳を書いて、封じたいことを念じながら三回、息を吹き込んだ。そうしたらすぐに蓋をして、ここに掛ける」

　横から孝雄が、補足する。

「ひょうたんから駒って言葉を知ってるかい。思いがけないことが起きるっていう意味なんだが、災い転じて福となす、悪いことがいいことになるようにお願いするんだ」

「いいか、見てろよ」

健司が春斗に手本を示す。掛け所に備え付けられているペンで、ひょうたんに自分の名前と年齢を書くと、ひょうたんの先に口をつけた。頬を膨らませ、思いきり息を三回吹き込む。そのあと、ひょうたんの口に急いで蓋をねじ込み、春斗に見せた。

「こうするんだ。春ちゃんも、やってみろ」

春斗も、ひょうたんに息を吹き込む。真剣な顔から、真面目に信じていることが窺える。悟も手にしていたひょうたんを口に近づけたが、すぐにはこれといったものが浮かばず、ただ息を吹き入れた。

ふと、孝雄を見ると、ちょうどひょうたんに蓋をするところだった。孝雄はひょうたんを棚に掛けると、丁寧に手を合わせ、深く頭をさげた。いったいなにを封じたのか。

考えていると、遠くから馬の嘶き(いなな)が聞こえた。春斗が目に見えてそわそわしはじめた。健司を見上げて訊ねる。

「あと、ほかにすることはありませんか?」

健司が腕を組んで、大きく頷く。

「ああ、あとはねえ。お待ちかねの馬のところへ行くぞ」

春斗が先頭をきって、歩き出した。よほど楽しみなのだろう。身体が弾んでいる。

駐車場には、多くの馬がいた。すでに衣装を脱いでいる馬もいれば、外されるのを待っている馬もいる。

健司が額に手をかざし、あたりを眺める。

「イッペエはどこかな」

あちこち探しながら歩いていたが、やがて、ぱっと顔を輝かせて、おお、と嬉しそうな声をあげた。

「いたいた。あそこだ」

健司は少し先にいる白っぽい馬のところへ駆け寄ると、馬から衣装を取り外している男の背中を力強く叩いた。

「おい、イッペエ。探したぞ」

驚いたように振り返ったイッペエ——田所は、健司を見ると表情を緩めた。

「なんだ、健司くんか。びっくりした」

田所は、頭に手ぬぐいを巻き、地下足袋に草履、半纏といういで立ちだった。半纏の襟に、『南部なかまっこパーク』と文字が入っている。

「お疲れさん、今年は暑くて大変だな」

健司が労をねぎらうと、田所はそばにいる馬の首を撫でた。

「俺よりこいつのほうが大変だ。重い衣装つけて、長い道のりを歩いてきたんだから」

馬は頷くように、首を縦に数回振る。田所は、可愛くてたまらない、というように目を細めた。

田所をなにかに喩えるとしたら、七福神の布袋様だ、と悟は思った。顔が丸く、腹が出ていて、目じりが下がっている。福耳のところも似ている。話し方も、もし布袋様がしゃべるとしたらこんな感じなのだろう、と思わせるのんびりとしたものだった。

田所が悟たちを見て、健司に訊ねた。

「こちらが、清嘉の人たち？」

まだ紹介していなかったことに気づいた健司が、三人に顔を向けた。

「ああ、そうだ。こちらが親方、その隣が息子の悟ちゃん、そしてこの子が、電話で話した春ちゃん――春斗くんだ」

孝雄が田所に向かって、丁寧に頭をさげた。

「今日はお疲れのところ、時間をいただきありがとうございます」

かしこまった挨拶には不慣れなのか、田所は慌てた様子で頭の手ぬぐいを取ると、孝雄以上に腰を深く折った。

「田所です。こちらこそ、健司くんがお世話になっています」

「お前は俺の保護者かよ」

そう健司に言われた田所は、顔を赤らめて、頭を掻いた。

「あの――」

孝雄の後ろで、春斗がおずおずといった態で田所に話しかけた。

「馬、近くで見てもいいですか」

今日は春斗の頼みで馬を見に来ているのだと、思い出したらしい。田所は馬の手綱を握り、春斗を手招きした。

「もちろん。リンエイは、もともと大人しい性格で、人にも慣れてる。おっかなくないよ」

「この馬、リンエイっていうのか」

健司が馬の顔をのぞき込む。田所は、馬についている鈴を指差した。

「この鈴に栄えるって書くんだ。みんなからは、リンって呼ばれてる」

孝雄が後ろにいる春斗を、前へ促した。

「ほら、そばに行ってごらん」

春斗は緊張した面持ちで、ゆっくりとリンに近づいた。顔や身体を四方から眺め、つぶやく。

「大きい――」

孝雄もリンのそばへ行き、貴重なものを見るような目で眺めた。

「たしかに大きいな」

健司が腰をかがめて、リンの脚をまじまじと見る。

「脚もすげえ太いな」

田所が首を巡らし、ほかの馬を見やった。

「馬ってのは近くで見ると、思っている以上にでかいんだ。それにリンは、ペルシュロンの血が入ってっから、ほかの馬より大柄なんだ」

「なんだ、そのペルなんとかってのは」

訊ねる健司に、田所が言葉を区切るように、もう一度繰り返す。

「ペルシュロン。重種っていう種類の馬で、このとおり逞しくてでかいんだ」

田所の話によると、馬には大きく分けて、軽種、中間種、重種があるらしい。

軽種でよく知られているのは、競馬で活躍しているサラブレッド。顔が小さく、脚はすらりと長い。中間種は走るスピードは軽種には敵わないが、穏やかな性格で、競技用や乗馬用として使われることが多い。

重種は、足は速くないが力持ちの馬だ。かつては開拓地で荷物を運んだり、農地で農耕馬として働いていたという。

春斗が少し腰をかがめて、リンの脚を見ながら笑う。

「太いだけじゃなくて、少し短いですね」

健司が、春斗をからかう。

「女の子に向かって、そんなこと言うもんじゃねえ。怒って蹴られるぞ」

本気にしたのか、春斗は真顔で田所を見た。本当ですか、と目が訊いている。

田所は笑いながら、首を振る。

「そんなことしないよ。でも、人の言葉がわかるのは本当だよ」

「わかるんですか?」

「ああ、ちゃあんとわかる。話しかけると、返事をするよ。なにか言ってごらん」

春斗が困ったように、孝雄を見た。微笑みながらゆっくりと頷く孝雄に、春斗は半信半疑といった様子で、リンの顔の前に立った。

「リン」

名前を呼ぶ。リンは数回、瞬きをして鼻先を春斗に向けた。

「今日は頑張ったね。偉かったよ」

リンは春斗の頭に鼻をつけて、匂いを嗅ぐような仕草をした。そして、礼をするように頭を下げた。

春斗が目を輝かせて、孝雄たちを見た。

「本当にわかるみたいです」

田所が嬉しそうに、リンの顔を撫でる。

「よかったなあ、褒めてもらって。ほら、春斗くんも、リンを撫でてあげて」

春斗が、そっとリンに手を伸ばす。顔の横を撫でるとリンは、ブルル、と鼻を鳴らし、その場で足踏みをした。

春斗が驚いたように、手を引っ込める。

「嫌だったのかな」

「違う違う」

田所が笑う。

「これは、リンが嬉しいときにする仕草なんだ。撫でられて喜んでるんだよ」

安心したのか、春斗はリンにもっと近づき、こんどは両手で顔を挟むように撫でる。リンが、春斗の頬に顔を押しつけた。

人間より馬のほうが、圧倒的に力が強い。

リンは軽く触れただけなのだろうが、春斗はよろめいた。田所が慌てて手綱を引き、リンを春斗から離す。

「大丈夫か。頬っぺた、痛くないかい?」

心配そうに訊ねる田所に、春斗は笑いながら首を横に振った。

「ぜんぜん痛くないです。馬ってすごく力があるんですね。びっくりしました。もっと撫でてもいいですか」

　春斗が怖がっていないことにほっとしたらしく、田所は笑みをこぼした。

「ああ、いいよ。ただ、後ろのほうには行っちゃだめだよ」

「どうしてですか？」

「馬は臆病なんだ。見えないところから声をかけられたりすると、驚いて後ろ足で蹴りあげることがある。それで肋骨を折った人もいるんだ。そこだけ気をつけるんだよ」

「はい」

　春斗はいい返事をして、リンの鼻先に手を伸ばす。田所が手綱を緩めると、リンは春斗の手に鼻を擦りつけた。

　孝雄が感心したようにつぶやく。

「リンは、春斗くんが自分を好きだってわかるのかなあ」

　田所が、即答する。

「もちろんです。馬は賢いんです。この人は自分を好きか嫌いか、ちゃんとわかります」

「嘘だろう？」

　からかうように言う健司に、田所が口を尖らせた。

「本当だよ。馬は人の気持ちがわかるんだ」

　健司が疑い深い眼差しで、リンをじろじろ見る。

「もしそうなら、人間より頭がいいじゃねえか。昔、好きになった女の子がいて、かなりアプローチしたんだが、ぜんぜん通じなかった。結局、告白したときはもう彼氏がいて、フラれちまった」

田所が困ったように、笑った。

「それは、人と馬のどっちが頭がいいかってことじゃなくて、健司くんが不器用だっただけじゃないかな」

「独身のお前に、そんなこと言われたくねえよ」

健司が凄んだとたん、ブルルル、とリンは鼻を鳴らし、健司と田所を引き離すように、ふたりのあいだに顔を突っ込んだ。

「な、なんだよ」

健司が狼狽えたように、後退る。田所は落ち着かせるように、リンの額を手で撫でた。

「大丈夫、喧嘩してるんじゃないよ」

孝雄が感心したように、ううん、と唸った。

「馬ってのは、本当に賢いなあ。ふたりが喧嘩していると思って止めたのか」

春斗はリンの首を撫でながら、その胸元に身を近づけた。

「リンは優しいんだね」

リンは春斗の髪のにおいを嗅ぐような仕草をしていたが、やがて肩に頭を擦りつけた。鼻息がくすぐったいのか、春斗は肩を竦めて、笑いながら身をよじる。その光景を黙ってみていた田所が、独り言のようにつぶやいた。

「春斗くんは、リンに気に入られたんだな」

「そうなんですか？」

訊ねる春斗に、田所が説明する。

「人と同じで、馬も触れられるのが苦手な部分がある。それは一頭一頭違うんだが、リンはいま春斗くんがいるところ……胸前と呼ばれている部分に、あんまり人を近づけたがらないんだ。でも、春斗くんのことは嫌がらない。リンが気に入った証拠だよ」

「そっか――」

よほど嬉しいのだろう。それだけ言うのが精一杯といった感じで、春斗はリンを見上げた。

「よかったなあ、春斗くん」

孝雄が声を掛けたが、春斗はなにも言わない。リンにしがみつくようにしながら、今度は顔をしたに向けた。なんだか、こぼれてくるものを必死にこらえているようだ。

その様子を見ていた田所が、春斗に言う。

「春斗くん、リンの衣装を外すの、やってみるかい?」

驚いた顔で、春斗が振り返る。

「いいんですか?」

田所が、リンの背に乗せている鞍に手を置いた。

「衣装には、ちゃんと着ける順番があるんだ。外すときもそうだ。だから、その順番を知っている人しか衣装の脱着はできないんだけど、リンに好かれた春斗くんは特別だ。俺が手順をちゃんと教えるから、難しくはないよ。ただ、無理にとは言わない。気づいていると思うけど、リンからにおいがするだろう」

たしかに、子供のころに行った動物園のようなにおいがする。

「リンだけじゃなくて、動物からはみんな独特なにおいがする。うちの牧場にも、写真や映像を見て馬に会いに来たけれど、どうしてもにおいがだめで近づけないっていうお客さんがたまにいてね。猫が好きだけど、猫アレルギーで触れないって感じかな。それは本人のせいじゃないから、嫌なら無理しなくていいんだよ。誰にでも生理的に無理なことはあるから――」

「やります。いいえ、やらせてください。親方、いいでしょう」

春斗は田所の言葉を遮り、孝雄を縋るような目で見た。孝雄は春斗に、笑顔を向けた。

「こんな機会はめったにない。ぜひやらせてもらいなさい」

それを聞いた田所は、改めてリンを眺めた。

「よし、と。どこまで外したんだったかな。胸がいまで取ったから、次は鳴り輪か。春斗くん、これを手にはめて。この輪は真鍮製だから、素手で触ると黒くなるんだ」

田所はズボンのポケットから手袋を取り出し、春斗に差し出した。春斗は田所の指示どおり動き、一緒にリンの衣装を外していく。

ふたりの作業を見ながら、健司が感心したようにつぶやく。

「馬の衣装がこんなに手が込んでるなんて、近くで見るまで知らなかった。チャグチャグ馬コが、見ごたえあるはずだ」

それを聞いた孝雄が、真剣な面持ちで腕を組んだ。

「歴史あるものってのは、なんでも手が込んでるもんだ。南部鉄器もそうだろう。先人が丹精込めて作り上げてきたものは、見事なものに決まっている」

やがて衣装がすべて外されると、リンは気持ちよさそうに首を激しく横に振った。

「お疲れさま」

そう言ってリンに笑いかける春斗に、悟は自分のハンカチを差し出した。

「これ」

春斗はきょとんとした顔で悟を見た。悟は自分の額を指で突いた。

「汗、拭きなよ」

春斗の額には、汗が滲(にじ)んでいた。言われて額に手を当てた春斗は、びっくりした様子だった。

ハンカチを受け取り、悟に礼を言う。

「こんなに汗をかいてるってわからなかった。ありがとう、悟さん」

自分に向けられた春斗の笑顔に、悟は戸惑った。

「ああ、いや――」

慌てて春斗から、顔を背ける。今日の春斗は、いままでとは別人のようだった。いつもは沈んだ表情で、言いたいこともろくに言えないのに、今日は屈託のない笑顔で自分の気持ちをはっきりと口にする。きっと、本当の春斗は、この姿なのだろう。悟はいまはじめて、庄司春斗という十六歳の少年に会ったような気がした。

汗を拭き終えた春斗は、なにかに気づいたようにもじもじすると、悟に頼んだ。

「ハンカチ、もう少し借りてていいですか」

「いいけど、どうかした？」

「ちょっと、トイレに行きたくて――」

それを聞いた健司が、駐車場の隅を見やる。

「場所、教えてやるよ。あっちだ」

健司は春斗を連れて、境内のなかにある手洗いに向かって歩いていく。

孝雄と悟だけになると、田所が言いづらそうに訊ねた。

「あの――春斗くんですけど、あの子なにか問題があるんですか」

突然の問いに、悟は焦った。なぜそう感じたのだろう。

悟は孝雄を見た。孝雄は難しい顔をしていた。少しの間のあと、田所に訊き返す。

「どうして、そう思うんですか」

否定しないということで、答えは肯定だとわかったのだろう。田所は首に掛けていた手ぬぐいを外すと、決まりが悪そうに手で揉みはじめた。

「言おうか言うまいか迷ったんですけど、春斗くんいい子だから、なにかできることがあったらと思って――」

そこまで言うと、田所はゆっくりと顔をあげて悟と孝雄を見た。

「ホースセラピーって知ってますか?」

アニマルセラピーなら聞いたことがある。

「犬とかうさぎとかの動物と触れ合う、あれですよね」

悟がそう答えると、田所はほっとした顔で頷いた。

「そうです。ホースセラピーは、触れ合う動物が馬なんです。南部なかまっこパークでは、それをしているんです」

田所の話によると、心や身体に障害を抱えていたり、ストレスで心身の不調を訴える人たちに、馬を介して改善を促す活動をしているという。

「ホースセラピーを受けられた方の多くは、よかった、と言ってくれます。気持ちに問題がある方からは、馬と触れ合って気持ちが落ち着いた、とか、身体に障害をお持ちの方からは、馬に揺られることで体幹が強くなった、という声をいただいています」

田所は、馬ならばどの馬でもいいわけではない、と言葉を続ける。

「馬にも気性があって、臆病すぎても活発すぎてもセラピーには向かないんです。うちの牧場には、大人しくて優しい馬が数頭いますから、その馬たちが交代でセラピーをしています。リンもそのなかの一頭ですが、この子はとても優秀です」

田所は優しい目でリンを見る。

「ホースセラピーには、セラピーを受ける本人と、保護者や付き添いの人が一緒にやってきます。牧場のスタッフが、その人たちのところへ馬を馬房から連れていくんですが、リンはスタッフが教えなくても、誰がセラピーを受けるのかわかるんです。周りに誰がいても、迷わず本人の前に行くんです」

田所は、また目を伏せて手ぬぐいをいじりはじめた。

「リンの春斗くんに対する態度を見て、もしかしたら春斗くんはセラピーを必要としている子なんじゃないかな、と思ったんです。でも、見たところ身体はなんともなさそうだから、もしかしたら気持ちのほうかなって」

そこまで言って、田所は再び顔をあげ、急いで言葉を付け足した。

「いや、別に無理に訊いているわけじゃありません。話せないなら、それでいいんです。すみません、余計なおせっかいを――」

詫びる田所を、孝雄が手で制した。

「そんなことはありません。春斗くんを心配していただき、ありがとうございます」

孝雄はそう言って、手洗いのほうを見た。ふたりがまだ戻ってこないことを、確かめたのだろう。言葉少なく、田所に説明する。

「詳しいことは言えませんが、春斗くんはちょっと問題を起こして、いまうちが預かっているんです。なんとかしてあげたいけれど、そう簡単にはいきません。あの子自身もどうしていいかわからないみたいで、苦しんでいます」

田所が難しい顔で、ため息を吐いた。

「そうでしたか。だから、リンが懐いたんだな」

孝雄がリンを見る。

「春斗くんは、自分の気持ちをあまり口にしません。その子が、チャグチャグ馬コを見たいと言ったんです。せっかくなら近くで見せてあげたいと思って、田所さんにお願いしたんです」

そのとき、手洗いのほうから健司と春斗がやってくるのが見えた。春斗は戻ってくると、悟にハンカチを差し出す。

「ありがとうございました」

明るい笑顔に、悟はなんだか切なくなった。春斗だって、本当はいつもこんな風に笑っていたいはずだ。しかし、それができない。どれほど辛いだろう。

悟は返してもらったハンカチを握りしめた。春斗を救いたい、という思いが、自分でも不思議なほど強く湧きあがってくる。こんな気持ちは、春斗が工房に来てからはじめてだった。

春斗がリンと戯れていると、駐車場の離れたところから、ひとりの男性がこちらに向かって歩いてきた。仔馬の手綱を引いている。

男性は悟たちのところへやってくると、ぺこりと頭をさげた。見たところ、年齢は八重樫と同じくらいか。まだ若い。田所が男性を紹介する。

「うちの牧場で働いている、浅沼くんです。これはリンの子供の浄玲。レイと呼んでいます」

レイは今年の春に生まれたばかりで、リンと一緒に行進に参加していた。ゴールまでたどり着けたが、疲れて境内の隅で休んでいたという。レイの身体は黒く、額から鼻先にかけて白い模様があった。

まだ人に慣れていないのか、レイは警戒するように悟たちと距離を置いていた。しかし、リンが落ち着いているのを見て、悟たちが自分に危害を与えないと感じたらしく、ゆっくりとそばにやってきた。リンのお腹のしたに顔を入れ、お乳を飲みはじめる。田所は目を細めて、レイに語りかけた。

「よしよし、たくさん飲めよ」

レイはお乳を飲み終えると、甘えるようにリンに身をすり寄せた。それに応えるように、リンがレイに頭を擦りつける。

「なんだか、和むな」

馬の親子を見ながら、健司が誰にともなくつぶやく。

浅沼がレイを撫でながら、少し困ったように笑った。

「こいつ、ほかの仔馬より甘えん坊で、リンにべったりなんです。さっきも芝生で休みながら、リンを探してきょろきょろしてました。いまから乳離れのときが心配です」

「それはいつごろなんですか」

孝雄の問いに、田所が答えた。

「馬主の考え次第ですね。あんまり甘やかすとわがままになるからって理由で、半年くらいで離す人もいるし、自然に任せる人もいます。うちはまあそのあいだくらいでしょうかね。一頭一頭、様子を見ながら、ひとり立ちさせます」

悟は、寄り添う二頭の馬を見た。

人間も動物も、いつかは親離れ子離れを迎える。それは自然の理だが、リンに甘えるレイを見ていると、ずっとこのままでいさせてあげたいと思ってしまう。

春斗はどう感じているのだろう、そう思い隣を見た悟は、はっとした。春斗の表情は、暗く沈んでいた。羨望と哀しみが入り混じった眼差しで、リンとレイを見つめている。さきほどまでの明るい笑顔が嘘のようだ。

春斗の様子に健司も気が付いたらしく、軽い調子でからかった。

「どうした、春ちゃん。おふくろさんが恋しくなったか？」

言われて自分がどんな顔をしていたのか、わかったのだろう。春斗が言い返す。

「そんなこと、ありません」

強い口調に、あたりの空気がピンと張り詰めた。リンが緊張したように、首を高くあげ、顔と耳を春斗に向ける。

春斗は健司を睨みながら、繰り返した。

「母に会いたいなんて、思いません」

悟は胸が苦しくなった。強がった言い方が、言葉と気持ちが逆であることを表していた。健司も同じように感じたらしく、余計なことを言った、といった顔で俯く。

リンが慰めるように春斗に顔を寄せたとき、駐車場にトラックが入ってきた。かなり大きい。荷台にビニールの屋根がかかっている。行進を終えた馬を、馬房まで運ぶためのトラックだ。

「おおい、ここだ」

田所がトラックに向かって、大きく手を振る。トラックは少し離れた場所に停車した。運転席から、繋ぎ姿の男性が降りてくる。男性は田所のところにやってきて、詫びた。

「道が混んでて、遅れちまった。悪かったな」

田所は笑いながら、首を横に振る。

「なんてことないよ。それだけ、見物客が多かったってこと。嬉しいねえ」

運転手は田所の知人で、普段は長距離トラックの運転手をしている。依頼があるときに、競走馬以外の馬を運んでいるという。

「競走馬は運ばないんですか？」

悟が訊ねると男性は、とんでもない、というように顔の前で手を振った。

「競走馬ってのは神経質なのが多くて、すごく気をつかうんだ。それに、万が一、運んでいる途中に怪我でもさせたら、その馬の命にかかわる。そんなおっかねえこと、俺はできねえ。だけど、リンみたいに丈夫な馬は安心だ」

田所が、リンを見上げる。

「お疲れさん、どれ、もうひと踏ん張りだ」

男性はトラックへ戻り、後ろのドアを開けた。馬が乗れるように荷台のタラップを降ろし、緩やかなスロープを作る。準備ができると、男性が田所を呼んだ。

「馬あ、連れてきていいぞ」

「よし、行くぞ」

田所はリンの手綱を引いた。浅沼はレイを連れていく。リンはトラックに乗り慣れているらしく、大人しく荷台に入っていく。しかし、レイはタラップの前で足踏みをするだけで、前に進まない。浅沼が身体を押すが、いやいやをするように首を横に振る。

そばで見ていた春斗は、心配そうに言う。

「どうして乗らないんだろう」

田所が答える。

「段差が怖いんだよ」

見ると、地面とタラップのあいだに、段差があった。しかし、高さの違いはほんのわずかで、簡単に踏み越えられるくらいしかない。

「たったあれだけなのに?」

春斗が訊ねると、田所は長さを示すように、両手を広げた。

「人から見てどうってことない段差でも、馬にとっては大変なんだ。乗り越えるには、勇気がいる」

「勇気――」

春斗のつぶやきに、田所は頷く。

「最初の一歩さえ踏み出せれば、あのくらいの段差なら仔馬でも楽に乗り越えられる。でも、その一歩を踏み出す勇気が、なかなか出せない。ましてレイは生まれてはじめてのことだ。そりゃあ怖いだろう」

田所が、レイのそばに行き声を掛ける。

「ほら、レイ。行け」

荷台からリンが、こっちへおいで、と言うように、レイに向かって首を伸ばす。レイも母親のもとへ行きたいのだろうが、なかなか足を踏み出せない。同じ場所をうろうろしているだけだ。

悟はなにもできない。黙って見守るだけだ。孝雄も健司も、心配そうに眺めている。

自分でも焦っているのか、レイが高く鳴く。そのとき、春斗がレイのもとへ駆け寄った。拳を握りしめ、レイに向かって叫ぶ。

「レイ、頑張れ！」

悟は驚いた。春斗が誰かを応援する姿など、想像したこともなかった。孝雄も健司も、びっくりしたような顔をしている。

春斗は必死に、レイを励ます。

「レイ、お母さんが待ってるよ。もう少しだ。頑張れ！」

「よし、俺も！」

そう言って、健司が腕まくりをした。自分もレイのそばに行き、勇気づける。

「こんな段差、おっかなくねえ。ちょっと脚を前に出せば越えられる。ほら、母ちゃんのところへ行け」

ふたりの言葉がわかるのか、レイは首を高く掲げて嘶いた。荷台に乗っていた浅沼が、レイの手綱を強く引く。

「よおし、来い！」

レイが脚を前に出す。段差を跨ぐと、一気に荷台へ駆けあがった。

「やった！」

春斗が叫ぶ。

「よかった」

孝雄が手を叩く。悟も気づくと、レイに向かって拍手をしていた。

リンもほっとしたのか、隣にやってきたレイに顔を寄せている。レイはリンの身体に額を擦りつけた。

田所がタラップを外し、後ろのドアを閉める。荷台から降りた浅沼が、助手席に乗り込んだ。運転席に座った男性は、窓を開けて田所に声をかけた。

「じゃあ、先に行ってるよ」

「ああ、よろしく頼みます」

田所が手を振ると、トラックはゆっくりと走り出した。

荷台に掛けられている幌の隙間から、リンとレイが顔を出した。春斗は、悟が引きとめる間もなく、二頭を追いかけるように駆け出した。しかし、少し先で足を止めて、その場に立ち尽くす。

トラックが見えなくなっても、去って行った方向を見つめて動かない春斗に、田所が声をかけた。

「リンとレイに会いたかったら、牧場においで。いつでも歓迎するよ」

春斗はなにも言わず、淋し気な表情で佇んでいる。

孝雄が元気づけるように、肩に手を置いた。ゆっくりと孝雄を見上げると、春斗は小さく頷く。

田所は、軽トラックの運転席に乗り込むと、窓を開けて悟たちに声をかけた。

「じゃあ、お疲れ様でした」

トラックの荷台には、馬の衣装が入っている段ボールがいくつか載っている。

「おう、いろいろありがとうな。こんど店の女の子に、イッペエはいい男だって宣伝しとくよ！」

「いいよ、そんなこと」

田所は顔を赤くして、そそくさと窓を閉めた。田所が運転する軽トラックが駐車場を出ていくと、孝雄はひと仕事終えたあとのように、満足げな息を吐いた。

「俺たちも、帰るか」

健司が空に向かって、大きく伸びをする。

「ああ、面白かった。地元の贔屓目抜きにして、チャグチャグ馬コってのはいい祭りだ。今日は春ちゃんに感謝だ。春ちゃんが見たいって言わなかったら、来てねえもんな」

健司の言うとおりだ。最初は気が乗らなかったが、久しぶりにこの目で見ていい祭りだと思った。

悟も春斗に礼を言う。

「たしかに春斗くんのおかげだ。ありがとう」

声が耳に入っていないのか、春斗はどこか一点をじっと見つめている。唇を固く結んだ表情から、なにかを強く心に思っているように見える。

「春斗くん？」

悟が顔をのぞき込むと、春斗ははっと我に返ったような顔をして悟を見た。

「なんですか？」

やはり春斗の耳には入っていなかった。改めて感謝を伝える。

「今日、祭りを見ることができたのは、春斗くんのおかげだよ。健司さんもそう言っている」

春斗は無表情のまま答えた。

「そんなことありません」

抑揚のない声から、謙遜ではなく本当にそう思っているように感じる。ついさっきまでの、気持ちを素直に表していた春斗ではない。もとに戻ってしまった。

残念に思っていると、横で健司が弾んだ声を出した。

「そうだ、吉田屋に寄って行こう」

吉田屋とは、帰り道の途中にある老舗の菓子店だ。お茶餅が有名で、遠くからも買いに来る客がいる。お茶餅とは岩手に古くからある菓子だ。うるち米の粉で作った団子を串に刺してから平たくつぶし、くるみ醤油をつけて焼く。店によって、醤油味やみそ味があるが、吉田屋はくるみ醤油だけだ。

健司が春斗に言う。

「焦げ目がついたくるみ醤油が香ばしくて、美味いんだ。それを食いながら帰ろう」

春斗は返事をしない。厳しい表情のまま、したを向いている。腹が空いていないとか団子が嫌いというわけでなく、そんな気分ではない、といった雰囲気だ。リンとレイがいなくなって、そんなに淋しいのだろうか。

孝雄も同じように思ったらしく、次の休みに南部なかまっこパークへ行こうか、と春斗に訊ねた。

「田所さんに言えば、きっとリンとレイに会わせてくれるよ」

孝雄の言葉で元気になると思ったが、春斗はやはり黙ったままだった。リンとレイが帰ってしまったから、気分が沈んでいるのではないのか。そうだとしたら、この厳しい表情はなんなのだろう。

悟が孝雄と健司を見ると、互いに顔を見合わせていた。ふたりとも悟と同じように、春斗の気持ちを測りかねているようだ。どうしていいかわからないが、かといってずっとここにいるわけにもいかない。健司が元気づけるように、勢いよく春斗の背を叩いた。

「さあ、行くぞ。もたもたしてたら売り切れちまう」

店に向かうよう促された春斗は、ゆっくりと歩き出した。

第六章

　作業着に着替えた悟は、玄関を出てうえを見た。まだ灰色の雲は残っているが、隙間から淡い青空が見える。この様子だと、やがて晴れるだろう。ほっと胸をなでおろす。

　天気が崩れたのは、一昨日――チャグチャグ馬コを見終わった悟たちが、家に着いてまもなくだった。急に風が強くなったかと思うと、雨雲が空を覆い雨が降り出した。チャグチャグ馬コの日は神様が晴れにしてくれる、という話は本当かもしれないと思わせるタイミングだった。

　雨は昨日も降り続き、今朝やっと止んだ。この時期の長雨は、夏野菜に影響が出る可能性がある。土があまりに水分を含むと、根腐れを起こしたり、病気になったりするからだ。そうなったら生産者も困るだろうが、野菜の価格が高騰し、消費者である自分たちも困る。雨が止んでくれてよかった。

　悟が工房に向かって歩き出そうとしたとき、後ろから声をかけられた。

「おう、悟ちゃん。おはようさん」

　健司だった。大股で悟のところへやってくると、あたりに誰もいないことを確かめるように首を巡らし、小声で訊いた。

「春ちゃん、どうだ」

悟は顔を、工房がある道の先に向けた。孝雄と春斗は、すでに工房へ行っている。いまごろ、仕事をはじめる準備をしているだろう。

「あれからずっと、同じ調子だよ」

悟がそう答えると、健司は難しい顔で腕組みをし、工房のほうを見た。

「いったい、どうしちまったんだろうなあ」

盛岡八幡宮の駐車場でリンとレイと別れてから、春斗はずっとなにかを考えているようだった。誰がなにを言っても、真剣な顔をしてまったく笑わない。食欲もあまりないようだ。健司が帰り道で買おうと言ったお茶餅も食べなかったし、夕飯も残して部屋にあがった。

春斗の様子がおかしいのは、昨日も同じだった。日曜日で仕事はなかったが、食事のときもずっと俯き加減だったし、それ以外で部屋から出てきたのは、夕方、家に電話をかけたときだけだった。それも、ほんのわずかな時間で、すぐに電話を切って部屋に戻ってしまった。

春斗の様子は今朝になっても、変わっていなかった。孝雄や悟が話しかけても、短く返事をするだけで余計なことは言わない。朝食を終えると、仕事の身支度を整え、ひとりで工房へ行ってしまった。

春斗との接し方を、孝雄と相談した。なにか悩んでいる様子だが、暴れたり物を壊したりといったことはない。もう少し本人のしたいようにさせてみよう、ということになった。

悟は健司に、それを伝えた。

「だから、気になるだろうけど、いまは春斗くんをそっとしておいてほしい。長く続くようなら、家裁の田中さんに話してみるから」

おそらく、春斗が元気が出るようにあれこれ考えていたのだろう。健司は残念そうに、自分の頭をくしゃくしゃと掻いた。

「俺ならなんとかできると思うんだがなあ。悩んでいるときは、美味いもんを食えば大抵は元気になるんだ。今日の昼飯、なんか奢ってやろうと思ってたんだけどなあ」

健司は顔色を窺うように、悟をちらりと見た。悟は首を左右に振る。健司の言うことも一理あるが、いまの春斗は食欲があまりなく、無理になにかを押し付けるのは逆効果だと思った。

「とにかく、しばらくは春斗くんにちょっかいは出さないでくれ」

ううん、と残念そうな声を漏らしながらも、健司は悟の頼みを聞き入れた。

「わかったよ、いまは大人しくしてるよ」

健司は不満そうな様子でそう言うと、そのあと誰にともなくつぶやいた。

「また春ちゃんの笑った顔、見たいな」

脳裏に、チャグチャグ馬コを見たときの、春斗の満面の笑みが浮かぶ。悟も、春斗の屈託のない明るい笑顔がまた見たい、そう思う。

ふたりで工房へ向かい歩きはじめたとき、背後から誰かが追いかけてくる気配がした。八重樫だった。

「おはよう、今日は晴れてよかったね。雨だとバイク通勤はきついだろうから」

悟に続き、健司が声をかける。

「八っちゃんも土曜日一緒にくればよかったのに。チャグチャグ馬コ、楽しかったぞ」

「それはよかったっすね。それより」

八重樫が健司を押しのけ、悟の前に立った。

「いまそこで女の人に呼び止められたんすけど、春斗の母親だって言うんです」

悟は耳を疑った。春斗の母親——緑が来るなんて聞いていない。健司も驚いた様子で、八重樫に訊き返す。

「春ちゃんの母ちゃんだって？」

八重樫は頷く。

「駐車場にバイクをとめて工房に来ようとしたら、清嘉の方ですか、って声をかけられたんす。そうです、って言ったら、春斗の母親だって」

「それで、その人は？」

悟が訊ねると、八重樫は右手の親指を立てて、自分の後ろに向けた。

「息子を呼んでほしい、って頼まれたから、店の前で待っててくださいって言ったんです。工房に連れてきてもよかったんすけど、洋服が汚れたら困ると思って、待っててもらったっす」

悟は店のほうへ駆け出した。

店の前に行くと、見覚えのあるワンピースを着た女性が、後ろ向きに立っていた。人がやってきた気配を感じたのか、女性が振り返る。やはり、緑だった。

緑は身体の前で手を揃えると、悟に頭を下げた。悟も慌てて会釈をする。

そっと顔をあげた悟は、唾をごくりと飲んだ。緑はなにか思いつめているような、深刻な顔をしていた。

悟は緑に訊ねる。

「今日、いらっしゃると聞いていなかったので驚きました。八重樫くんから――お母さんが声をかけたうちのアルバイトですが――お母さんが春斗くんを呼んでほしいって言ってるって聞きましたが、どうかしましたか」

緑は肩から下げているバッグの紐を握りしめた。

「春斗を呼んでください」

声が震えている。様子がおかしい。春斗を連れてくる前に、孝雄に会わせたほうがいい。

悟は緑を、家にあがるよう促した。

「とりあえず、なかへどうぞ。いま、親父を呼んできますから」

急に、緑の態度が豹変した。俯いていた顔をあげ、悟を睨みつける。

「いいから、あの子をいますぐ連れてきて！」

悟は驚きのあまり、声を失った。なにが起こったのかわからず混乱する。緑は悟に詰め寄る。

「あの子の荷物はどこ？　全部、部屋にあるの？　すぐにまとめるから、段ボールを用意して」

悟はやっとのことで、声を絞り出した。

「待ってください。いったいどうしたんですか。今日、ここに来ることを春斗くんは知ってるんですか。調査官の田中さんは――」

「そんなことはどうでもいいから、あの子を呼んで。すぐに連れて帰るから」

悟はしどろもどろに言う。

「連れて帰るって、そんな急に言われても――」

騒ぎを聞きつけたらしく、健司と八重樫がやってきた。いつもは察しが悪い健司だが、ただならない空気を感じたらしく、軽口を言わずに黙って様子を見ている。

三人から見つめられ、少し冷静さを取り戻したのか、緑はばつが悪そうに悟から目をそらし、口調を改めた。

「今日は、春斗を迎えに来ました。突然ですみませんが、今日で補導委託は終わりにします。田中さんにはあとで私から伝えます」

急に言われても、はいそうですか、とは言えない。補導委託をやめるにしても、きちんとした手続きが必要だろうし、春斗本人の気持ちを確認したい。

悟は隣にいる八重樫に、孝雄を連れてくるよう、そっと伝える。八重樫はこくりと頷き、工房へ向かって走って行った。

やがて、工房のほうから孝雄がやってきた。後ろに春斗もいる。

息子の顔を見ると、緑は名を呼んだ。

「春斗――」

言葉を続けようとしたが、声が詰まって出てこないらしい。込み上げてくるなにかを堪えるように、唇をきつく嚙みしめている。春斗は返事をしなかった。冷たい表情で、自分の母親をじっと見ている。

ふたりから少し遅れて、八重樫が戻ってきた。悟は急いで駆け寄り、みんなから声が聞こえないところまで連れて行った。声を潜め、訊ねる。

「どうして春斗くんを、一緒に連れてきたんだよ」

緑はいま感情的になっている。ふたりを引き合わせるのは、緑が落ち着いてからのほうがいい。

場の空気が読める八重樫なら言わなくてもわかる、そう踏んでいたが違ったのか。

　悟を八重樫が睨んだ。

「俺は春斗に聞こえないように、親方に伝えました。でもあいつ、なにか感じたのか、お母さんですか、って。ここで嘘を言っても仕方がないと思って、おふくろさんが来てるって言ったんすよ」

　話を聞いた孝雄は、春斗に工房で待つように言ったという。

「でも、あいつがどうしても一緒に行くって聞かなかったんす。無理やり閉じ込めるわけにもいかないし、結局、一緒に会うことになったんす」

　悟の頭に、工房で鋳型を粉々にしたときの春斗の姿が浮かんだ。母親の突然の来訪に、春斗はきっと驚いただろう。チャグチャグ馬コに、頑なに母親を誘わなかったことから、ふたりのあいだになにかしらのわだかまりがあることは、察しがついた。その心のしこりが消えないまま、いまの緑に会ったらあのときのようにガス爆発を起こすのではないか。

「春斗くん、大丈夫かな」

　口にするつもりはなかったが、つい声に出た。八重樫はなにかを思い出しているかのように、どこか一点を見つめている。やがて、つぶやくように悟に言った。

「あいつ、母親が来るのをわかってたんじゃないすかね」

「まさか」

　思わず大きな声が出た。

「春斗くん、そんなことひと言も言ってなかったよ」

「でもあいつ、母親が来たと知っても、驚いた感じではなかったっすよ。むしろ親方のほうがびっくりしてた」

改めて思い返すと、たしかに孝雄の後ろにいた春斗は、緊張しているようだったが、慌てた様子はなかった。むしろ、冷静な感じで、緑の顔をまっすぐに見つめていた。

「もし、そうだとしたら、どうして母親が来るって知ってたんだろう」

「電話とか」

八重樫の推論を、悟は否定した。

「昨日の夕方、家に電話をしていたけれど、いつもと同じだった。込み入った話をしている感じはなかったよ。それに、もし母親とそんな話をしていたなら、俺たちに伝えるはずだ。隠す必要はないだろう」

「まあ、たしかにそうっすね」

すっきりしないようだが、一応、八重樫が納得したとき健司がやってきた。悟に言う。

「田中さんに、春斗の母ちゃんが来てるって伝えてくれってよ、親方が」

「親父たちは？」

悟が訊ねると、家の玄関のほうを見やった。

「家にあがった。母ちゃんはこのまま春斗を連れて帰るって言い張ったんだが、親方が宥めた」

「春斗くんは、どうしてる」

健司は顔の向きを悟たちに戻し、眉間に深い皺を寄せた。

「わからねえ」

「なんだよ、それ」

文句を言う八重樫に、健司は苛立たし気に言い返した。

「言ったとおりだよ。厳しい顔をしたまま、誰がなにを言っても口を閉じたままだ。なにも言わねえ。困ってんのか怒ってんのか、なに考えているか読めねえんだよ」

悟は作業着の胸ポケットから、携帯を取り出した。戸惑っていても、どうにもならない。まずは田中へ連絡を入れよう。

発信ボタンを押しながら、八重樫と健司に伝える。

「俺は田中さんへ連絡したあと、親父のところへ行って一緒に話を聞いてくる。ふたりはとりあえず、仕事をしていてくれ。春斗くんのお母さんの件は、あとでちゃんと伝えるから」

ふたりは素直に悟の言葉に従い、工房へ向かっていく。やがて、電話が繋がった。携帯の向こうから田中の声がする。

「おはようございます。ええ、いま大丈夫ですよ。こんなに朝早くに、どうしましたか」

訊かれて悟は困った。いざとなると、なにから伝えればいいかわからない。自分自身に、落ち着け、と言い聞かせてとりあえず事実だけを述べる。

「春斗くんのお母さんがうちにいらして、春斗くんを連れて帰ると言っているんです」

やはり田中はなにも連絡を受けていないらしく、携帯の向こうで驚きの声をあげた。

「春斗くんのお母さんが？」

悟は手短に、いましがたあった出来事を伝えた。

「いま、親父と春斗くん、お母さんは家の茶の間にいます。俺は親父から、田中さんに連絡してくれって頼まれて電話しました」

「わかりました。いますぐそちらへ伺います。私が行くまで、お母さんと春斗くんを引き留めておいてください」

田中との電話を切ると、悟は家へ向かった。

茶の間に入ると、ちょうど孝雄が緑に茶を出しているところだった。急須を手にしたまま、悟に訊ねる。

「お前も、いるか」

「いや、いい」

ゆっくり茶を飲む気分じゃない。孝雄の隣に腰を下ろす。

緑と春斗は、座卓を挟んで座っていた。ふたりとも固い表情をしている。

孝雄が小声で、悟に訊ねた。

「どうだった」

田中への電話のことを言っているのだ。悟も小声で答える。

「すぐ来るって」

小さく頷き、孝雄は緑に茶を勧めた。

「私が淹れたから美味くはないが、まあどうぞ」

緑は孝雄の心遣いを、きつい口調で断った。

「すぐにお暇(いとま)しますから、おかまいなく。さあ春斗、帰るわよ。おふたりにいままでのお礼を言いなさい」

緑が向かいの春斗を見る。春斗はなにも言わない。じっと自分の膝を見つめているだけだ。言うとおりにしない息子に苛立ったのか、緑はさきほどより厳しく言う。

「どうして黙っているの。早くお礼を言いなさい。それから、お財布とか携帯とか、大事なものは、今日、持って帰るから準備して。ほかの荷物はあとで送ってもらいましょう」

あまりに一方的な話に、悟は思わず口を挟んだ。

「あの、それはちょっと――」

どうやら緑は、荷物に関して文句を言われると思ったらしい。急いだ様子で言い添える。

「たしかに、お世話になったうえに荷物の整理までお願いするのは甘えすぎですね。荷物に関しては、すべて宅配業者にお願いします。もちろん、料金は私が払います。ご心配なく」

悟はむっとした。まるでこっちが手間と金を惜しんでいるような言い方だ。いきなりやってきて、勝手に春斗を連れて帰ると言い出して、こんどは悟を辱めるようなことを言う。失礼にも程がある。

「俺はそんなつもりで――」

言ったんじゃない、そう続けようとしたとき、孝雄が悟を手で制した。穏やかな口調で緑に言う。

「まあ、そう急がずに。ところで、春斗くんを連れて帰るというのは、お父さんとお母さん、おふたりのお考えなんですか」

緑は言い淀むように、一瞬、間を置いてから答えた。

「はい」

「嘘だ」

春斗がつぶやく。

緑が、え、といった表情で春斗を見た。

「なに？　聞こえなかった」

春斗は俯いていた顔をあげ、冷たい目を緑に向けた。

「お父さんも同じ考えだなんて、嘘だ。俺のことがお父さんにばれると困るから、ここに来たんじゃないか」

緑の顔に、戸惑いと焦りが入り混じった色が浮かぶ。孝雄と悟の目を意識したのか、取り繕うように笑った。

「なに言ってるの。お父さんのことはあとで話すから。とにかくいまは――」

「やめろよ！」

春斗の怒声が、茶の間に響いた。

「お母さんが必死になるのは、自分を守るときだけじゃないか。今日だって、自分がお父さんに責められたくないから俺を連れに来ただけだ。そんなことわかってるよ！」

悟は声を失った。春斗のこれほど強い怒りの言葉を耳にするのは、はじめてだった。孝雄も同じように、驚いた様子だった。緑に至っては、愕然（がくぜん）といった感じで春斗を見つめている。

「春斗――」

緑が春斗に向かって、手を伸ばす。まるで、はじめて見るものに触れるような手つきだ。

春斗はその手を強く払いのけると、勢いよく立ち上がった。茶の間を出て、二階へあがっていく。

悟は急いであとを追った。階段を駆けあがり、春斗の部屋に入る。春斗は自分が持ってきたリュックから、ノートのようなものを取り出していた。

「春斗くん、落ち着いて。ゆっくりでいいから、さっきのこと説明してくれよ」

悟が近づこうとしたとき、春斗は何冊かの冊子を手にして悟の横をすり抜けた。あがってきたときと同じように、音を立ててしたへ降りていく。悟も慌てて引き返す。

茶の間に入ると、春斗が緑の前に立っていた。畳に座ったまま、動けずにいる母親に向かって叫ぶ。

「こんなこと、僕はもうしない。嫌だ！」

手にしていたものを、春斗は緑に向かって投げつけた。緑は短い声をあげて、身を庇う。

「やめろ！」

悟は春斗に駆け寄り、羽交い締めにする。春斗は身をよじり、自分を抑えつける腕を払いのけようとした。

「放せ！」

悟は腕の力を弱めない。この手を放したら春斗は母親を殴りかねない。そんなことになったら、緑が望むまでもなく補導委託は取りやめになるだろう。そして春斗は、重い処分を受ける。そんなこと、絶対にさせられない。

「春斗くん。落ち着いて！」

暴れる春斗を、悟は引きずるようにしながら、部屋の隅に連れて行った。力ずくでその場に座らせる。大人の悟には敵わないと思ったのか、春斗の身体から力が抜けた。肩で息をしながら項垂れる。

孝雄は立ち上がり緑のそばへ行くと、畳のうえに散らばっている冊子を手に取った。ページを捲り、パラパラと開く。孝雄はその場に腰を下ろすと、閉じて緑に差し出した。

「これは、あなたたち親御さんが、春斗くんに持たせたものですか」

悟はそばに落ちている冊子を見た。数学や英語、物理などの問題集だった。参考書もある。リュックに入っていたものは、勉強の道具だったらしい。

怯えながら俯いていた緑は、恐る恐るといったように、孝雄が差し出したものを見た。目にしたとたん、気まずそうに顔を逸らす。やがて、小さく頷いた。

孝雄が散らばっている問題集や参考書をすべて拾い、手元で整え春斗のところへ持っていった。その場に座り、悟を見る。

「手を放してやれ」

「でも――」

孝雄が落ち着いた声で言う。

「大丈夫だ」

悟は春斗を見た。ぐったりとした様子で、俯いている。悟は様子を見ながら、抑えつけている手を外した。春斗が暴れだす気配はない。大人しくしている。

孝雄は春斗の前に、手にしていた冊子を置いた。ささやくように、そっと春斗に話しかける。

「春斗くんは、頭がいいな。こんな難しい勉強、俺には無理だ」

悟は膝を擦って孝雄の横に行き、畳に置かれた冊子を見た。厚いものから薄いものまで、ぜんぶで十冊以上ある。一番うえにある数学の問題集を手に取りなかを見たが、たしかに難易度の高い問題が並んでいた。

黙って俯いていた春斗は、やがてゆっくり頭をあげて孝雄を見た。辛そうな顔で、絞り出すように言う。

「ここに来たときから、毎日、夜に勉強していたんです。それが、ここに来るときの約束だったから」

「約束？」

そう悟が繰り返すと、うしろで緑が答えた。

「補導委託をしたい、という春斗に、夫が約束をさせたんです。毎日勉強をするなら許すって」

振り返ると、緑が横座りのままこちらを見ていた。髪が乱れて頰にかかっているが、直そうとしない。春斗と同じように、辛そうな顔をしている。

悟は、春斗に目を戻した。夕飯を済ませて二階にあがったあと、部屋に置かれたテーブルで勉強している春斗の姿を想像する。部屋の灯りがずっとついていたのは、そういう理由だったのか。

「その話、私は聞いていませんが、田中さんはご存じなんですか」

孝雄が訊ねたとき、玄関のチャイムが鳴った。田中だった。急いでやってきたらしく、額にはうっすら汗が浮かんでいる。

「春斗くんとお母さんは？」

悟は茶の間に目をやった。

「なかにいます」

田中がつま先立ちで、茶の間のほうへ首を伸ばした。

「どんな様子ですか」

「とりあえず、あがってください」

田中は靴を脱ぎ、悟のあとについて来る。茶の間に入ると、悟は孝雄に声をかけた。

「親父、田中さんがいらした」

孝雄は春斗と向き合った姿勢のまま、顔だけ田中に向けて頭をさげた。

「お疲れさまです」

緑は崩していた体勢をもとに戻し、膝を正していた。しかし、顔をあげない。春斗も同じだ。無言で真下を向いている。

三人を見た田中は、厳しい表情になった。悟が説明するまでもなく、緑と春斗が衝突したとわかったようだ。

悟は部屋の隅に置いている来客用の座布団を、田中のそばへ置いた。

「どうぞ」

田中はそこに腰をおろし、静かな声で緑に訊ねた。

「今日、お母さんがこちらにいらっしゃるとは聞いていませんでした。春斗くんに面会するときは、前もって小原さんと私に連絡するように、とお伝えしていたはずですよね」

緑はしどろもどろになりながら言う。

「急に、思い立って来たものですから——」

田中が、春斗の前に積まれた勉強の本に気づいた。

「これは？」

孝雄は、自分が答えていいか迷ったようだった。どうする、と訊ねるように春斗を見るが、本人は視線を落としたまま返事をする様子はない。致し方ない、といった感じで、孝雄が答えた。

「春斗くんの勉強道具です。父親の達也さんが、補導委託を許すかわりに毎日勉強するように、と約束させたそうです。ここに来たときから、持っていたようです」

田中は表情を曇らせた。

「今日の来訪もそうですが、勉強のことも私は聞いていません。そもそも、補導委託はなにかを条件にさせるものではありません。環境をかえることで、それまでの生活を見直したり、知らないことに触れて新たな価値観を養ったりするんです。基本的には、すべて本人の自主性に任せて行います。そうしなければ、本人の生きる力が育たないからです。そのことは、補導委託の説明のときに、ご両親にお伝えしたはずです」

田中から責められた緑は、勢いよく顔をあげた。なにか言いたげに口を開いたが、春斗を見ると口を噤み、再び俯いた。緑が言おうとしたことは、どうやら春斗に聞かせたくない話らしい。

そのことに田中も気づいたらしく、春斗に膝を向け、穏やかな声で言う。

「少し、お母さんと話をするから、自分の部屋で休んでいてくれるかな」

春斗はなにも言わず、ゆっくり立ち上がった。誰の顔も見ず、茶の間を出ていく。悟は春斗を追って、部屋を出た。階段をあがっていく春斗に声をかける。

「俺、一緒にいようか」

なんだか、ひとりにするのは忍びなかった。春斗は階段をあがりながら、振り返らずに首を横に振る。

「自分の部屋じゃなくて、工房にいてもいいよ」

この言葉にも、春斗は頷かなかった。もしかしたら、ひとりになりたいのかもしれない。悟はそれ以上なにも言わず、春斗が二階にあがったのを見届けると茶の間に戻った。

孝雄はもとの場所に戻り、田中は緑の横に座っていた。悟も孝雄の横に腰をおろす。

孝雄は座卓のうえにこぼれた茶を、布巾で拭いていた。春斗が問題集などを緑に投げつけたとき、それが湯呑にあたり倒れたのだ。新しく入れた茶を、田中と緑の前に置き、緑に訊ねる。

「大丈夫ですか」

緑は出された茶を口にして、小さい声で答えた。

「おはずかしいところをお見せしました」

「なにがあったのか、教えてもらえますか」

田中が問いかけると、緑は無言で視線をしたに落とした。

悟は、孝雄を見た。孝雄もこちらを見ていた。目が、お前が話せ、と言っている。悟は端的に、緑がここに来てからのことを田中に伝えた。

「——そして、俺が春斗くんから腕を放したときに、田中さんがやってきたんです」

悟が話し終えても、口をきく者は誰もいなかった。聞こえてくるのは家の近くを通っていく車のエンジン音と、工房から響いてくる研磨の音だけだ。

沈黙を破ったのは、田中だった。緑に顔を向け、静かに話しかける。

「私たちに黙って、春斗くんへ勉強道具を持たせた理由と、急に春斗くんを連れ戻しにきた理由を、話してもらえませんか」

緑はしばらく黙っていたが、やがて重い口を開いた。

「心配だったんです。このままじゃ、あの子はだめになるって――」

だめ、という言葉が悟にはひっかかった。たしかに春斗は、問題を起こしてここへやってきた。それを、だめ、という言葉で表したのかもしれないが、なる、との言い方は違うと思う。春斗は、自分を変えたくて、清嘉にやってきたはずだ。そしていま、手探りで、進むべき道を探している。孝雄も悟も、健司も八重樫も、表し方はそれぞれ違うが、みんな春斗を応援している。それなのに、この言い方だと、緑は補導委託を続けても意味はない、むしろ更生できない、と考えているように思える。

孝雄も同じように感じたらしく、緑に訊ねた。

「それは、補導委託先が清嘉ではだめだ、ということですか」

緑は慌てた様子で顔をあげ、首を横に振った。

「違います。こちらにはなんの不満もありません。よくしていただいていると思っています」

「じゃあ、なにが心配なんですか」

「それは――」

緑は口ごもった。

なかなか話そうとしない緑に、孝雄が詫びる。

「いや、これは愚問でしたね。すみません」

どうして謝るのか、というような目で、緑が孝雄を見る。孝雄が、緑に優しく話しかけた。

「私も親です。だから、お母さんの気持ちはわかるつもりです。子供が幸せなら、ずっと幸せなままでいてほしいと願い、子供が失敗すれば、大丈夫だろうかと心配する。どっちに転んでも、これで安心ということはない。損な役割です」

孝雄の親としての考えを、悟ははじめて聞いたような気がした。孝雄が悟と由美を心配しているような素振りを見せたことはない。まして、ふたりはいまやいい大人だ。娘は結婚し、息子はまだ独り身だがちゃんと働いている。いまの孝雄の話だと、それでも由美と悟のことが心配だ、と言っているように聞こえる。

悟は孝雄を見た。視線を感じているはずなのに、孝雄はこちらを見ようとしない。片意地を張るかのように、首をぴくりとも動かさなかった。

孝雄が理解を示してくれたことにほっとしたのか、緑の身体から力が抜けたようだった。深い息を吐き、小声で言う。

「このままだと、あの子はちゃんと生きていけなくなってしまう、そう思って迎えに来ました」

やはり要領を得ない。ちゃんと生きていけるように、いま頑張っているところではないのか。

緑は泣きそうな顔で、三人を見た。

「あの子、嘘を吐いていたんです。体調が悪いから勉強ができないって。だから心配していたのに、昨日の電話で、もう勉強はしない、これからは自分がやりたいことをするって——言い出して。そんなの、親として黙っているわけにいきません」

田中が、悟と孝雄に目配せをしてきた。三人は、春斗が体調が悪い、と親に偽っていたことを知っていた。そのうえで、少し様子を見よう、と決めて親にその旨は伝えていなかった。

田中が緑に頭をさげた。

「すみません。私たちは、春斗くんが嘘を吐いていると知っていました」

緑が驚いたような顔をする。田中は言葉を続けた。

「親御さんにお伝えしようか考えたのですが、春斗くんがいまは落ち着いているので、あまり刺激をしないほうがいいと思い、様子を見ていたんです。だからお母さんにも、心配ありません、とだけお伝えしたんですが、お気持ちを考えたら本当のことを知らせておくべきでした」

緑は、小さく首を横に振る。

「謝らないでください。私は、春斗が嘘を吐いていることに、薄々気づいていました。ずっとあの子を育ててきたんだから、声の調子や話し方でわかります。でも、そうであってほしくないって、目をつぶっていたんです。だけど、さすがにひと月も勉強をしないなんて、このままにはしておけないと思って、昨日、少しきつく問い詰めたんです。本当は体調が悪いなんて嘘なんじゃないかって。そうしたら、あんな返事が返ってきて——だから今日、春斗を迎えに来たんです」

そこで緑は、溢れ出てくるものを堪えるように洟(はな)を啜った。いまの話を聞いて、悟は疑問を抱いた。

「あの、どうして春斗くんは、勉強はしているって言わなかったんでしょうか」

孝雄が難しい顔で、悟を見る。

「どういう意味だ？」

悟は答えた。

「体調が悪いって言ったら、いくら俺たちに黙っていてくれって頼んでも、お母さんが心配して親父に連絡をしていたかもしれないだろう。実際、田中さんには電話があったんだから、いつ嘘がばれてもおかしくない。それよりも、ちゃんと勉強しているって嘘を吐くほうが、ばれるリスクは少ないよ。誰も、勉強しているところを見ているわけじゃないんだから。俺がそう思うんだから、頭がいい春斗くんが考えなかったはずはないよ」

悟の考えに、孝雄が腕を組んでつぶやいた。

「なるほど、たしかにそうだな」

緑の目がかすかに泳いだ。三人から顔を背け、膝のうえに置いていた手を握ったり開いたりする。やがて、おずおずといった感じで答えた。

「送らせていたんです」

「なにを、ですか？」

田中が訊ねると、緑は座卓のうえに積まれている春斗の勉強道具に目をやった。

「課題です。通っていた塾に提出するために、週に一度、一週間分の課題を送らせていたんです」

悟は、はっとした。春斗はいつも、土曜日の夕方に、近くのコンビニに荷物を出しに行っていた。あれは、一週間分の課題だったのか。孝雄が、店に宅配業者が集荷に来るときに一緒に出せばいい、と言っても、悟が明日にしたほうがいい、と言っても頷かず、荷物を出しに行っていた理由が、やっとわかった。勉強道具を持ってきていることは秘密だったから、誰にも気づかれないように送る必要があったのだ。

変わりたい自分と、変わらず勉強を続ける自分。ふたりの自分の狭間で春斗は悩み、フラストレーションという名のガスを溜め続けた。そして、そのガスの行き場がなくなったとき、カプセルトイを大量に購入したり、鋳型を打ち砕いたりした。

緑は話を続ける。

「ここに来てからしばらくは、約束どおり課題を送ってきていたんです。土曜日に発送して、日曜日に私が受け取る。そして、月曜日に塾に持っていき採点してもらって、その結果を春斗に電話で伝えていました。でも、五月の半ばあたりに春斗が、体調が悪くて勉強ができず、今週は課題を送れない、と言ってきたんです」

緑の話によると、どこがどう悪いのか訊ねたが、春斗の返事は要領を得ない。熱はなく咳も出ない。どこか痛むわけでもなく、具体的にどこが悪いのかわからなかったという。

でも、と言いながら、緑は目を伏せた。

「体調が悪い、と本人が言っているのに無理に勉強をさせるわけにもいかなくて、体調が戻るまで休んでいい、そう言ったんです。きっと、慣れない生活で疲れが溜まったんだ、数日ゆっくり過ごせば気分も変わる、そう思っていたんですが、春斗はずっと、体調が悪い、と言い続けるばかりで、元気になる兆しは窺えませんでした」

「それで心配になって、私に連絡してきたんですね」

横から田中が、言葉を添える。緑は頷いた。

「数日で元気になると思っていたのに、気が付けば二週間になる。春斗が普段どのように過ごしているのかも気になり、面会に行こうとしたこともあったのですが、来なくていい、と春斗から強く止められてしまいました。それならせめて小原さんと、春斗の体調について話したいと思ったのですがそれも止められ、致し方なく田中さんへご連絡したんです」

　田中が小さく息を吐いた。

「あのときは驚きました。私はそのような話は聞いていなかったし、小原さんも知らなかった。どんな状況かと聞いてみると、病気ではなさそうだし、工房のほうも変わりなく手伝っていたので、少し様子を見ようという話になったんです」

　緑が田中の言葉に同意する。

「私も田中さんから、こちらでの春斗は特に変わりはない、と伺ったので様子を見ていたんです。きっと、もとの春斗に戻ってくれる、そう信じていたんです」

　緑の声が、鼻にかかったそれになる。

「でも、昨日まで待っても、課題が届くことはありませんでした。数日前の電話では、今週は送れる、そう言っていたのに、その言葉を聞いて安心していたのに、昨日の電話であの子があんなことを言うなんて――もう、春斗をこのままにはしておけない、そう思って、今日、迎えに来たんです。顔を合わせて説得すればわかってくれる、そう思ったのに、それなのに、こんなことになるなんて――」

　緑は、そばに置いていた自分のバッグからハンカチを取り出し、目元を押さえた。

　悟はその姿を見ながら、五月の半ばころからの春斗の行動を思い返した。いまの緑の話と照らし合わせると、春斗の部屋の灯りが早くに消えるようになったのは、春斗が緑に体調がすぐれない、と伝えたころと重なる。

悟は自分の手をじっと見た。春斗がはじめてこの家にやってきたとき、二階に運んだボストンバッグの重さが蘇る。

春斗は、補導委託をはじめてからしばらくは親との約束を守り勉強をしていたが、五月に入ってからなにかしら心境の変化があった。だが、その時点ではそのことを誰にも言っていない。おそらく、春斗自身も、自分の変化をどう受け止めていいかわからなかったのだろう。やがて自分は変わる、と覚悟が決まり、昨日、緑に電話で考えを伝えたのだ。

孝雄は、緑に新しい茶を淹れながら、ゆっくりとつぶやく。

「勉強は、春斗くんにとって必要なものではなく、ご両親にとっては大切なもの、ということですね」

緑は赤い目を大きくして、孝雄を見た。

「いいえ、勉強は春斗にとって必要なものです。勉強しなければあの子は――」

続く言葉を、孝雄が遮った。

「ちゃんと生きていけなくなってしまう――ですか？」

緑が言葉に詰まり、黙る。孝雄は新しい茶を座卓のうえを滑らせ押し出した。緑はその茶を見つめながら、厳しい顔をした。

自分に言い聞かせるように、緑が言う。

「そうです。あの子には、ちゃんと生きていけるようになってほしい。いまは辛いかもしれないけれど、きっとわかってくれる。立ち止まりそうになる子供の手を引いて、正しい道に導くのは親の役目です」

孝雄は済まなそうに、緑に訊ねた。

「お母さんはさきほどから、ちゃんと生きる、という言葉を使われるが、ちゃんと、とは具体的にどういうことですか。私はここがあまりよくないので、教えていただきたい」

ここと言いながら、孝雄は自分の頭を指さした。

緑は返答に窮して唇をきつく結んだが、やがて怒ったように言い返した。

「ちゃんと、とはちゃんとです」

その答えを受けて、孝雄は確認を取るように訊き返す。

「私が思うに、ちゃんと、とは、人の道に背くようなことをせず、人に迷惑をかけず、なにかに怒ったり、誰かを憎んだり、深い悲しみに暮れるときがあっても、自分の力で少しでも健やかに生きようとすること、だと思うのですが、お母さんはどう思われますか」

緑は少し考えたあと、孝雄の言葉に同意した。

「そうですね。私もいま小原さんがおっしゃったことが、ちゃんと生きる、ということだと思います」

孝雄は顔をゆっくり、緑に向けた。

「それなら、春斗くんはいま、すでにちゃんと生きていますよ。そうではないですか」

緑は、急所に刃を突き付けられたような顔をした。

「春斗くんは前に悪いことをしたけれど、いまはしていません。それに、春斗くんは清嘉の誰にも迷惑をかけていない。むしろ、春斗くんがいなかったら経験できなかったような、楽しいこともありました」

孝雄は静かに、目を伏せた。

「ここに来てから、春斗くんが怒ったり、悩んだり、悲しそうにしていることはあります。だけど、そのたびに苦しみながら、懸命に自分のなかにある問題に立ち向かっているように見えます。彼が、自分の行く手を遮っている問題を乗り越えられるかどうかはわかりません。でも——」

孝雄は改めて緑を見た。

「彼は、一生懸命、その問題を乗り越えようとしているはずなんです。その姿こそが、ちゃんと生きていることにはなりませんか」

「そんなのは詭弁（きべん）です」

孝雄の考えを、緑が強い口調で押し戻す。

「小原さんがおっしゃっていることはわかります。でも、それは安定した生活があるうえで成り立つものです」

「安定した生活——それは、安定した収入や仕事ということですか」

孝雄の問いに、緑は即答した。

「そうです。安定した暮らしがあるから、人はなにかに怒ったり、誰かを憎んだり、思い切り悲しむことができるんです。生活に困窮したら、そんな余裕はありません。自分の感情に浸ることもできないんです」

緑を見つめる孝雄の目が、鋭くなる。

「それは、春斗くんのお父さん——達也さんも同じ考えですか」

緑は、一呼吸おいて頷いた。

「そうです。むしろ、夫のほうが強くそう思っています」

田中が緑に言う。

「達也さんは、弁護士でいらっしゃいますが、事務所に持ち込まれる依頼は様々でしょうね」

緑は、田中に顔を向けた。

「はい。そのようです」

「依頼のなかには、借金とか破産手続きとか、お金に関するものもあるでしょうね。お金がなくて悩んでいる人を見ているから、自分の息子にはお金に困ることがない安定した仕事についてもらいたい、そう達也さんは思ったんですね」

孝雄が田中の言葉を引き継ぐ。

「だから、それほど勉強が大事だとおっしゃるんですね。勉強して、いい大学に入って、お金に困らない仕事についてほしい、そう願っているんですね」

緑は首を横に振り、つぶやくように言う。

「そうなんですけど、そうではありません」

悟は首を傾げた。答えが矛盾している。

田中が改めて確認する。

「達也さんは、春斗くんが生きていくことに困らないために、勉強を強いているわけではないんですか？」

緑は、今度は頷く。

「それは間違いありません。あの子のためです。ただ、それと夫の仕事は関係ありません」

「じゃあ、どうして達也さんは、そこまで春斗くんの安定した生活にこだわるんですか」

躊躇(ちゅうちょ)したのかひと呼吸おき、緑は田中に訊き返した。

「答えなければいけませんか」

「できれば」

田中が即答し、続ける。

「人間関係に必要なものは相手を理解することです。それは親子、夫婦、きょうだい、友人、みんな同じです。例えば、自分は犬が好きだけれど、嫌いな人がいる。あんなに可愛いのにどうして嫌いなのか訊いてみると、その人は昔、犬に嚙まれたことがあってそれから苦手になった。そう知れば、自分はやっぱり犬が好きだけれど、その人が嫌う気持ちもわかりますよね。それが、相手との関係を築く第一歩だと思うんです」

田中は部屋にいる全員の顔を眺めた。

「私はこうしてみなさんと知り合ったのは、ご縁だと思っています。できる限り力になりたいし、みなさんに、補導委託をしてよかった、そう思ってほしい。それには、お互いに理解し合うことが大切なんです。だから——」

田中は緑に目を戻した。

「達也さんが春斗くんにそこまで勉強を強いる理由を、教えてください」

ここまで田中に言われながらも、緑は躊躇っている。

悟の隣にいた孝雄が、自分の両腿に手を置き姿勢を正した。

「私からもお願いします。春斗くんのためにも、お願いします」

悟の脳裏に、春斗の顔が浮かぶ。勉強道具を緑に投げつけたときの苦しそうな表情と、リンとレイに触れ合っているときの嬉しそうな笑顔だ。ふたつの表情が重なったとき、悟は緑に向かって頼んでいた。

「俺からも、お願いします」

孝雄が息をのむ気配がした。田中も意外そうな面持ちでこちらを見ている。しかし、誰より驚いているのは悟自身だった。いまでも補導委託を言い出した孝雄のことは理解できないし、春斗とどう向き合えばいいのかもわからない。ひとつはっきりしていることは、もうあんな辛そうな春斗は見たくない、それだけだった。

三人から頼まれては言わないわけにはいかない、そう諦めたのか、みんなの春斗への強い思いに触れ心が動いたのか、緑はゆっくりと重い口を開いた。

「夫は、苦労した人なんです」

達也の生まれは宮城県の海沿いの町だったという。

その町は悟も知っていた。冬に行われる牡蠣(かき)まつりが有名で、悟も友人と一度だけ訪れたことがある。小さな港町で、深い入り江を持っていた。まつりの日は、港近くに建てたテントで町の人が採れたての牡蠣を焼くのだが、あの日、テントの前には、客の長い列ができていた。冷たい海風に吹かれながら食べた、熱々の牡蠣の美味しさはいまでも忘れられない。

達也の実家は、昔、入り江の近くで民宿を営んでいた。民宿といっても働いているのは達也の両親のふたりだけで、建物も一戸建ての民家をちょっと大きくしただけのようだったという。

「夏は海水浴に来た家族連れでいっぱいになることもあったようですけれど、それ以外はバイクで旅をしている若者や、あまりお金がない学生さんがたまに立ち寄るくらいで、暮らしは楽ではなかったようです。ご両親は頑張って続けていましたが、あるとき宿を閉じなければいけなくなりました」

達也が生まれた年、民宿の夕食で地魚や貝などを食べた客が、下痢と腹痛を起こしたという。食中毒が疑われ、宿に保健所から検査が入った。結果、調理場の衛生管理も料理の調理法も問題はなく、もともと客の体調が悪かったためだとされたが、その騒ぎで宿は三日間、臨時休業しなければならなかった。

三日間の売り上げがなくなるだけならば、民宿を閉じなければいけないほどの痛手にはならなかった。問題はほかにあった。風評被害だ。悪い話は尾ひれがついてあっという間に広がるものだ。あることないこと噂になり、もともと少なかった客がまったくこなくなった。

両親が民宿を閉じた理由は、ほかにもある。町民から、あの民宿のせいで地元の海産物に悪いイメージがついてしまった、との声があがったのだ。なかには庇ってくれる者もいたが、小さい町で一度こじれてしまった人間関係を取り戻すのは難しく、一家は地元を離れなければならなくなった。

達也の両親が引っ越した先は、千葉県だった。地元に似ている海沿いの小さな町で、もう一度やりなおそうとしたらしい。しかし、なにも知らない土地での経営は、食材の仕入れ先の確保や地元の宿泊組合との関係が難しく、達也が物心ついたときには再び宿を閉じていたという。

緑は辛そうな表情で、目を伏せた。

「夫は両親の話をするとき、あいつらは反面教師だ、といつも言います。あんな大人になってはいけないという見本のようなものだって――」

両親が離婚したのは、達也が小学校にあがるときだった。達也が知っている父親は、昼間から酒を飲み、機嫌が悪いと妻や子供に手をあげる男で、母親はそんな父親を詰り、ぶたれて泣く子供を庇おうともせず、いつも金切り声をあげている女だった。

離婚とはいっても話し合いによるものではなく、母親が判をついた離婚届を置いたまま、出奔してしまったからだった。残された達也は大学に進学するまで父親と暮らしたが、その生活はかなり辛いものだったようだ。

「思い出したくないのか、夫はそのころのことを詳しく話しません」

緑は話を続ける。

「夫の父親は、夫が奨学金で大学へ入学した年に、肝臓を悪くして他界したそうです。その話を聞いたとき、早くに父親を亡くして哀しかったでしょう、って言ったらあの人、その逆でせいせいしたって――涙ひとつ出なかった、そう言ってました。そのことだけでも、夫が父親からどんなひどい目に遭わされていたか想像がつきます」

そこまで語った緑は顔をあげると、強い意志を含んだ目で三人を見据えた。

「夫は結婚する前から、自分の家族には自分と同じ苦労はさせない、そう言っていました。その言葉に嘘はなく、あの人は、私と春斗をとても大事にしてくれています。仕事が忙しいのに時間を見つけて旅行に連れて行ってくれて、なにかの記念日には美味しいお店に連れて行ってくれます。春斗の将来のことも、あの子が幼いときからどうしたら豊かな人生を送れるか、真剣に考えてきました。自分の弁護士事務所を持ったのも、あの子のためです」

「自分のあとを、春斗くんに継がせるつもりなんですね」

田中の言葉に、緑は頷いた。

「夫は過酷な生い立ちから、自分自身で這い上がってきた人です。その経験から、幸せな人生を送るためには仕事とお金が必要だ、との信念を持っています。なかには、人に対する感謝とか、気の合う仲間とか、自由な時間といったものを、幸せになる条件に挙げる人がいるがそんなのは嘘だ、人生の底辺を知らない奴らが言うきれいごとだ、と言います。そこだけ聞くと夫のことを、現実主義で情に薄い人間、と感じる人もいるでしょう。でも、夫の生い立ちを知れば、あの人がそう思う理由はわかっていただけると思います。そして、夫が春斗のことをどれほど大事にしているのかも、ご理解いただけるはずです」

悟は、はじめてここにやってきたときの達也の姿を思い出した。高そうなスーツを着て、腕には高級ブランドの時計をつけていた。礼儀正しく立ち居振る舞いもしっかりしていて、とてもいま聞いたような過去があるとは思えなかった。

達也の過去を知らなければ、人生は仕事と金、という考えに否定的だっただろう。しかし、そう考える理由を知れば、達也の気持ちは理解できる。

「いまの話を春斗くんも知っているなら、ご両親が自分に勉強を強いる理由もわかっているんですよね」

田中の問いに緑が、はい、と答える。

「もちろんです。だから、ここまで頑張ってきたんです」

工房で、春斗がはじめて八重樫と会ったときのことが浮かぶ。父親の職業を訊ねられた春斗は毅然とした態度で、父親は弁護士です、と答えた。その声には、自慢とも誇りともとれる響きがあった。表向きは両親に反抗的だが、心の底ではさまざまな壁を乗り越えてきた父親を尊敬しているのだろう。

世の中には、子供を愛せない親がいる。しかし、春斗の両親はそうではない。心から愛し、大事にし、幸せになってほしいと願っている。春斗もそうだ。いまは気持ちのすれ違いで摩擦が起きているが、親を憎んでいるわけではない。ここは息子を思う親の願いを改めて春斗に伝えて、両親が望んでいる道に進むよう促したほうがいいのではないか。それが、春斗のためのように思う。

田中も同じことを考えたらしく、この場にいる全員を見て意見を求めた。

「一度改めて、春斗くんとご両親の話し合いの場を持ったほうがいいのではないでしょうか。膝をつき合わせて春斗くんに気持ちを伝えれば、彼もご両親の考えを受け入れられるような気がします」

そうですね、と悟が言おうとしたとき、孝雄が緑にぼそりと訊ねた。

「お母さんはどう思っているんですか」

緑が、え、と短い声をあげる。田中も問いの意味を測りかねているらしく、きょとんとした顔をしている。悟も同じだった。

緑は困惑した様子で、孝雄に訊き返す。

「あの——どういうことでしょうか」

孝雄は緑をまっすぐに見ながら、言う。

「達也さんの生い立ちと、春斗くんに対する思いはわかりました。辛い経験をされているからこそ我が子を同じような目に遭わせたくない、その気持ちも理解できます。きっと親なら誰でもそう思う。それで、お母さんはどうなんですか。お母さんも達也さんと同じように、春斗くんには勉強をして、いい大学を出て、安定した職業に就いてもらいたいと思っているんですか」

緑の春斗への思いを疑うような言い方に、悟はむっとした。緑にかわって答える。

「当たり前だろう。親父もたったいま、きっと親なら誰でもそう思う、って言ったじゃないか」

「そうじゃない。俺が知りたいのは、お母さんの気持ちだ」

孝雄は悟に向かって、ぴしゃりと言った。

「私の気持ち──」

緑が孝雄の言葉を繰り返す。孝雄は緑を見た。

「私が知りたいのは、お母さんが願っている春斗くんの幸せは、達也さんと同じ形なのか、ということです」

緑の表情が曇る。悟は、春斗が緑に向かって叫んだ言葉を思い出した。

──お母さんが必死になるのは、自分を守るときだけじゃないか。今日だって、自分がお父さんに責められたくないから俺を連れに来ただけだ。そんなことわかってるよ！

「お母さんの本心を、教えてもらえませんか」

そう頼む孝雄から、緑は目を逸らした。

「私はただ春斗に幸せになってほしいと思って、それで──」

緑の口調はしどろもどろで、はっきりとしない。焦れて悟が先を促そうとしたとき、窓に雫(しずく)がぽつりとあたった。雨だった。朝には止んだ雨が、また降りだしてきたのだ。

急な雨に話を中断され、部屋のなかが静かになる。田中が外を見ながら、困り顔でつぶやいた。

「予報では夜からだったから、傘を持ってこなかったなあ」

その言葉に、悟の背中をなにかが駆けあがった。嫌な感じがする。

悟は勢いよく立ち上がった。部屋にいる全員が、驚いた顔で悟を見た。

「どうした」

孝雄が訊ねる。悟は急いで茶の間を出た。階段を駆け上がり、春斗の部屋の前に立つ。襖を叩いて、なかへ声をかけた。

「春斗くん」

返事がない。さきほどより大きく叩く。

「春斗くん、聞こえてるか。返事をしてくれ」

やはり声がしない。悟は襖の引手に手をかけた。

「開けるぞ」

音を立てて襖を開ける。部屋のなかには、誰もいなかった。急いで階段を駆け下り、洗面所や手洗いを確認する。やはり、いない。

茶の間を出たところに、孝雄がいた。

「おい、なにがあったんだ」

訊かれたが答えるのももどかしく、玄関を出て工房へ向かう。

工房の戸を開けると、作業をしていた健司と八重樫がこちらを見た。よほど怖い顔をしていたのだろう。健司が頭に巻いていたタオルを取り、血相を変えて悟に駆け寄った。

「どうした。おふくろさんが、春ちゃんを連れて帰っちゃったのか」

悟は乱れた息の合間に訊ねる。

「春斗くん、来て、ないか」

健司の後ろから、八重樫が答える。

「こっちには、来てないっすよ」

「おい、どうしたんだよ。なにがあったんだよ」

悟は口のなかに溜まった唾を飲み込み、健司に短く答えた。

「春斗くんが、いなくなった」

そのあとすぐ、後ろで声がした。

振り返ると、あとを追ってきた孝雄が立っていた。

「春斗くんが、いなくなった？」

悟は孝雄を振り返り、頷いた。

「嫌な予感がして部屋にいったら、いなかった」

「便所じゃねえのか」

健司が真顔で訊ねる。悟は首を横に振った。孝雄の隣で、田中が言う。

「私たちが話しているあいだに、外へ出て行ったんだ」

「なんか用事があって出かけたんじゃねえか？　もしくは散歩とか――」

健司が狼狽えながら言うと、八重樫がいつになく厳しい顔で答えた。

「それならひと声かけていくでしょう。それに、こんな天気に散歩なんてありえない」

「あいつ、ここ以外、行くところはねえだろう。いったいどこへ――」

そこまで言って、健司は孝雄の後ろに目を止め、黙った。その視線の先には緑がいた。胸の前で手を組み、青ざめた顔をしている。

「春斗がいなくなったって――そんな――春斗――どうして」

震えているのは声だけではなかった。肩も小刻みに揺れている。

工房のトタン屋根に打ち付ける雨音が、一気に強くなった。それが合図のように、田中が全員に指示を出す。

「みんなで手分けをして探しましょう。私は矢部に連絡して、同行状の発付を相談します」

「同行状ってのは、なんですか？」

健司が田中に訊ねる。

「試験観察中などの少年に対して、裁判所が緊急に保護が必要と判断したときに出されるものです。これがあると私たち調査官だけでなく、警察も少年を家裁に同行させることができるんです」

「警察――」

穏やかでない話に、健司が眉根を寄せた。田中が頷く。

「一刻も早く、春斗くんを保護するためには、ひとりでも多くの力が必要です」

「でもよ――」

健司が様子を窺うように、田中を見る。

「警察沙汰にでもなったら、春ちゃん、このあとただじゃあ済まないだろう。もしかしたら鑑別所とか少年院とか行くことになっちまうんじゃあ――」

田中は厳しい口調で、健司の言葉を遮った。

「私たちは、試験観察中の少年をたくさん見てきています。そのなかには思い悩んで早まった行動に出る子もいます。それを防ぐためにも、同行状の発付は必要なんです。それともあなたは、春斗くんの命より、このあとの審判のほうが心配だと言いたいんですか」

春斗くんの命――その言葉が、悟の胸に突き刺さる。

健司が激しく首を横に振った。

「そんなことねえ。どんなものより命が大事だ。俺も春ちゃんを探す」

健司がそう言いながら、一度外したタオルを再び頭に巻いたとき、孝雄の後ろで緑がよろめいた。そのまま、地面に膝をつく。

「大丈夫ですか」

孝雄がそばにしゃがみ、緑の身体を支えた。孝雄の手を借りながら、緑が立ち上がる。

「すみません、ちょっと足元がふらついて――大丈夫です。私も春斗を探します」

「いや、お母さんは茶の間で休んでいてください。ずっと気を張っていて、疲れているんです」

「いいえ、大丈夫です。私も探します」

孝雄の気遣いを受け入れようとしない緑に、八重樫がぶっきらぼうに言う。

「迷惑だって言ってんのがわかんないのかよ、おばさん」

失礼な言い方に、悟は八重樫を叱りつけた。

「やめろよ」

八重樫はやめない。逆に田中に同意を求める。

「そうでしょう、田中さん。土地鑑もないうえに具合が悪い人なんて、役に立たないっすよね。これで体調崩して熱でも出されたら、面倒ごとが増えるだけっす」

きつい言い方だが、正直なところ、八重樫の言うとおりだった。この土地に詳しいならまだしも、なんのあてもない状態で春斗を探すのは難しい。ましてやこの雨だ。体調が万全ではないところに身体を冷やし、風邪でも引いたら大変だ。

田中も同じように思っていたらしく、意味は同じだが、言い方を変えて緑に頼む。

「春斗くんが、自分からここへ帰ってくることも考えられます。もしかしたら、電話があるかもしれない。そのときのために誰か家にいたほうがいいのですが、お母さんにお願いできませんか」

孝雄が、すぐさま田中に賛成した。

「田中さんの言うとおりだ。お母さん、あなたはここで待っていてください」

自分が動いては迷惑をかけることになる、そう気づいたのか、緑は大人しく頷いた。

話がまとまると、待ってましたとばかりに健司が横からしゃしゃり出てきた。不安げな顔をしている緑の前で、自分の胸を力いっぱい叩く。

「大丈夫、俺に任せてください。俺はガキんときからこのあたりに住んでいて、知らない道はないんですよ。悟ちゃんが二歳のときに迷子になったんですが、裏道で小便漏らして泣いてるのを見つけたのも、俺なんです」

「そんなこと、いま関係ないだろう」

はずかしさのあまり、つい、いつもの調子で言い返す。健司は頭に巻いたタオルをきつく締め直し、椅子に掛けていたジャンパーを羽織った。

「よし、気合が入ったところで春ちゃんを探しに行くぞ。俺は城のほうを見に行く。八っちゃんは駅のほう、親方が桜山のほうで、悟ちゃんが茶畑のほうでどうだろう」

健司が出した指示は、工房を中心にして四方を探せる形になっていた。孝雄、八重樫、悟の三人が頷くと、田中が自分の携帯を取り出した。

「情報が錯綜しないように、連絡の窓口はひとつにします。なにかあったら、私の携帯に電話をください。私が情報をまとめて、みなさんに連絡します」

田中の携帯番号を、八重樫と健司が自分の携帯に登録する。それを終えると、孝雄は緑を工房から家に戻るよう促した。

緑がいなくなると、田中はこの場にいる全員の顔を眺めた。声を潜め、言う。

「お母さんがいる前では具体的には言いませんでしたが、春斗くんを探しているときに、ここは危険だ、と感じるところがあったら、迷わず確認してください」

「危険って——例えば？」

健司が訊き返す。

「その土地の特徴や、少年が抱えている問題によって違ってきます。山のそばにある町だったら、ひと気がない山奥とか、海が近い土地なら堤防とか。ほかに、学校生活に問題を抱えている少年だったら、通っている校舎の屋上といったところです」

あたりの空気が、一気に張り詰める。悟の横で、八重樫がいつもとかわりない冷静な声で訊ねた。

「いまの状況だったら、どこがヤバイっすかね」

田中が即答する。

「川でしょう。一昨日からの雨で水量が増えています。もし川に入ってしまうようなことがあれば、救出はかなり困難です」

悟は頭に浮かんだ想像に、ぞっとした。大きく波打つ川面に、人の後頭部が見える。浮かんでは沈み、沈んでは浮かぶ頭が横を向く。それが誰かを考える前に、悟は目を閉じて首を激しく横に振った。嫌な思考を打ち消し、腹に力を入れる。

「じゃあ、俺は茶畑のほうを探すから」

悟は工房の入り口にある素焼きの傘立てから、コンビニエンスストアで売っている透明な傘を手にした。

それを合図に、孝雄、健司、八重樫も動き出す。田中が慌てた様子で、全員に声をかけた。

「みなさんは、川へは近づかないでくださいね。その周辺は、消防の者に連絡して探してもらいますから」

傘を差して工房を出た悟は、茶畑方面に向かった。表通りから裏道に入り、さらに細い小道に目を凝らす。少し先の道端で、なにかが動いた。駆け寄ってみると、猫だった。鈴がついた赤い首輪をしている。どこかで、メル、と呼ぶ声がした。その声のほうへ、猫は走り去っていった。

猫が消えた路上を眺め、悟は落胆の息を吐いた。そう簡単には見つからないと思いつつも、春斗がふいにそのあたりから出てくることを期待していた。

悟は空いている左手で自分の頬を軽く叩き、気合を入れなおした。一喜一憂している暇はない。春斗を見つけることだけを考えろ。自分を叱責し、悟は改めて春斗の行方を追った。

時間つぶしができそうなゲームセンターや、ファストフード店、身を隠せそうな路地裏などをくまなく探す。しかし、春斗の姿はない。

途中、近所に住んでいる佐々木を見つけた。傘を差し、飼い犬のマロを連れている。マロは犬用のレインコートを着ていた。

悟は佐々木に駆け寄った。

「すみません」

佐々木は少し驚いたように、目を丸くした。

「やあ、こんな雨のなか、どうしました。私のように、どんな天気でも散歩をせがむ犬がいるわけでもないのに」

補導委託のことを伏せているため、本当のことは言えない。余計なことは言わず、春斗のことを訊ねる。

「うちの若いバイトの子、見かけませんでしたか」

佐々木は最初ピンとこなかったようだが、すぐに得心したらしく、ああ、と声を漏らした。

「清嘉さんとこの、住み込みの見習いの子のことだよね。いや、見かけなかったけど、どうかしたのかい？」

悟は返答を、適当にごまかした。

「ちょっとそこまで、一緒に買い物に出たんですがはぐれちゃって」

佐々木は、自分がいま歩いてきた道を振り返った。

「私はあっちから来たんだけれど、見なかったなあ」

隣でマロが同意するように、一声吠えた。

悟は礼を言い、その場をあとにした。あたりが次第に暗くなり、街灯がともりだす。路面に落ちる丸い灯りの輪のなかに、雨粒が跳ねているのが見えた。

しばらく探した悟は、道の途中で立ち止まった。空を見上げる。雨が止む様子はない。むしろ強くなってきた。春斗はいったいどこへ行ってしまったのか。

ジーパンの尻ポケットから携帯を取り出し、画面を確認する。どこからも連絡は入っていない。時刻は夜の七時を回っていた。強い風が吹き、雨が身体にかかる。薄手の作業着のまま家を出てきた悟は、風の冷たさに身を震わせた。

いなくなったときの、春斗の服装を思い出す。あずき色の半袖Tシャツに、スエット地のパンツだった。外にいるなら、長袖の悟よりももっと寒さに震えているはずだ。雨に打たれながら、身を縮こませて地面にしゃがんでいる春斗を想像すると、いてもたってもいられなくなった。大きな声で、春斗を呼ぶ。

「春斗くん、俺だ、悟だ」

ひと気のない裏路地に、悟の声が響く。

「誰も怒らないから。安心して出てきてくれ、春斗くん」

聞こえるのは雨の音だけだ。答える者はいない。

悟は声に出して、春斗を探し続けた。時折、そばを通り過ぎる人が横眼でこちらを見ていくが、そんなことは気にならない。必死に春斗を探し続ける。

足が疲れて立ち止まったとき、携帯の着信音が鳴った。春斗が見つかったのだろうか。画面を見ると、妹の由美の名前が表示されていた。もしかして、春斗くんがうちに来たんだけど、というような連絡かもしれない。そうであってほしいと願いながら電話に出ると、由美の泣きそうな声がした。

「お兄ちゃん、春斗くんいなくなったの？」

期待に膨らんだ胸が、一気に萎(しぼ)んでいく。用事があって家に連絡をしたところ、春斗の母親が電話に出たという。

自分が孝雄の娘であることを伝え、孝雄か悟に代わってほしいと頼んだところ、いまみんな出払っているという答えが返ってきた。他人に家を預けて出掛けるなど、なにかあったに違いない。そう思った由美は、母親にいろいろ訊ねたが、曖昧な返事をするだけで埒が明かなかった。

「それでお父さんに電話したら、春斗くんがいなくなったって。理由を訊いても、あとで話すの一点張りで切られちゃったの。ねえ、いったいなにがあったの？」

なにも知らされずに電話を切られた由美の気持ちもわかるが、孝雄がすぐに電話を切った気持ちもわかる。春斗がいなくなった経緯は簡単に説明できるものではない。そんな時間があったら、春斗を一刻も早く探し出したいのだ。

悟は春斗が家を出て行った理由を、母親と言い争いをしたという説明だけに留めた。

「春斗くんがそっちに行ったら、保護しておいてくれ。なにかわかったら、連絡する」

「待って、お兄ちゃん。もう少し詳しく教えて。どうして春斗くんのお母さんが家にいるの。ねえ――」

話の途中だが、悟は一方的に電話を切った。

携帯を尻ポケットに戻し、再び春斗を探そうとしたとき、足がなにかに取られて前のめりに膝をついた。見ると、片方のスニーカーの紐が解けていた。その紐を、もう片方の自分の足で踏んで転んだのだ。

悟はその場にしゃがみ、解けた紐を結びなおした。雨のなかを長い時間歩き続けたスニーカーは泥まみれだった。雨が靴のなかに浸透し、靴下もびしょびしょだ。身体に叩きつける強風で、傘など差している意味がないほど、服もずぶ濡れだった。

自分のひどい恰好に、大きな不安が一気に胸に広がる。

春斗もこの雨のなか、靴も服もずぶ濡れでどこかを彷徨(さまよ)っているのだろうか。知らない夜の街を、いまどんな気持ちで歩いているのか。心細くはないか。仙台の自分の家か、工房を恋しく思っていないだろうか。それとも、もうどこにも帰るつもりはないのか。もし、そうだとしたら春斗は――。

悟がそこまで考えたとき、遠くでサイレンの音がした。唸るような音、救急車だ。

寒さによるものではない震えが、足元から駆け上がってくる。頭に浮かぶ嫌な想像を、必死に打ち消した。

落ち着け。春斗はそんな見境のないことはしない。きっと無事でいる。じゃあどこだ。懸命に考える。春斗は頭がいい。雨に濡れず、誰の目にも触れず、落ち着ける場所――。

はっとして、顔をあげる。悟の頭に、ある場所がひらめいた。

そうだ、きっとあそこだ。

駆け出そうとしたとき、強い風が吹いた。傘が持っていかれそうになる。

悟は傘を閉じた。どうせもう全身ずぶ濡れだ。いまさら傘を差しても差さなくても同じだ。それより、いまは早く春斗のところへ行かなければ。きっと春斗はあそこにいる。いや、いてくれ。

悟は閉じた傘を握りしめ、雨の道を走り出した。

裏道から表通りに出て、国道を西に向かう。茶畑の交差点を過ぎると、護国神社の鳥居をくぐり、盛岡八幡宮の境内に入った。石段を駆け上がり、広い駐車場に向かう。行進を終えたチャグチャグ馬コが帰り支度をする場所——春斗がリンとレイに触れあったところだ。

夜の境内に人影はない。ところどころに立っている灯りが、雨のなかぼんやりと浮かんでいる。

「春斗くん！」

悟は叫んだ。

「いたら返事をしてくれ！」

ひっそりと静まり返っている駐車場に、声だけが響く。返事はない。悟は春斗を呼び続ける。

「みんな心配している。出てきてくれ！」

この土地をよく知らず知り合いもいない春斗が、雨を凌ぐことができ、誰の目にも触れずに身を隠せる場所はここだ。広い境内には、いくつもの社がある。そのどこかに春斗はいる。

春斗を呼ぶ悟の脳裏に、リンとレイに会い嬉しそうに笑っていた顔が浮かぶ。工房に来てから見せたことがない、輝くような笑顔だった。ここは春斗にとって、思い入れのある特別な場所なはずだ。絶対、ここにいる。

　駐車場のそばにあるいくつかの社を、悟は順に回っていく。

「春斗くん、どこだい」

　社をぐるりとまわり、身を潜められそうなところを見て歩く。三つめの社の前に立ったとき、裏のほうでなにかが動く気配がした。さっき、路上で見かけたように猫がいるのだろうか。それとも——。

　悟は息をつめて、声をかけた。

「春斗くん？」

　返事はない。ここにも春斗はいないのか。諦めて次の社に行こうとしたとき、裏の茂みががさがさと音を立てた。誰かいる。悟は回り込み、音がしたほうを覗き込んだ。

　そこには、項垂れている春斗がいた。全身ずぶ濡れで、着ているTシャツには葉っぱがいくつもついていた。誰にも見つからないように、茂みに隠れていたのだろう。

　いきなり近づいたら逃げてしまいそうで、悟はゆっくり春斗に近づいた。

「春斗くん——」

　小声で名を呼ぶと、春斗は俯いていた顔をそっとあげた。前髪から雫が滴り、青ざめた頬を伝う。それが泣いているように見えて、悟は胸が苦しくなった。握りしめていた傘を開き、春斗に差し出す。

「心配したよ」

　春斗は、再び項垂れた。

「怪我とかしてないか」

春斗が小さく頷く。全身をざっと眺めたが、たしかに大丈夫そうだ。ほっとした悟は、大事なことを思い出し、ジーパンの尻ポケットから急いで携帯を取り出した。田中の番号を呼び出す。

「春斗くんが見つかったって連絡するよ。みんな、心配しているんだ」

発信ボタンを押そうとしたとき、その手を強く摑まれた。驚いて顔をあげると、春斗が厳しい顔で悟を見ていた。唇をきつく嚙み締め、首を左右に振る。

「どうした。連絡されるのが、嫌なのか？」

悟が訊ねると、春斗は頷いた。

みんなに心配をかけた手前、戻りづらいのだろうか。悟は春斗の肩に手を置いた。

「大丈夫。誰も怒ってないよ」

そう言っても、春斗は悟の手を放さない。悟を必死に見つめながら、首を左右に振り続ける。

悟は、春斗をいますぐ連れて帰るのを諦めた。この様子だと、無理をすればまた隙を見ていなくなってしまうかもしれない。春斗の気持ちが落ち着くのを、待ったほうがいい。

俯いている春斗の顔を、覗き込む。

「わかった。少し俺と話そう。家に帰るのはそれからだ。ただ、君が無事だということは、連絡させてくれ。そうじゃないと、親父や健司さん、八重樫くんも、この雨のなか君をずっと探し続けることになる」

迷っているのか、春斗はしばらく黙っていたが、やがて小さく頷いた。

悟は田中へ電話をかけた。連絡が入るのを待っていたのだろう。電話はすぐに繋がった。

「田中さんですか、ええ、そうです、悟です。いま、春斗くんを見つけました」

携帯の向こうから、田中のほっとした声が聞こえる。

「よかった。いまどこですか？」

悟は、盛岡八幡宮の境内にいる、と答えた。雨に濡れているが元気なことと、家には本人の気持ちが落ち着いてから帰ることを伝える。田中は、早く春斗に会いたいようだったが、無理強いはよくないと思ったらしく、反対せずに電話を切った。

作業着のポケットからハンドタオルを取り出し、春斗に差し出す。

「身体、冷えてるだろう。少しでも拭いたほうがいい」

春斗はなかなか受け取ろうとしない。悟は無理やり、ハンドタオルを握らせた。

「風邪でもひいたら、いまでも心配しているお母さんがもっと心配する」

その話はしたくない、というように悟から目を逸らし、春斗は小さい声でつぶやいた。

「お母さんが心配しているのは、僕のことじゃない。自分がお父さんから怒られないかってことだ」

横から強い風が吹き、悟は身を縮めた。雨が身体にあたる。このままではふたりとも風邪をひく。

悟は春斗を、社のそばへ連れて行った。賽銭箱の前にある石段に座らせる。社の屋根がかかり、少しは雨が凌げそうな場所だった。隣に腰を下ろし、言う。

「春斗くんがお父さんやお母さんをどう思っているのか、話してくれないか」

ハンドタオルを握りしめ、春斗はしばらく黙っていたが、やがて小さい声で言った。

「ふたりが大事なのは、僕じゃない」

　春斗はぽつぽつと話しはじめる。

「小さかったときは、お父さんとお母さんは僕を大事にしてくれているって思っていたんだ。お父さんは忙しいのに、いろんなところへ連れて行ってくれたし、お母さんはいつも僕の健康とか学校のことを気にかけてくれた。誕生日やクリスマスには毎年どこか食事に出かけて僕が欲しいものをプレゼントしてくれたんだ。その話をすると、周りの友達は羨ましがった。僕は、お父さんとお母さんの子供でよかったって思っていた」

　春斗が両親の愛情に疑いを抱くようになったのは、中学受験に落ちたあたりからだという。春斗は小学校六年生のとき、達也の勧めで中高一貫の私立中学を受験した。本当は、同じクラスの友達が大勢行く公立の中学校がいいと思ったが、お前のためだ、という達也の言葉に逆らえず試験を受けた。不合格と知ったときはやはり残念に思ったが、それ以上に、多くの友達と同じ中学校に通えることのほうが嬉しかった。

　しかし、達也はひどく落胆し、お前の努力が足りなかったからだ、と春斗を叱り、どうしてもっと勉強を見てやらなかったのか、と緑を責めた。

「そのときは、お父さんをがっかりさせて申し訳ないと思ったし、お父さんから責められて泣いているお母さんが可哀そうだと思った。だから、中学校では頑張って勉強して、希望した高校に合格したんだ。そのときは、お父さんもお母さんもすごく喜んでくれて、僕もよかったって思った。でも、いまになれば、進学校なんてやめておけばよかったって思う」

「どうして、そう思うんだい？」

訊ねる悟を、春斗が厳しい目で見た。

「ぎりぎりの点数で合格しても、そのあとが大変だった。朝から晩まで勉強しても周りに追いつけなくて、いつも赤点で——もう嫌だって思ったこともあったけど、一生懸命、応援してくれるお父さんとお母さんのために、必死に頑張ったんだ。でも、お父さんもお母さんも、そんな僕の気持ちなんか、まったくわかってくれなかった」

春斗がはじめて警察に捕まったのは、他人の自転車を勝手に使ってしまったときだった。その日、春斗は学校での用事が長引き、夕方からの塾に遅れそうだった。定期テストがある日で、どうしても遅刻するわけにはいかなかった。

塾の最寄りの駅についた春斗は、急いで駆け出そうとした。そのとき、自転車置き場の隅に、古びた自転車があるのが見えた。いたるところが錆びていて、鍵はかかっていない。きっと放置されたままのものだ、帰りにもとに戻せばいい、と思いその自転車で塾へ向かった。

警察官に呼び止められたのは、塾の帰りだった。警官は、いま乗っている自転車は盗難届が出ているものだ、と言う。驚いて、盗むつもりはなかった、と説明したが、近くの交番へ連れていかれた。

達也がやってきたのは、警官に事の経緯を話し終えたときだった。春斗は青ざめた顔をしている達也にも、事情を伝えようとした。しかし、達也はろくに話も聞かず、いきなり頰を叩いた。驚いて警官が止めたが達也の怒りは収まらず、春斗を一方的に怒鳴り続けた。

「すごく、ショックだった」

春斗はそう言いながら、膝を抱えた。

「僕はずっと、お父さんやお母さんの期待に応えるために頑張ってきた。友達と遊びたくても、ゲームをしたくても我慢した。それなのに、たった一度の過ちさえ、お父さんは許してくれなかった」

「お母さんは？」

悟が訊くと、春斗は項垂れた。

やっと聞き取れるほどの小さな声で、春斗は言う。

「話は聞いてくれたけれど、お父さんはあなたのためを思って言っているのよ、としか言わなかった。そのとき、僕は気づいたんだ。ふたりとも僕のためって言うけれど、そうじゃない。お父さんは自分のことしか考えてないし、お母さんはお父さんが怖いだけだって」

達也の過去を知らなければ、春斗の気持ちをそのまま受け入れていたかもしれない。しかし、達也の生い立ちを知ったいまでは、自分と同じ思いを子供にさせたくない、と思う達也の気持ちはよくわかる。悟は春斗の説得を試みた。

「春斗くんは、お父さんが昔、とても苦労したことを知っているよね」

春斗は小さく頷く。

「それなら、お父さんの気持ちがわかるだろう。春斗くんが大事だからこそ、一生懸命勉強させたり、厳しく叱ったりするんだよ。それに、嫌なことだけをさせていたわけじゃないよね。忙しいなか旅行や食事に連れて行ってくれたりしていたじゃないか」

春斗は悟の言葉を受け止めない。首を横に振る。

「それは僕のためじゃない。自分は家族に惨めな思いをさせていないって、周りに思わせたいだけなんだ」

「そんな言い方はないだろう」

　春斗は厳しい目で、夜の闇を見つめる。

「旅行でも食事でも、行く場所はいつもお父さんが決めるんだ。そこは決まって、人気があるリゾート地や、話題になっている高いレストランとかなんだ。僕が動物園に行きたいとか、B級グルメが食べたいって言っても、一度も連れて行ってくれたことはない。お父さんが考えているのは僕のことじゃなくて、いかに自分が周りからよく見られるかってことだけなんだ」

「そんなことはないよ」

　悟は強い声で、春斗の考えを否定した。

「気持ちの表し方は、人それぞれ違う。お父さんはお父さんの考えで、春斗くんを大事に思っているよ」

　春斗は、冷ややかな目で見返した。

「悟さんに、そんなこと言われたくないよ。悟さんだって、親方の気持ちをわかってないじゃない」

　いきなり飛び出した意外な名前に、悟は驚いた。どうしてここで孝雄が出るのか。

　春斗は視線を、再び夜の闇に戻した。

「チャグチャグ馬コの日、親方は悟さんの子供のときのことを話したよね。すごく優しい目で、細かいところまで覚えていて。その親方を見て、ずっと悟さんのことを大事に思ってきたんだなってわかったんだ」

悟は戸惑った。春斗のいうとおり、材木町のビルの屋上で、孝雄が悟の子供のころの話をしたときは、そんなことまで記憶しているのか、と驚いた。しかし、悟のなかでは、それが孝雄から大事にされたことには繋がらない。どう答えていいか迷っていると、春斗は抱えた膝のあいだに顔を埋め、震える声で言った。

「僕はお父さんから、自分のことをあんな風に話してもらったことはない。僕がお父さんにずっと言われてきたのは、勉強しろ、いい点数を取れ、いい大学に入れ、の三つだけだよ」

悟は孝雄から、なにかを強いられたことはない。その逆だ。家族に関しては無関心で、悟が清嘉で働くことになったときも、そうか、のひと言だけだった。跡を継ぐことを強制されるかもしれないと思ったが、そんなことは一度もなく、むしろ、嫌になったらいつでも辞めていい、と言われた。少しは期待をされるかと思っていたのに、孝雄の反応はまったく違うものだった。そんな悟からすれば、達也の春斗への接し方は少々過度には思えるが、それは子供への愛情に根ざしたものだ。春斗は大切にされていると思う。

悟がそう言うと、春斗は勢いよく顔をあげて悟に向かって叫んだ。

「じゃあ、どうして僕を苦しめるんだよ！」

悟は返す言葉に詰まった。

「本当に大事なら、僕を苦しめないだろう。何度も、自分がやりたいことをしたいって言っても許してくれない。辛くて、胸が苦しくなって、自分でもどうしていいかわからなくなって、気づくと物を盗んでいたんだ」

春斗の顔が、怒りのそれから悲しみの表情に変わる。

「補導委託っていう制度があるって知ったとき、やってみたいって思ったんだ。だめな自分を変えるには、いまの環境から離れるしかないって思ったから。そしてお父さんに、補導委託に関して裁判所の人から詳しく話を聞きたいって言った。でもお父さんは、そんな必要ない、としか言わなかった」

悟の脳裏に、家の茶の間に座っていた達也の顔が浮かぶ。厳しい目つきと崩さない表情に、意志の強さを感じた。

「僕は部屋に閉じこもって抵抗した。そこまでしてやっとお父さんは、もし補導委託になったら、毎日勉強して週に一度、課題を家に送ることを条件に、話を聞くことを許してくれたんだ。僕は補導委託先でも、お父さんやお母さんから縛られるのが嫌だったけれど、その条件をのんだ。けれど、もう無理だ。僕のためだって言いながらも、心のなかでは自分のことしか考えないお父さんとお父さんの言いなりにしかなれないお母さんとは、これ以上やっていけない」

春斗の悲痛な心の叫びに、悟は心が痛んだ。八重樫のように、環境に恵まれない形で育った者には、春斗の訴えは贅沢なものと映るかもしれない。しかし、人生で一番辛いのは孤独ではないか、と悟は思っている。お金があっても、親しい人がいても、どこまでも自分に寄り添ってくれる人間がいなければ、心は満たされない。逆に、環境が整っていなくても、自分のことを心から支えてくれる者がいれば、どのような問題にも立ち向かっていけるのではないか。

どう返答していいかわからずにいると、ふと目の前が陰った。顔をあげると、八重樫が立っていた。走ってきたのだろう。荒い息を吐きながら、うえからふたりを見下ろしている。傘を差してはいるが、全身、雨に濡れていた。

「八重樫くん！」

悟の言葉に、春斗は顔をあげた。

八重樫が悟と春斗になにか放った。タオルだった。真新しいところをみると、途中、コンビニかどこかで買ってきたのだろう。

「ふたりとも濡れネズミになっていると思って、拭くものを届けに来たんすよ」

八重樫は傘を閉じて、春斗の隣に座る。

「ぼうっとしてないで、早く拭けよ。俺が急いで届けに来た意味がないだろう」

春斗は我に返ったように瞬きをすると、すぐに顔を拭いた。

「悟さんも」

促されて、悟もあたふたとタオルで身体を拭く。

「八重樫くんは？」

「慌ててたから、自分の分は買い忘れたっす」

悟は手にしていたタオルを、八重樫に差し出した。

「そんなの悪いよ。自分で使いなよ」

同じように思ったのだろう。春斗も自分が使っているタオルを八重樫に渡そうとする。八重樫はふたりに向かって、いらない、というように手をかざした。

「子供とおじさんは、元気な若者に気を遣わなくていいっすよ。ほら、ここ、まだ濡れてる」

八重樫は春斗の手からタオルを奪うと、春斗の首の後ろを拭いた。春斗はされるがままになっている。悟も自分の首の後ろを拭きながら、八重樫に訊ねた。

「どうしてここに？」

「駅の西口のほうを探していたら、春斗が見つかって悟さんとここの境内にいるって、田中さんから連絡が入ったっす。こいつが嫌がって家に戻ろうとしないって聞いたから、迎えに来たっす」

八重樫は春斗を斜に見た。

「ここにいたって、なんにもなんねえだろう。悟さんに寒い思いまでさせて、どこまで人に迷惑かけたら気が済むんだよ」

言われてそのとおりだと思ったのだろう。春斗は済まなそうに悟を見た。

悟は慌てて、春斗に言った。

「俺は大丈夫だよ。でも、八重樫くんの言うとおり、ずっとここにいてもどうにもならない。そろそろ清嘉に戻らないか。春斗くんの気持ちは、俺からもお母さんや田中さんへ伝えるから」

観念したのか、春斗はゆっくりと立ち上がった。

春斗と悟は、ひとつの傘に入って歩く。途中、悟は春斗に訊ねた。

「さっき、お父さんは許してくれないけれど自分にはやりたいことがある、そう言ってたよね。それってなにかな」

春斗は歩きながら、ぽつりと答えた。

「動物にかかわる仕事」

「獣医師とか？」

春斗が首を横に振る。

「動物の世話がしたいんだ」

隣を歩いていた八重樫が、つっけんどんに言う。

「それじゃあ、漠然としすぎだろう。ドッグトレーナーとか動物園の飼育係とか、もっとはっきりしろよ」

「僕だって、まだわからないよ」

苛立った様子で、春斗が言い返す。

「ただ、動物の看病とか治療じゃなくて、育てたり日常の面倒を見たりしたいんだ」

小学生のときの遠足や中学校の社会見学で、牧場や乗馬の体験施設を訪れたが、そのときに触れた動物の温かさがずっと忘れられないという。

「動物は僕になにも求めない。僕が落ちこぼれでも、性格が悪くても、ただそこにいてくれる。そんな動物たちと一緒にいたいし、彼らの役に立ちたいんだ」

春斗がリンとレイに会ったときの光景が、思い出される。両親から抑圧され自信を失った春斗にとって、動物たちはどんな自分も受け止めてくれる存在なのだろう。

「甘い」

八重樫がぴしゃりと言う。

「そんな曖昧な考え、親父さんが許すわけないよ。お前さあ、動物がらみの職で食っていくのがどれだけ大変か知ってるか。獣医師ならまだしも、多くは労力と収入が釣り合わない仕事だ。生半可な気持ちなら、やめたほうがいい」

「僕は本気だ！」

春斗は立ち止まり、八重樫に向かって叫んだ。

春斗は挑むような目で、八重樫を見た。

「どの仕事を目指すかはまだ決めていないけれど、どうしても動物とかかわる仕事に就きたいんだ。考えている以上に大変だろうし、お金で苦労もするだろうけれど、それでもいい。僕の気持ちは変わらない！」

春斗はひと呼吸置いてから、声を静かなものに戻した。

「盛岡八幡宮で、レイが頑張って段差を乗り越えたとき、僕も勇気を出して前に進まないといけないって思ったんだ。まだ先はぼんやりとしているけれど、まずはお母さんに、もう勉強はしない、って言うことが最初の一歩だと考えたんだ。でも、あんなことになってしまって——」

「いまの話、そのままお母さんに言えるかい」

そう問うた悟を、春斗が不安そうに見る。

「自分の考えを口にしたことはあっても、ここまで必死に伝えたことないだろう。両親の理解を得るには、春斗くんが本気だってことをわかってもらうことが大切だ。この熱意をぶつければ、きっと気持ちが通じる」

隣で八重樫が、傘を閉じた。うえを見る。

「雨、止んだっすね」

悟も空を見上げた。夜空にかかった雲の隙間から、ちらちらと星が瞬いている。傘を閉じて、春斗に言う。

「行こう」

春斗は頷いて、歩き出した。

家の玄関を開けると、茶の間からものすごい勢いで由美が出てきた。ずぶ濡れの春斗を見て泣きそうな顔をしたが、すぐに怒り出す。

「もう、すっごく心配したのよ！　いてもたってもいられなくて、お店、飛び出してきちゃった！」

健司と田中もやってきた。健司は前につんのめるようにしながら玄関の三和土に駆けおりると、春斗の全身を眺めた。

「春ちゃん！　大丈夫か、転んだりしてねえか！」

「健司さんのほうが、危なっかしいっすよ」

八重樫が、ぼそりと言う。いつもならここで言い合いになるのだが、いまの健司は八重樫など目に入らないのだろう。春斗の頭を撫でながら、鼻声で言う。

「いやあ、よかった。俺は、春ちゃんが早まったんじゃねえかって、心配でよう」

健司が洟を啜ったとき、孝雄が茶の間から出てきた。神妙な面持ちで、春斗の前に立つ。

「いましがた、お父さんがお見えになった。茶の間で、春斗くんが戻るのを待っているよ」

春斗の顔が強張った。隣にいる悟にまで、緊張が伝わってくる。安心させようと肩に手を置くと、春斗がこちらを向いた。目で、頑張れ、と伝える。悟の気持ちが通じたらしく、春斗は唇をきつく結び、靴を脱いだ。

孝雄は健司と八重樫、由美を帰し、春斗と悟に濡れた服を着替えるように言う。手早く着替えて茶の間に戻ると、春斗はすでに身支度を整えて、孝雄の横に座っていた。春斗と向き合う形で座っている両親の脇には、田中がいる。

悟が春斗の隣に座り、達也がここにいる経緯を訊ねると、田中が端的に説明した。

悟たちが春斗を探しに出かけたあと、田中は緑に、達也に連絡を入れるよう促した。補導委託中の少年が問題を起こした場合、保護者に速やかに連絡することになっている。詳細はあとでもいいから、いなくなったことだけは伝えてほしいと頼まれた緑が電話をすると、達也は仕事を切り上げ、仙台から駆けつけたという。

「お父さん、春斗くんのことをとても心配していたんだよ」

田中に話しかけられても、春斗はしたを向いたまま黙っている。

「春斗」

達也が名前を呼んだ。春斗の肩が、びくりと跳ねる。

「お前、約束も守らず、こんな面倒ごとを起こしてなにを考えているんだ」

静かだが、身が竦むほど冷たい声だった。達也は孝雄と悟に深々と頭をさげた。

「この度は愚息がご迷惑をおかけして申し訳ありません。改めてお詫びに伺いますが、春斗はこのまま連れて帰ります」

田中が慌てた様子で、あいだに入った。

「待ってください。それにはこちらも手続きが必要なので、今日は無理かと――」

達也は厳しい口調で、引きとめる田中に言う。

「私は最初から、自分の子を他人に預けるなんて気が進まなかったんです。仙台家裁の担当者からは、自宅で様子を見る在宅試験観察の話もありました。でも、春斗が補導委託で頑張ってみたいと言ったから賛成したんです。今後のことは改めて裁判所にご相談させていただきますが、今日のところは自宅への一時帰宅という形を取らせてください」

俯いていた春斗が、顔をあげた。まっすぐに達也を見る。

「お父さん、僕の話を聞いて」

強い意志を感じさせる声に、達也が居住まいを正した。

「なんだ」

「僕、お父さんが望んでいる道には進まない。自分が好きなことをしたいんだ」

達也の眉間に、深い皺が寄る。

「その話は前にも聞いた。私は、もっとよく考えろと言ったはずだ」

「考えたよ。でも、やっぱり気持ちは変わらない。動物にかかわる仕事がしたいんだ」

春斗は盛岡八幡宮の境内で悟に話したときと同じ――いや、それ以上の熱量をもって、達也に自分の気持ちを伝えた。達也を除く誰もが、いつも無口でどこか冷めた目をしていた春斗が、こんなに自分の将来を熱く語るとは思っていなかったらしく、気圧(けお)されたように聞き入っている。

自分の心のうちを一気に吐き出した春斗は、乱れた息を整えながら、達也に頭をさげた。

「お願いします。僕が進みたい道に行かせてください」

春斗の本気が伝わったのか、緑はなにも言わず静かに目を閉じて俯いた。田中も胸を打たれたような顔で、春斗を見ている。

しかし、達也は違った。怖いくらい険しい顔で、春斗を見据えている。やがて、ぽつりと言った。

さげていた頭を、春斗が勢いよくあげた。顔には哀しみと悔しさが浮かんでいる。

「あなた、そんな言い方――」

隣にいる達也の腕を、緑がおどおどとした様子で摑んだ。達也はその手を振り払い、自分の腕時計を見た。

「これ以上遅くなると、新幹線の最終に間に合わなくなる。春斗、必要な荷物をすぐに持ってきなさい。それから田中さん、春斗の一時帰宅の許可と、後日でけっこうですので、今後の在宅試験観察への切り替えをお願いします」

田中が、どうするのか、と問うように、春斗を見た。

春斗はしばらく項垂れて黙っていたが、なにかを決意したようにいきなり立ち上がると、茶の間を出て二階へあがっていった。

「春斗くん！」

悟は急いで、春斗を追った。春斗は来たときに持ってきたボストンバッグに、必要なものを入れていた。そして、ファスナーを閉めると肩にかけ、畳から立ち上がった。

春斗の前に立ちはだかり、訊ねる。

「家に戻るのかい」

春斗が頷く。悟は悔しくなり、思わず手を強く握りしめた。

「そんな――それは、お父さんの言いなりになるってことか。さっき境内で俺に言ったことは、そんなに簡単に諦められることだったのか」

問い詰める悟に、春斗は微笑んだ。

「僕は諦めない。きちんとお父さんと向き合うために、一度、家に戻るんだ」

春斗の毅然とした態度に、悟は息をのんだ。

「いますぐ、この場でお父さんを説得するのは無理だ。僕はいままで、お父さんから逃げてきた。でもそれじゃあ、なんの解決にもならない。逃げてきた分、理解してもらうには時間がかかるってわかったんだ。だから、家に帰ってお父さんと向き合う」

昨日までの春斗とは別人のように大人びた感じがして、悟は戸惑った。春斗が部屋を出て、階段を下りていく。我に返り、悟はあとを追った。

階段を降りると、全員が玄関にいた。達也と緑はすでに靴を履き、三和土に立っている。春斗は靴に足を入れているところだった。

「本当に、このまま春斗くんを家に帰していいんですか」

悟はどうしても納得できず、田中にそっと訊ねた。田中が不本意そうに、小声で答える。

「一時帰宅という形であれば、手続き上の問題はありません。もちろん、私から清嘉へ残るよう命じることもできますが、保護者と本人が希望していないのに引きとめても、いい効果は得られないと思います」

達也は、孝雄たちに向かって恭しく頭をさげた。

「ご面倒をおかけしました。お礼は後日、改めてさせていただきます」

達也の隣で、緑も暗い表情で腰を折った。春斗も軽く会釈をする。達也がためらう様子もなく、玄関の戸を開けた。

春斗が行ってしまう。言いたいことはたくさんあるのに、なにを言えばいいのかわからない。悟は拳を強く握り、とっさに叫んだ。

「味方だから！」

達也の後ろにいた春斗が、足を止めて悟を振り返った。悟は春斗の目をしっかりと見つめて、もう一度、繰り返した。

「俺、春斗くんの味方だから」

田中に、春斗から頼まれてチャグチャグ馬コを見に行く、と電話で伝えたとき、春斗くんにとって清嘉の人たちは味方なんですね、と言われた。そのときは半分気恥ずかしく、半分そう思えなくて言葉を濁したが、いまならはっきりと言える。なにがあっても、春斗の味方だ。

春斗の目が、潤んだような気がした。悟の目をまっすぐに見つめ、強く頷く。

両親のあとに続こうとした春斗は、達也にぶつかりそうになり立ち止まった。

「それは、どういう意味ですか」

玄関を出て行こうとしていた達也が、悟に向き直っていた。

「いまのあなたの言い方は、まるで私たちが春斗の敵だと言っているようだ」

悟は急いで詫びた。

「そんなつもりじゃ――そう聞こえたのなら謝ります、すみません」

よほど気に障ったのか、達也はしばらく怖い顔で悟を睨んでいたが、やがて、深いため息を吐き誰にともなく言った。

「運が悪かったな。もっとまともな家なら、春斗もこんな風にはならなかっただろう」

達也の言葉に、悟は怒りを覚えた。

「ちょっと、待ってください」

玄関を出て行こうとする達也を、悟は呼び止めた。

「まだ、なにか」

達也が顔だけで振り返る。

「俺のことは、どうでもいい。でも、親父のことを悪く言うのはやめてください」

隣で孝雄が、驚いた顔をする。悟も、思わず口をついた自分の言葉に驚いた。

「まあ、悟さん」

田中が悟と達也のあいだに、割って入った。しかし、悟の怒りは収まらない。立ちふさがる田中を横に押しのけ、達也の前に立った。

「あなたは春斗くんの敵ではないけれど、味方じゃない」

「なに」

達也が気色ばみ、悟に顔を近づけた。悟は引かない。仁王立ちになり、きっぱりと言う。

「俺から言わせれば、あなたは春斗くんの応援者にすぎない」

達也は一瞬、意外そうな顔をしたが、すぐに鼻で笑った。

「なにを言うかと思えば。親が我が子を応援するのは当然でしょう」

「応援することと、味方をすることは違う」

悟の言葉に、達也が眉をひそめた。

「応援しているスポーツ選手が負けると責めるやつがいるけれど、勝手に期待して自分の望んだ結果が出ないと怒るなんて、俺から言わせれば身勝手だ。でも、その人が自分が望んだ結果を出せなかったとしても、寄り添い支え続ける人がいる。それが味方だ。いまのあなたは応援者だ。親っていうのは、子供の一番の味方であるべきなんじゃないんですか」

達也は悟の話をじっと聞いていたが、やがて背を向けるとひと言だけつぶやいた。

「理屈で、子供を育てることはできない」

達也が玄関を出ていく。緑が春斗を連れて、急いであとを追った。緑が玄関の戸を閉めようとしたとき、春斗が振り返った。一瞬、目があった。その目には、強い覚悟のようなものが浮かんでいた。

三人が出ていくと、家のなかが急に静かになった。孝雄が悟を見る。

「嫌な思いをさせて、悪かったな」

面と向かって詫びられて、急に気恥ずかしくなった。わざとつっけんどんに言う。

「思ったことを、言ったまでだよ」

達也に向かって口にした言葉には、自分でも驚いたが、孝雄を辱めるような言い方に、我慢ができなかったのだ。なんとなく気まずくて困っていると、田中が茶の間に戻り、自分のリュックサックを持ってきた。慌ただしく靴を履き、孝雄と悟に言う。

「私も家裁に戻ります。急いで矢部と、仙台家裁の担当者へ連絡しなければなりませんので。おじゃましました」

頭を下げて出て行こうとする田中に、悟は慌てて訊ねた。

「これから春斗くんは、どうなるんですか」

田中が振り返る。

「あの様子だと、一時帰宅からそのまま在宅試験観察に切り替えることになるでしょうね」

「もう、春斗くんには会えないんですか」

田中は顎に手を当てて、難しい顔をした。

「本来、春斗くんが起こした事件は仙台家裁の担当です。委託先が盛岡だから私がかかわっていますが、本来は緊急時の対応くらいなんです。正式な担当はあくまで仙台の調査官ですから、補導委託が終了した段階で、私は春斗くんの案件から外れます。そうなると、私も春斗くんと会う機会は、ほぼなくなります」

田中が言う、私も、には孝雄と悟も含まれているのだろう。

悟は唇を噛んだ。もう春斗には会えないというのか。

孝雄が不安そうに田中を見た。

「今日のことを、春斗くんの処分を決定する裁判官は、どう捉えるんでしょうか」

田中は少し考えてから答えた。

「補導委託先でのことは、すべて書面にまとめて裁判官に報告します。今回、春斗くんがいなくなったこととか、両親とのあいだで摩擦が生じているとか、それをどう捉えるかは裁判官次第です」

孝雄が少し、語気を強めた。

「それはそうですけれど、春斗くんにもそうするだけの理由があって、彼だけが一方的に悪いわけでは――」

「もちろんです」

田中がきっぱりと言う。

「私もそこはしっかりと報告書に記載します。でも、調査官も裁判官もひとりの人間です。同じ報告書を読んでも、心証は違います。どこまで裁判官が、春斗くんの気持ちを理解してくれるか、私にもわかりません」

孝雄が悔しそうに、口を噤んだ。改めて、自分が春斗にできることはないか考えたのだろうが、もうなにもできない、と思ったのだろう。悟も同じ気持ちだった。もう会えないかもしれないとなると、もっとなにかしてあげればよかった、という悔いが残る。

ふたりの気持ちを察したのだろう。田中は、はっきりとは言えませんが、と前置きをしたうえで、孝雄と悟に提案した。

「一時帰宅から正式に在宅の試験観察に切り替える前に、中間審判があるはずです。最終審判は、少年の処分を決定するものですが、中間審判はその前段階――春斗くんの場合は、在宅での更生が可能かどうかを裁判官が判断する場となります。もしかしたらそのときに、同席できるかもしれません」

「お願いします。同席させてください」

悟も頼む。

「俺も行きます」

孝雄が止める。

「お前は来なくていい。これ以上、付き合う必要はない」

悟は強く言い返した。

「付き合う必要があるとかないとかじゃない。俺も春斗くんが心配なんだよ」

孝雄が意外そうな顔をした。

「春斗くんが来たころは、俺もできる限りかかわらないようにしてたよ。だってそうだろう。いきなり、問題がある少年と暮らすことになったって言われても、はいそうですか、なんて言えないよ。それに、親父のこともわからなかった。自分の子供にはろくに手をかけなかったくせに、どうしていまさら他人の子供の面倒なんかみるんだよって。でも、そんなことは、もうどうでもいい。親父が自分勝手なのは、いまにはじまったことじゃないから」

孝雄が悟から目を逸らす。悟は、孝雄ににじり寄った。

「短い時間だけれど春斗くんと一緒に暮らして、彼に立ち直ってほしいって思うようになったんだ。それなのにここまできてお前はもういいなんて、身勝手にもほどがあるよ」

悟が言い終えると、あたりが静かになった。孝雄はなにも言わず、したを向いている。

ふたりのやり取りを黙って聞いていた田中が、うん、とひとりで納得したように頷いた。

「おふたりの気持ちは、よくわかりました。私から仙台の担当調査官に、中間審判があるなら同席できるように頼んでみます」

「本当ですか」

悟は田中のほうへ身を乗り出した。

「家裁としては、委託先の方が少年の審判に立ち会うのは、ありがたいことなんです。少年の更生に関心を持っていただけるのは嬉しいことだし、なにより、少年本人のためになると思うんです。自分が立ち直ることを願ってくれる人がいる、そう思うことは今後の彼らにとって、きっと励みになる。だから、おふたりの同席を断られることはないと思いますが、念のために伝えておきます」

田中は深く頭をさげ、家裁に戻って行った。

第七章

仙台家裁の受付で、手続きを済ませた孝雄と悟は、女性の事務員から四階へあがるよう促された。春斗の中間審判が行われる審判廷がある階だ。審判廷の横に待合室があるから、開廷までそこで待っていてください、とのことだった。

待合室に入ると、田中がいた。ふたりを見るとソファから立ち上がり、会釈をした。

「お疲れ様です」

孝雄が訊ねる。

「春斗くんたちは、もう来てますか」

田中が頷く。

「さっき、みなさんに挨拶してきました」

春斗と両親は、別の待合室で待機しているという。

「みなさん、どんな様子ですか」

孝雄が訊ねると、田中は眉間に皺を寄せた。

「三人とも、固い表情でしたね。話し合いはうまくいっていないみたいです」

孝雄が重い息を吐く。

「達也さんのあの様子じゃあ、説得するのは容易じゃないのはわかっていたが、思っていた以上に難しそうだなあ」

田中から孝雄に電話があったのは、春斗が仙台の自宅へ戻った五日後――一昨日だった。春斗の中間審判が二日後に行われることになったとの連絡だった。そして今日、孝雄と悟は同席するため、仙台家裁を訪れた。

「健司さん、どうしてますか」

田中が訊ねた。

「ああ、あいつですか」

孝雄が困ったように頭の後ろを掻いた。

「今日も来たいって騒いだんですが、なんとか諦めさせました」

田中が苦笑する。

「健司さん、春斗くんのこととても可愛がっていましたからね」

春斗がいなくなってから、健司はすっかり元気がなくなった。一日に、淋しい、を何度も繰り返す。

八重樫が、こっちまで気が滅入るからやめてくれ、と言ってもやめない。終いには、お前は冷たい、と言い出す始末だった。案の定、中間審判があると知ると、自分も立ち会いたい、と駄々をこねたが、大勢で押しかけたらみんなが迷惑だ、と説得した。

悟は腕時計を見た。審判開始までまもなくだ。緊張のせいか、突然、尿意を感じた。

「ちょっと、手洗いに行ってきます」

になった。

そう断り、同じフロアにある手洗いへ向かった。ドアを開けると、出てくる人とぶつかりそう
「すみません」

下げた頭をあげると、見慣れた顔がそこにあった。春斗だった。

「春斗くん！」

思わず叫んだ。春斗はすこし驚いた表情で、悟を見つめている。心の準備がないままの再会に、悟は春斗になにを言えばいいのかわからなかった。咄嗟に、自分でも間抜けだと思うような、差しさわりのない言葉が口から出た。

「元気かい」

春斗は微笑みながら、返事をする。

「はい、元気です」

そこで話が途切れた。なにか言いたいが、すぐには思いつかなかった。その場に立ち尽くしていると、手洗いのドアが開いて、田中が顔を出した。春斗が一緒にいることに、ちょっと戸惑った様子だったが、そろそろ審判の時間ですよ、と言い残して去った。なかなか戻らない悟を迎えに来たのだろう。

悟は慌てた。もっと春斗と話をしたいが、もう時間がない。

「じゃあ、春斗くん、あとで」

そう言って春斗の横を通り過ぎようとしたとき、春斗が言った。

「僕、家を出ます」

振り返ると、春斗が悟を見ていた。

「家を出て、働きながら高等学校卒業程度認定試験を受けます。合格したら、自分がやりたい仕事に就きます」

ひとり暮らしをしながら、勉強して夢の実現を目指すというのか。

「ご両親は、なんて言ってるんだい」

悟が訊ねると、春斗は目を伏せて首を横に振った。

「そんなのできるわけがない、の一点張りです」

たしかに親の気持ちもわかる。働きながらなにかしらの資格を取るのは、容易ではない。まして、春斗はまだ十六歳だ。学歴も社会的信用もない少年が、大人に頼らずに生きていくのは難しい。

「もう少し、ご両親を説得してみたらどうだい」

春斗は少し哀しそうに笑った。

「もう、お父さんやお母さんの理解を得るのは諦めました」

きっぱりと言い切り、春斗が手洗いを出て行く。悟は釈然としないまま、用を足し、待合室へ戻った。

審判廷は小さな部屋で、会議用の長机がコの字型に置かれていた。一番奥に男性の裁判官――大庭孝二（おおばこうじ）、その右斜めに田中と仙台の担当調査官である飯島久子がいる。その隣に孝雄、悟が座った。田中たちの対面では、書記官が審判の記録をとっている。春斗は両親に挟まれる形で、裁判官と向き合うソファに座っていた。

時間になり、大庭が審判の開始を告げる。大庭は白髪交じりの人のよさそうな感じで、悟が思っていたような黒い法服は着ていない。落ち着いたグレーのスーツに、紺色のネクタイをしていた。

大庭は春斗に、住所、氏名などが間違っていないか確認する。そのあと春斗に、優しく話しかけた。

「春斗くんは、言いたくないことは、無理をして言う必要はないからね。話したいことは、しっかり話してください。いいかな？」

「はい」

春斗は、大庭の目を見て返事をした。

大庭は手元の書類を開き、今日、中間審判を開いた趣旨を説明した。問題行動を起こした春斗は孝雄のもとで補導委託中だったが、いまは自宅に一時帰宅をしている。春斗の両親および本人から、このまま自宅での在宅観察に切り替えてほしい、との希望が出され、裁判所としてどのような方向にするのが妥当であるかを決める審判である、と述べた。

説明を終えると、大庭は田中に意見を求めた。

「補導委託先での春斗くんの様子を見ていた田中さんは、どう思われますか。在宅に切り替えても、問題はないとお考えですか」

田中は春斗と両親の顔をちらりと見たあと、大庭に言う。

「補導委託先では、日々、規則正しい生活をして過ごしていました。清嘉のみなさんもいい方ばかりで、春斗くんを一生懸命支えてくださいました。仕事も教えてくれましたし、このあいだは地元の行事のチャグチャグ馬コに連れて行ってくださり、春斗くんにとってはいい経験になったと思います。実際、そのことで春斗くんは、自分が望む将来を輪郭だけではありますが、摑めたように思います。今後は、その気持ちをご両親にしっかりと伝えて、ご家族で話し合うことが大切だと思います。ご両親にはご両親のお考えがあるようですが、いずれにせよ、時間をかけてしっかりと話し合い、互いが納得できる道を探してほしいと思います」

大庭は田中の意見を聞き終えると、次に春斗に訊ねた。

「春斗くんは、清嘉での暮らしはどうでしたか。楽しかった、辛かった、なんでもいいです。正直に話してください」

春斗は大庭を見ながら、淀みなく答える。

「最初は不安でした。でも、みなさんが親身になって面倒をみてくれたので、安心して過ごせました。僕の気持ちが安定していなくて、迷惑をかけたこともあったけれど、みなさんが真剣に僕のことを心配してくれて、とても感謝しています」

「それは、春斗くんが清嘉を飛び出したときのことかな」

春斗は小さく首を横に振った。

「それだけじゃありません。ほかにも、いろいろあったけれど、みなさんは僕を見放さないで根気よく向き合ってくれました」

大庭は探るような目で春斗をじっと見つめていたが、やがてゆっくりとした口調で訊ねた。

「さっき、自分の気持ちが安定していなくて清嘉の方々に迷惑をかけた、と言いましたね。気持ちが安定しないのは、自分ではどうしてだと思いますか」

春斗は視線を膝に落とし、しばらくなにか考えていたが、やがて意を決したように勢いよく顔をあげて、大庭をまっすぐに見た。

「自分の気持ちに、嘘を吐いていたからです」

「嘘――」

そうつぶやいた大庭に、春斗は話を続ける。

「僕は子供のころから、ずっとお父さんとお母さんの言うとおりにしてきました。そうすることでふたりが喜んでくれるのが嬉しかった。でも、だんだん、ふたりが望む人間になれないと気づきはじめたんです。それを認めたくなくて、最初は自分の心をごまかしていました。自分さえ我慢すれば、お父さんもお母さんも喜ぶし、僕自身にとってもそのほうがきっといいんだ、と思っていました。でも――」

春斗は、膝のうえに置いている手を強く握った。

「どんなに頑張っても成績はあがらないし、勉強をするのが苦しくなりました。なにより、これから一生、お父さんやお母さんが望むとおりに生きていくのかと思うと、とても辛くなりました」

大庭が、春斗の言葉を引き継いだ。

「そして、辛くなると物を盗んだりしていたんだね」

春斗は肩を落として、頷いた。

「自分でも悪いことをしちゃいけないってわかっていたけれど、そうしないと、お父さんやお母さんに怒鳴ったり、物を投げつけたくなったりして、どうしても自分を抑えきれませんでした」

「それを、お父さんやお母さんに話したことはありますか？」

「あるけれど、いままでは本気ではありませんでした。勉強が嫌で逃げているだけなのかなとか、ただ怠けているだけなのかなとか、自分の気持ちがわからなくて——でも、清嘉で過ごすうちに、はっきりしたんです。僕は、動物にかかわる仕事がしたいんだって」

春斗は大庭を見つめて、はっきりと言う。

「僕は家を出ます」

緑が驚いた顔で、春斗を見た。

「家を出て、働きながら高校卒業程度認定試験を受けます。合格したら動物にかかわる仕事に就きます」

緑が狼狽えながら、春斗の腕を摑んだ。

「そんな——家にいれば大変な思いをしなくて済むじゃない。あなたの気持ちはわかったから、家を出ることは考え直してちょうだい。もっとよく話し合いましょう」

春斗は落ち着いた眼差しを、緑に向けた。

「お母さんの言うとおり、家にいれば楽なこともある。でも、僕は苦しいんだ。息ができなくて、窒息しそうになるんだ」

春斗は視線を、緑から達也に向けた。

「僕の気持ちは変わらない。もう絶対に悪いことはしない。どんなに辛くても、目標に向かって頑張る」

緑は助けを求めるように達也を見た。達也は表情のない顔で、前を見ている。

大庭は達也に訊ねた。

「いまの春斗くんの話を聞いて、お父さんはどう感じましたか」

達也はなにか思案するようにしばらく黙っていたが、やがて大庭を見て答えた。

「とても嬉しく思いました。いまの時代、自分の好きなことややりたいことがわからなくて、ただ周りに流されながら生きている若者が多いと聞きます。そのようななか、自分が進みたい道をしっかりと持っている息子は立派だと思います」

春斗と緑が、驚いた顔で達也を見る。悟も意外だった。孝雄から聞いた田中の話では、春斗の話を達也はまともに取り合わないとのことだった。自分の信念を持つ達也が、たった数日のあいだに考えを変えるとは思えない。いったい、どういうつもりなのか。

達也はもったいぶるように、大庭と田中、飯島を眺めた。

「家裁調査官のみなさんならおわかりでしょうけれど、道を踏み外す子供の多くが家庭環境に恵まれていません」

いきなり話の方向性が変わり、田中と飯島は戸惑ったようだった。返答を一任するように、大庭を見る。大庭は達也の問いの真意を探るように見ていたが、やがて短く答えた。

「否定はしません」

達也は満足そうに頷いた。

「そう、生活環境はその人間の人格形成に大きな影響を与えます。もちろん、なかには恵まれない環境で育ちながらも、自分の力で成功を掴む人もいますが、そう多くはありません。なにかしらの才能があり、努力を惜しまない強さを持ち、さらに運に恵まれなければ、苦労の多い人生を送ることになる」

　達也はそこで言葉を区切り、俯いた。

「詳しくは申しませんが、私は不遇な環境で育ちました。貧困がどれほど惨めなものか知っています。だからこそ、息子に同じ苦労をさせたくありません。私は、日々の暮らしも、将来のために必要な学びも、すべていい環境で春斗を育ててきたんです」

　達也は春斗に目を向けた。

「私は、春斗からどう思われようとかまいません。自分が間違っているとは、思わないからです」

　春斗が辛そうに、顔を歪めた。達也は部屋にいる全員の顔を見回した。

「子供のためにできる限りのことをするのが、親の役割ではないんですか。息子だけじゃない。息子の子供やさらにその子供たちの幸せを願うことは、間違っていますか」

　達也は声のトーンを落とし、付け加える。

「親の役割ですが、もうひとつ。現実の厳しさを教えることです。夢を持つことはいい。だが、夢で暮らしてはいけません。春斗から憎まれても、私は春斗に幸せな人生を送ってもらいたいんです」

　春斗が俯く。

　悟は奥歯を噛み締めた。達也が言っていることは、正しい。どれほど春斗を大事に思っているかもわかる。しかし、どうしても達也の考えを肯定できなかった。

　脳裏に、行き場のない憤りを鋳型にぶつけたときの春斗の悔しそうな表情や、雨のなか神社の陰で蹲(うずくま)っていた淋しそうな姿、リンやレイに触れているときの笑顔が浮かぶ。達也の言うとおりに生きれば、春斗は苦労の少ない人生を歩めるかもしれない。でも、それが春斗にとって幸せな人生とは思えなかった。

「いまのお話を聞いて、お母さんはどう思われましたか」

大庭が訊ねると、緑はびくりとした様子で顔をあげた。達也と春斗を見たあと、大庭に答える。

「私も夫と同じ考えです。春斗にはできる限り苦労はさせたくありません。でも――」

達也が目の端で、緑を見た。視線に気づいたらしく、緑はそこで口を閉ざした。

「でも――なんですか」

大庭が続きを促す。緑は最初、話そうとしなかったが、やがて弱々しい声でつぶやいた。

「清嘉で春斗の本心を聞いたとき、自分がしていることは本当に春斗のためなんだろうか、と思いました」

大庭が確認する。

「春斗くんを、連れ戻しにいったときのことですね」

緑は頷いた。

「それで、いまはどう思われますか」

緑は、ちらりと達也を見た。達也は無表情のままだ。緑は言おうか言うまいか迷っているようだったが、やがて短く答えた。

「よくわかりません。あれからまだ日が経っていませんし、もう少し話し合ってみないと――」

大庭は飯島に意見を求めた。

「私は、春斗くんとご両親にはしっかりと話し合う時間が必要だと思います。それには、いまは一時帰宅扱いとしていますが、正式に補導委託を終了して、在宅の試験観察に切り替えたほうがいいと思いますが、どうお考えですか」

飯島は即答した。

「大庭裁判官のおっしゃるとおりだと思います」

「田中さんは？」

田中は難しい顔で黙っている。おそらく、在宅にしてもいまのままでは物別れになってしまう、そう危惧しているのだろう。田中は、春斗が行方不明になった日の達也たちを見て、いかに達也の考えが強固で、春斗の決意が固く、緑が頼りないかがわかっている。今日のやり取りから、三人とも一時帰宅中になにも変わっていない、と感じたのだ。それは悟も同じだった。このままでは、春斗は両親と決裂したまま家を出てしまうはずだ。

「田中さん、なにか問題でも？」

なかなか答えない田中の顔を、大庭が覗き込んだ。

「ああ、いえ、別になにも――」

歯切れの悪い返事をして、田中は黙った。ここで異論を唱えたとしても、自信をもって言える代案があるわけではないのだろう。

「では、小原さん、いかがですか」

悟は孝雄を見た。田中がなにも言わないのに、自分が口を出すのは憚られるとでも思っているのか、なにも言わない。黙って俯いている。

無言を反論なしと捉えたらしく、大庭は結論を出した。

「では、いまの一時帰宅から、正式に自宅での試験観察に切り替えましょう。今後は飯島さんが春斗くんたちと密に連絡をとってください」

飯島が、はい、と言いながら、達也たちに向かって頭を下げた。

悟は焦った。中間審判が終わってしまう。春斗の力になれないまま、盛岡に帰るしかないのか。視線に、なんとかならないのか、との思いを込めて、孝雄を見た。気づいているのかいないのか、孝雄は審判がはじまったときと同じように、少し背を丸めた姿勢でじっとしているだけだ。

悟は歯嚙みした。孝雄はあてにならない。自分がなんとかするしかないが、どうすればいいのかわからない。

大庭が、広げていた書類を閉じた。

「みなさん、今日はお疲れさまでした。ではこれで、中間審判を──」

もうだめだ。悟が諦めかけたとき、孝雄が大庭の言葉を遮った。

「ちょっと、いいですか」

全員の視線が、孝雄に注がれた。

「どうかしましたか」

大庭が孝雄に訊ねる。孝雄は遠慮がちに、大庭を見た。

「少しお話ししたいことがあります」

「どのようなお話ですか」

「私の知り合いのことです」

悟は思わず、孝雄の腕を強く摑んだ。声を潜めて言う。

「そんな話、いま必要ないだろう」

孝雄はなにも言わない。黙って、大庭の返事を待っている。達也も悟と同じように思ったのだろう。不愉快そうな顔で孝雄を見ている。大庭も迷っているようだったが、やがて孝雄を見ながら頷いた。

「わかりました」

達也が納得できないというように、大庭を厳しい目で見た。その目を無視し、大庭は孝雄に先を促した。

「どうぞ、お話しください」

孝雄は一礼し、静かに話しはじめた。

「私の実家の近くに、西沼耕太という男が住んでいました。耕太は私と同い年で、物心ついたときからよく遊んでいました」

孝雄の実家は、北上山地の裾野にあった集落で、いまは合併して奥州市になっている。

悟は小さいときに、幾度か墓参りに行ったことがある。集落の共同墓地には、墓石とは言い難い岩がたくさん置かれていて、そのなかのひとつが孝雄の実家の墓だった。

「小さな村で、ほとんどの家が農家でした。田植えや稲刈りのときは、村の者が総出で互いの家の手伝いをして、みんな助け合っていました」

なかでも、孝雄の家と耕太の家は、仲がよかったという。家が近く、孝雄と耕太が同い年だったことに加え、ともに両親と姉弟という四人家族だったことが、二つの家族を近づけたのだという。作った料理を分け合ったり、足りないものを貸し合ったりしていた。

孝雄は記憶を辿るように、目を伏せた。

「私は昭和二十六年の生まれで、物心ついたころには戦争で落ち込んだ景気が回復しつつありました。でも、農家が多く、戦争中も度々冷害に襲われていた東北はまだまだ貧しかった。中学を出たら働き、稼ぎ先から家に仕送りをする者がたくさんいました」

耕太の姉――順子もそのひとりで、孝雄と耕太が生まれた年に東京へ働きに出ていた。

「たまに村に帰ってくると、当時にしてはめずらしいお菓子をくれるんですよ。それがこの世のものとは思えないくらい美味しくてね。私が喜ぶと耕太はまるで自分が偉いみたいに、俺の姉ちゃんすごいだろうって自慢していました」

悟は昔、学校で習った岩手の歴史を思い出した。自然豊かな岩手は、その恩恵を受ける一方、津波や豪雪といった災害にもたびたび襲われた。そのひとつに冷害がある。

初夏から夏にかけて北東から吹いてくる風を、東北では山背と呼んでいる。三陸沖を渡ってくる冷たい風は不作や凶作を招き飢饉を起こしたため、餓死風とも言われた。大凶作となった年は、米はおろか粟や稗すら取れず、多くの人が飢えで亡くなっている。

順子の様子が変わったのは、孝雄たちが小学校にあがるころだった。

孝雄は深く息をすると、話を続けた。

「それまで素顔だったのに濃い化粧をするようになり、質素だった服も派手なものになりました。順子さんは私たちより十以上も年上で、そのときすでに二十歳を越えていましたから、子供だった私は、大人になったからだ、と思っていました。でも、それだけではありませんでした」

耕太の家は代々、集落で農業を営んでいた。

「私が生まれたとき、耕太の祖父母はすでに亡くなっていました。祖父が残した田圃を父親の清さんが受け継いで米を作っていましたが、この清さんは気難しい人でね。母親の千代子さんと順子さんは人当たりがよくて優しかったが、清さんは無口でいつも怒ったような顔をしていました。いまならそうなってしまった理由もわかるけれど、そのときは愛想がない大人が怖かった」

清は太平洋戦争が勃発した翌年に、徴兵され出征した。二十八歳だった。終戦後まもなく村に戻ってきたが、治らない傷を負ってしまった左足を引きずって暮らしていた。耕太は少し大きくなってから、どこの戦地へ行きどうして足を負傷したのか訊ねたことがあったが父親は、うるさい、と言うだけでなにも答えなかったという。

「私が知っている清さんは、朝から酒を飲み、働きもせず、なにかにつけて千代子さんや耕太に当たり散らしていた人でした。当時は、身体が不自由な鬱憤がそうさせているのかと思っていましたが、実は別の理由があり、最初からそんな人だったわけではなかったそうです」

清は村に帰ってきた直後こそ、気が抜けたように過ごしていたが、やがて気を取り直し再び米を作りはじめていたという。

「せっかく命あって戻ってきたのだから、戦地で亡くなった友の分まで頑張って生きなければならない、そう清さんは考えるようになり、不自由な足を引きずりながら田圃を耕していたそうです。そんな清さんを、村の人たちは応援しました。私の家族もそうです。清さんは一生懸命働きました。そして、最初の年は無理だったけれど、次の年からは米が収穫できるようになったそうです。そのときは滅多に笑わない清さんも、喜んでいたそうです」

しかし、もともと痩せている村の土地では収穫できる米の量は多くはなく、暮らしは楽にならなかった。

「順子さんが東京へ行ったのは、清さんが村に戻ってきてから七年目——耕太と私が生まれた年でした。耕太がのちに千代子さんから聞いた話だと、上京する日も笑顔だった順子さんとは裏腹に、清さんは浮かない顔をしていたそうです。ずっと俯いたまま、汽車が出るまでひと言も口を利かなかった。順子さんは汽車の窓から腕を伸ばして千代子さんの手を握り、たくさん稼いでみんなに美味しいもの食べさせてあげるからね、と言い、千代子さんは、苦労させてごめんね、と泣きながら見送ったそうです。清さんが耕運機を買ったのは、そのあとでした」

当時、国はまだ戦後の混乱を引きずり、食糧不足や復員引揚者の受け入れ、出稼ぎ労働者が増えたことによる農作業の人手不足の問題を抱えていた。その問題を解消するために、政府は緊急開拓事業や食糧増産対策を打ち出したという。そのなかに、農業の機械化推進が盛り込まれていた。

「それまで馬や牛に頼っていた農業を、機械で効率よくしようってことです。でもね、いまではほとんどの農家が使っている耕運機も、そのころはとても高くて、使っている農家なんてまずなかった。でも、清さんは借金をして購入したんです」

国が推奨しているため、農業機械の購入に関してはかなりの低金利で金が貸し出されていたという。

「村のなかには、そんな多額の借金をすることに反対した人もいたらしいけれど、清さんは聞く耳を持たずに耕運機を買いました。なかには妬んで、清さんを強欲と言う人もいたようですが、そうではない。清さんは早く暮らしを楽にして順子さんを呼び戻したい一心だったそうです」

機械の力はすごく、耕運機を買った翌年は実入りが多かった。このままいけば予定より早く借金を返して娘を呼び戻せると、清も千代子も喜んでいた。耕運機の購入を妬んでいた者も、借金をしてでも買ったほうがいいかもしれない、と考えるほどだったらしい。

孝雄は静かに目を閉じた。

「でも、神様はそんな清さんに味方はしてくれなかった」

清が耕運機を買った二年後の昭和二十八年、東北地方は酷い冷害に見舞われた。その年は田植えが終わったころからひと月以上も寒い日が続き、やっと暖かくなったかと思ったら再び気温が下がるという不安定な気候だった。そのため米の病害であるいもち病が発生して、収穫はひどく少なかった。

「いもち病になった田圃を、見たことはありますか」

孝雄は目を開けて、どこか遠くを見るような様子で訊ねた。頷く者は誰もいない。

「田圃一面が、枯草の原っぱのようになるんです。籾（もみ）のなかに実が入っていないから、少しの風でもゆらゆら揺れてね。そのときもそうだったのでしょう。千代子さんは、茶色い田圃のなかにうずくまっていた清さんの姿が忘れられない、深く頭を垂れて、泣いているようにも、なにかに詫びているようにも見えた、と耕太に話していたそうです」

清が変わったのは、そのころからだった。千代子や耕太に当たり散らし、村の者と些細なことで諍（いさか）いを起こすようになったという。

「いまになれば、清さんの気持ちがわかります。行きたくもない戦争に駆り出され、治らない怪我を負いながらも一からやり直そうと思ったのに、娘を呼び戻すどころか多額の借金だけを背負ってしまった。この世のすべてを恨みたくもなります」

変わってしまった清のことを一番嘆いたのは、順子だったという。順子は年に数回、村に帰っていたが、どんどん荒んでいく清の姿に心を痛めていた。しかし、順子は清を責めなかったらしい。

「耕太が清さんのことを悪く言うと、そんなことを言うものじゃない、お父ちゃんが一番辛いんだ、借金はお姉ちゃんが頑張って働いて全部返すから大丈夫、と諭したそうです」

だが、順子が借金を返し終えることはなかった。

「順子さんは、私たちが小学生のときに亡くなりました。仕事の帰り道に、ふらふらと道路へ出て行って車にはねられたんです。まだ、二十七歳でした」

部屋のなかにいる全員が、息をのむ気配がした。孝雄は訥々と話を続ける。

「それだけ聞けば、順子さんの不注意による事故だと思うでしょう。でも、耕太があとから知った話は、あまりに不憫なものでした」

口さがない大人がしている話を聞いた子供たちが、内容を耕太に教えたのだという。順子は清が抱えた借金を返すために、最初に勤めた縫製工場を辞めて、夜の商売をしていた。家を助けるために必死に働いたが、借金はなかなか減らない。やがて疲れを取るためか、辛い気持ちを紛らわすためか、非合法の薬物に手を出すようになった、というものだった。

「警察が順子さんの遺体を調べたところ、かなりのアルコールとその薬の成分が出たとのことでした。説明した警察官は、道路にふらふらと出て行ったのは、酒と薬でわけがわからなくなっていたからだろう、と言ったそうです。無垢(むく)というのはときに残酷で、大人からその話を聞いた子供たちが耕太に、本当なのか、と訊いたんです」

耕太には最初、その話が信じられなかったという。中学にあがる年ごろになると、詳しいことはわからなくても夜の商売がなにをするものなのかはおぼろげに理解していた。あの真面目だった姉が禁じられている薬に手を出すなどあるはずがないと憤ったが、落ち着いて考えてみると思い当たる節はあったという。清が荒れはじめたころから、順子の身なりが派手になった。せっかく家に帰ってきても、だるそうに布団に横たわり、よくわからないことをうわごとのように言う。そうかと思えば急にはしゃいで町に繰り出し、耕太に玩具や本をたくさん買ってくれたりした。

孝雄は淋しそうに笑った。

「耕太は馬鹿なやつでね。ちょっと考えれば順子さんがおかしいことに気づけたはずなのに、まったくそんなことは思わなかった。むしろ、東京で楽しく暮らして美味しいものを食べられていいな、なんて羨ましがってね。順子さんがどれほど辛い思いをしていたかなんて、これっぽっちもわかっていなかった」

清が他界したのは、順子が亡くなった翌年だった。昼になっても起きてこない清を千代子が起こしに行くと、すでに冷たくなっていた。駆けつけた警察官による検視と医師の調べにより、死因は心疾患による突然死とされた。

あまりに急なことで、村のなかには、順子さんが恨んで連れて行ったんだ、と言う者もいた。しかし、耕太はそうは思っていなかった。

「耕太は、姉ちゃんが父ちゃんを悪く言ったことは一度もない、連れて行くはずがない、と言いました。私もそう思いました。順子さんは心根が優しい人で、どんなことがあっても誰かを恨んだりするような人じゃありませんでした」

相次いで娘と夫を亡くした千代子の憔悴(しょうすい)は激しく、しばらくは耕太が家のことや食事の用意をしていたという。

「ずいぶん経ってから聞きましたが、千代子さんは清さんを亡くしたあと、耕太との心中を考えたこともあったようです。それまでふさぎ込んでいた千代子さんが、ある日突然、一緒においで、と言って、耕太を家から連れ出したんだそうです」

どこへ行くのか、と訊ねる耕太に千代子はなにも言わない。バスに乗り、無言で窓の外を眺めている。なんだかなにも訊いてはいけないような気がして、耕太は大人しく隣に座っていた。やがてバスは終点についた。

「千代子さんはバスを降りると、ひと気のない山のほうへ歩きはじめた。そのとき、耕太はぶるっと身震いしたそうです。長くバスに乗っていて小便を我慢していたんです。耕太は尿意で震えたんですが、千代子さんはそうは思わなかったらしい。耕太を見つめて、一緒に行こう、とつぶやいたそうです。そのひと言で耕太は、母親は自分を連れて死のうとしている、とわかったと言っていました」

耕太は沈む夕陽を背にして、影絵のように浮かんでいる山を眺めた。山肌はすでに暗く、谷も峰もわからない。そこには深い闇があるだけだった。

「怖くなった耕太は千代子さんの手を強く握り、帰ろう、と言ったそうです。千代子さんはしばらく黙っていましたがやがて嗚咽を漏らし、そうだね、と答えて来た道を戻りはじめました」

千代子は清の四十九日が過ぎたあと、清がやり直そうと思ったときのために売らずにいた田圃を手放した。その金を借金の返済に充てたのだった。すべては返せなかったが、千代子が町工場で働き倹しく暮らせばいずれは返せる額までは減った。

「千代子さんは、耕太が三十二歳のときに六十半ばで亡くなりましたが、そのときには借金はすべて返し終えていたそうです。千代子さんも頑張ったけれど、耕太も自分で働くようになってから、借金の返済を手伝っていました。親の苦労を子供に背負わせてしまったことを千代子さんはずっと悔いて、お前には幸せになってほしい、と言っていたそうです」

孝雄は部屋にいる全員の顔を眺めた。

「でも耕太は、自分は幸せになっちゃいけない、と考えていました」

「どうしてですか」

思わず口をついて出た、そんな風に大庭が訊ねた。孝雄が答える。

「順子さんの死を、ずっと引きずっていたんです。姉が身も心もボロボロになっていることを知らずに、自分は土産をねだったり都会での暮らしを羨んだりしていた。姉だけじゃない、父親の辛さも理解せず、母親にも楽をさせてあげられないまま逝かせてしまった。自分だけ幸せにはなれない、そう思っていたんです」

「いや、耕太さんは幸せになっていい」

田中がつぶやく。孝雄はその言葉に頷いた。

「私もそう言いました。でも、耕太は頑なにその言葉を受け入れようとはしなかった。そう思おうとしても、できなかったんです。自分だって幸せになっていい、そう考えるたびにもうひとりの自分が、お前だけいい思いをするのか、と責めるんだそうです」

孝雄は俯きかげんになっていた顔をあげた。

「昔は耕太たちのような人がたくさんいました。いや、耕太の祖父母の時代は、もっとひどかった。食べるものがなくて栄養失調になったり、飢えて亡くなる人がいっぱいいた。まだ年端もいかないうちから、男の子は奉公に出され女の子は身売りされた。白い飯が食えるとか頑張って働けば早く家に帰れるなんて騙されてね。買う側と売る側の仲介役で周旋人と呼ばれる者がいたけれど、あくどい奴は最初から子供を家に帰すつもりなどなかった。働かせるだけ働かせて、身体を壊したら医者にも診せずに事切れるのを待つだけ。どんなに辛くても誰も助けてはくれず、こんな辛い目に遭っているのは自分だけじゃない、そう自分を慰めるしかなかった」

耕太は千代子が亡くなる間際に、自分たちの家もそうだった、と聞いたという。

「清さんの両親も、昭和はじめの大凶作で、自分の娘を売ってしまった人だったんです。清さんはまだ十代半ばだった妹が連れていかれるところをずっと覚えていました。清さんは妹の帰りを信じて待っていたけれど、とうとう帰ってこなかった。詳しいことは教えてもらえなかったけれど、父親と母親がひどく嘆く姿を見て、不憫な形で亡くなったのだろうと察したそうです」

薄幸な人生だった妹を知っている清は、自分に娘ができたらなにがあっても身売りなどさせない、と決めたという。しかし、その思いとは裏腹に、清は娘の順子に、妹と同じような人生を辿らせてしまった。

孝雄は独り言のようにつぶやく。

「どの土地にも、悲しみはある。岩手は、耕太の家族や祖父母のような人たちが流した涙が沁み込んでいる土地なんです」

孝雄が達也の目を、まっすぐに見た。

「あなたは、春斗くんの笑顔を見たことはありますか」

いきなり訊かれて戸惑ったのか、達也は歯切れが悪い感じで答えた。

「それは、親ですから——」

達也の答えになにも言わず、孝雄は話を続ける。

「耕太を見てきた私は、貧しさがどれほど人を不幸にするか知っています。だから、あなたが春斗くんに苦労はさせたくない、と願う気持ちも痛いほどわかる。ただね、耕太が村を離れるときに言った言葉を思い出すと、あなたの言うとおりにしても春斗くんが幸せになるとは思えないんですよ」

それまで黙っていた緑が、孝雄に訊ねた。

「耕太さんはなんて言ったんですか」

孝雄は顔を、ゆっくりと緑に向けた。

「どんなに貧しくてもいいから、俺は姉ちゃんにいてほしかった——そう言いました」

耕太は中学を出たあと、進学せずに働きに出た。村では農業のほかにこれといった仕事はなく、町に出て住み込みの仕事に就いたという。

「耕太が村を出るとき、私はバス停まで見送りに行きました。最初はふたりとも他愛もない話をして笑っていたけれど、バスが来る時間が近づくにつれて口数が減り、やがて真顔になりました」

　耕太は孝雄の肩を両手で摑むと、村に残している母親のことを孝雄に頼んだ。そのあと目を赤くして、姉への思いを話し続けたという。

　孝雄は深く息を吐き、視線を床に落とした。

「耕太は泣きながら、もしこれから先、自分に家族ができたら本人のしたいようにさせる、と言いました。姉や叔母と同じように、自分の思うように生きられなかった人がいる。選択肢がない人生がいかに辛いかを知っているから、自分の子供には自由に生きてほしい、そう言って涙を流しました」

　孝雄は再び、達也に目を向けた。

「いまは昔と違う。多くを望まなければ、それなりに生きていける時代です。もう少し、春斗くんの話に耳を傾けてあげてもいいんじゃないでしょうか」

　孝雄は続けて、春斗に言う。

「ただ、自分がしたいようにするからには、大変でも、失敗しても誰かのせいにはできない。全部自分の責任だ。そこは、しっかり頭に入れておかないといけない」

　春斗は孝雄を熱いまなざしで見つめたまま、大きく頷いた。

　孝雄はほっとしたような顔をして、大庭に頭をさげた。

「少しのつもりが、少々長くなりました。申し訳ありません」

　大庭は、詫びる必要はない、というように首を横に振り、春斗を見た。

「君はいま、これからの自分にとって、とても大切な話を聞きました。そのことをわかっていますか」

春斗は力強い声で答える。

「はい」

続いて大庭は、達也と緑にも訊ねた。

「孝雄さんのいまのお話を聞いて、ご家族できっといい話し合いができる。私はそう思いますが、いかがですか」

緑は真剣な表情で、はい、と答えたが、達也はなにも言わなかった。視線をしたに落としたまま、じっとしている。しかし、孝雄が話をする前とは違い、すべてを拒絶する感じはなく、なにかを熟考しているように見える。

大庭が、中間審判の終了を告げた。

「これで、庄司春斗くんの中間審判を終わります。最終審判の日にちは、担当の調査官から追ってご連絡します。気を付けてお帰りください」

大庭が言い終わると、部屋にいる全員が静かに頭をさげた。


建物の外へ出た悟は、首をぐるりと回した。審判のあいだは気が張っていて気が付かなかったが、ずっと身体を固くしていたらしい。少し肩が凝っている。

やや遅れて孝雄がやって来た。

「お疲れ」

悟は声をかけた。孝雄はちらりとこちらを見て、おう、とだけ答えた。駐車場へ続く道を一緒に歩きながら、悟は孝雄に言う。

「春斗くん、どうなるのかなあ」

孝雄は小さく息を吐き、ぽつりと答える。

「あとは春斗くんとご両親の問題だ。俺たちは黙って見守るしかない」

悟はふと、先ほどの話を思い出し、なにげなく孝雄に言った。

「さっきの話、ほら、耕太さんのこと。親父は昔の話をしないから、そんな幼馴染がいたってはじめて知ったよ」

孝雄は黙っている。耕太との思い出は、楽しいものもあるだろうが、辛いもののほうが多いのだろう。これ以上は触れないほうがいい、と思い口を閉じたとき、後ろから田中が追いかけてきた。

「小原さん、ちょっと待ってください」

田中は悟たちに追いつくと、あがっている息を整えながら、ふたりを見た。

「今日はご出席いただきありがとうございました。改めてお礼を言おうと思って――」

孝雄が首を横に振る。

「礼を言われるほどのことは、していません」

「いえいえ」

今度は田中が首を横に振った。

「さきほどの耕太さんの話は、胸に響きました。聞いたあと、幸せな人生ってなんだろうなって考えました。恵まれた人生と充実した人生って同じじゃないのかもな、とか。でも、生きていくためには整った環境は必要だよな、とか。いずれにせよ、とてもいい話でした。ありがとうございました」

深く頭を下げた田中は、その頭をあげると同時に、孝雄に訊ねた。

「ところで、耕太さんっていまどうされているんですか？」

孝雄が返答に困るように口ごもった。

「耕太——ですか？」

「ええ、ちょっと気になって——」

孝雄は少し考えたあと、田中を見つめて答えた。

「しばらく連絡はとっていませんが、結婚し子供もできました。いまも元気にしているようです」

田中がほっとしたように、笑った。

「よかった。苦労された方だから、幸せになっていてほしいと思ったんです」

孝雄が田中に向かって、目を細めた。

「それを聞いたら、耕太も喜びます」

田中は思いを巡らすように、空を見上げた。

「耕太さんの奥さんって、いい人なんでしょうね。幸せになっちゃいけないって自分を責めていた耕太さんが、結婚しようと思った人なんだから」

孝雄は黙って田中の顔をみていたが、やがて目を伏せ、つぶやくように言った。

「奥さんと知り合ったとき、耕太は結婚はできない、と思っていたそうです。奥さんから理由を訊ねられ自分の生い立ちを話したら、奥さんは後日、一冊の本を耕太にくれたそうです」

「本？」

田中が孝雄を見る。孝雄は田中に目を向け、静かに答えた。

「宮沢賢治の『銀河鉄道の夜』です。いくつかの話が載っているんですが、そのなかのひとつ『グスコーブドリの伝記』を読んでほしい、と言ったそうです」

悟ははっとした。

田中が、ああ、と得心したような声を出す。

「その話、知っています。子供のときに冷害で家族を失ったブドリという人物が、大人になって再び冷害が起きそうになったとき、自分を犠牲にして火山を噴火させて冷害を食い止めた、そんな話でしたよね。岩手に生まれた賢治も農家のために力を尽くした人でした」

孝雄は、微笑んだ。

「そうです。奥さんは、辛い思いをしたあなただからこそ、誰かのためにできることがきっとある。私にも一緒に手伝わせて、そう言ったそうです。その言葉で、耕太は結婚すると決めたそうです」

「やっぱりいい奥さんだ」

そう言う田中に、孝雄は頷いた。

「そして、結婚した耕太は子供に恵まれました。子供が生まれたとき、いい父親になろう、と思ったようだけれど、自分だけ幸せになれない、という考えが捨てきれず、子供と素直に向き合えない、と悩んでいました」

「じゃあ、子供さんとはうまくいってないんですか」

心配そうに訊ねる田中に、孝雄は短く答えた。

「さあ――」

孝雄はそれ以上、なにも言わなかった。ただ黙って立っているだけだ。

田中は自分の腕時計に目を落とし、孝雄と悟を見た。

「私はまだ用事があるので、もう少しここに残ります。おふたりは車でいらしたんですよね。帰り道、お気をつけて」

そう言って、田中は戻っていった。

田中がいなくなると、孝雄は足早に駐車場へ向かって歩き出した。悟も急いであとを追う。

帰りも、悟の運転だった。助手席に乗りこんだ孝雄は、無言でシートベルトをする。悟もなにも言わずエンジンをかけて、車を発進させた。

悟はハンドルを握りながら、さきほどの孝雄の話についてずっと考えていた。

――宮沢賢治の『銀河鉄道の夜』です。

――そのなかのひとつ「グスコーブドリの伝記」を読んでほしい、と言ったそうです。

悟の脳裏に、孝雄の部屋の本棚で見つけた『銀河鉄道の夜』が浮かぶ。ずいぶん古い本で茶色く変色していたが、全体的に傷みは少なかった。ただ、「グスコーブドリの伝記」のページだけが何度も読んだようにかなり傷んでいた。

スナックのマリーで健司から聞いた話も蘇ってくる。交通事故を起こし、金を稼ぐためにひとりで東京へ行こうとした健司を、孝雄が引きとめたときの言葉だ。

――お前ひとりなら好きにすればいい。でも、お前には家族がいる。家族は離れちゃいけない。

あれ以来、不思議に思っていた。小説を読まない孝雄の部屋に、どうしてあの本があったのか。自分の家族のことを顧みない孝雄が、どうして健司にそんなことを言ったのか。そして、どうして孝雄が補導委託などはじめたのか。

耕太の奥さんが耕太に渡した本の題名を聞いたときに、ある想像が頭に浮かんだ。それが当たっているとしたら、いままで抱いていた疑問がすべて解ける。そうだとしたら、自分はずっと孝雄のことを誤解していたことになる。

悟は口のなかに溜まった唾を、ごくりと呑み込み、孝雄に声をかけた。

「親父、さっきの耕太さんの話だけど、あれって――」

そこまで口にしたとき、孝雄は悟の言葉を遮るように言った。

「さすがに疲れた。悪いが、寝てもいいか」

思いがけない返しに悟は、焦りながら答えた。

「え、ああ、いいよ」

孝雄は車のダッシュボードからタオルを取りだすと、目のうえに掛けてシートを倒した。腕を組み、窓の方に身体を寄せた。

悟はフロントガラスの先を、じっと見つめた。

物心ついたときからいままでの記憶を、頭のなかで辿る。孝雄は悟や由美に無関心で、あれをしろ、これをやれ、となにかを強いたことはない。節子が病気になったときも、それ以前とほとんど変わることなく本人がやりたいようにやらせていた。そんな孝雄を悟はずっと、情に薄く冷たい人間だと思っていた。だから、補導委託をすると言いだしたとき戸惑った。

一般道から東北自動車道へ入り北へ進むと、道の両側に広がる田圃が見えてきた。青々とした苗が、梅雨の晴れ間の眩しい陽を受けて、風に揺れている。

その景色に、絣（かすり）の着物やモンペを着た、昭和のはじめのころの子供たちの姿が重なる。子供たちは楽しそうに笑いながらあたりを駆け回る。その後ろには、大人たちがいた。稲の世話をしているらしく、男性も女性も野良着姿だ。顔も手も泥で汚れているが、表情はみな明るい。顔を見合わせて笑う大人たちの姿に、今年は豊作だ、子供に新しい服を買ってやれる、正月には美味しい餅が食える、そんな声が聞こえてきそうな気がする。

田圃のなかに人々の幻を見ているうちに、目の前が滲んできた。慌てて手の甲で目を擦る。

ふと、春斗のことが思い出された。いま、春斗はどうしているだろう。家に帰り、両親と話し合いをしているのか、それとも、自分の部屋で休んでいるのか。どこでなにをしていてもいい。笑っていてほしい。春斗だけではない。達也も緑も、いままでに会った人、会ったことがない人、すべての人に笑っていてほしい。

途中のインターを過ぎ、左側から車が本線に合流してきた。その車との距離を確認するとき、目の端にシートに横になっている孝雄が入った。目のうえにタオルを掛けているため、起きているのか、寝ているのかわからない。

悟は車の前方に目を戻した。遠くに岩手山が見える。人々の営みをずっと見つめてきた故郷の山が、荘厳に見えた。

第八章

落ち着かない様子で同じ場所を行ったり来たりする健司は、立ち止まったかと思うと、腕時計に目をやり軽く舌打ちをした。

「まったく、まだ終わんねえのかよ。ずいぶん長げえな」

停めてある自分のバイクを椅子代わりにしている八重樫が、眉間に皺を寄せた。

「さっき時間を確認してから、まだ十分も経ってないっすよ」

健司が八重樫を睨んだ。

「お前は春ちゃんが心配じゃないのかよ」

八重樫が面倒そうに言う。

「だからそうじゃなくて、俺たちが心配したってどうにもならないって、何度も言ってるじゃないすか。それに、どんな処分でも春ちゃんは大丈夫だ、そう言ったのは健司さんでしょう。言った本人がオロオロしてどうするんすか」

勢いを失くした健司は、小声になった。

「そうだけどよ。やっぱり刑は軽いほうがいいじゃねえか」

苛立ちが頂点に達したのか、八重樫が大きな声を出した。

「だから、それも何度も言ったでしょう。少年審判の処分は、刑罰じゃないって。少年院送致だろうと保護観察だろうと少年を矯正させるためのものなんすよ」

この調子だと、いつ言い合いが終わるかわからない。自分の車にもたれていた悟は、身を起こしてふたりのあいだに割って入った。

「まあ、ふたりとも落ち着いて。一番心配しているのは、本人とご両親だ。俺たちはどっしりと構えていいようよ」

悟たちは、仙台家庭裁判所の駐車場にいた。今日は、春斗の最終審判の日だった。

田中から孝雄に連絡が入ったのは一週間前——中間審判から半月が過ぎたころだった。春斗の最終審判の日時が決まったが同席しますか、と訊く。孝雄と相談して、孝雄だけが立ち会うことにした。悟は仙台家裁までは行くが、なかへは入らず外で待っている、と答えた。中間審判で孝雄の話を聞き、春斗のことはすべて親父に任せる、と決めたからだ。

その話を聞いた健司が、自分も悟と同じようについていく、と言い出した。中間審判では同席を諦めたのだから、今回は春斗の顔だけでもみたい、と言う。

たしかに健司の気持ちもわかる。最終審判が終われば、簡単には会えなくなる。どんなに春斗と親しくなっても、清嘉は補導委託先だ。その役割を終えれば、春斗とのかかわりはなくなる。

孝雄も、ひと目でいいから会わせてやりたい、と思ったらしく健司の同行を許した。しかし、そうなると、工房には八重樫しかいなくなる。アルバイトひとりに作業を任せるわけにもいかず、今日を臨時休業にした。

八重樫を誘ったのは、健司だ。臨時休業の話を聞いた八重樫は、ふいにできた休日に、バイクで遠出をしようと考えた。その話を耳にした健司が、それなら行き先を仙台にしろ、と言い出した。バイクに乗れるし春斗にも会える、一石二鳥だ、と勧める。いつもは健司の提案に難色を示す八重樫だが、今回はめずらしく素直に頷いた。行き先を決めていたわけじゃないし、久しぶりに美味い牛タンが食いたいから、と言っていたが、本当はそれだけではないのだろう。

バイクに腰かけていた八重樫は、不満そうにつぶやいた。

「俺はどっしり構えてますよ。健司さんがおろおろしているだけっす」

「なんだと、俺がいつ――」

またふたりの言い合いがはじまりそうになったとき、建物から誰かが出てくるのが見えた。そちらに目を凝らす。

孝雄だった。田中、飯島、達也、緑もいる。

田中がこちらに気づいた。悟たちの前にやってきて言う。

「さきほど最終審判が終わりました」

「それで、春斗くんの処分は――」

訊ねる悟の隣で、健司が唾をごくりと飲む気配がする。田中はにっこり笑うと、自分がいま出てきた建物の出入り口を振り返った。

「保護観察です」

ちょうど、建物から春斗が出てきたところだった。悟の後ろから健司が、恐る恐るといった態で田中に確認する。

「それって、家で暮らしながら様子を見るやつですよね」

田中の代わりに、飯島が答えた。

「そうです。今日の審判で、この半月ほどで春斗くんと親御さんのあいだでしっかり話し合いがなされたようだし、なにより、春斗くん自身が今後の目標をしっかり持つことができたと判断されました」

隣で田中が補足する。

「月に二回ほど、地域にいる担当の保護司さんと面談して、いまどんな感じで過ごしているか報告します」

「それって、どんくらいの期間なんですか」

田中に訊ねる健司に、後ろにいた八重樫がぼそりと言う。

「基本は少年が二十歳になるまでか、保護観察を受けてから二年だけど、俺の知り合いは真面目に暮らして一年で終えたっすよ」

田中が、隣に来た春斗を見た。

「いまの春斗くんなら、そのぐらいで終えられると思いますよ。ねえ」

最後の、ねえ、は、達也と緑に向けられたものだった。緑は、喜びと期待がこもった目をして頷く。達也は一歩前に出ると、悟たちに礼を述べた。

「このたびは、息子をご指導いただきありがとうございました。いま田中さんがおっしゃったように、今後は自宅で生活しながら、保護観察を受けることになります。大変お世話になりました」

深々と頭をさげる達也に、どうしていいかわからないのだろう。健司は慌てた様子で、頭をあげるよう促した。

「いや、俺はなんにもしてないですから。ただ、春ちゃんに立ち直ってほしいと思っているだけで――」

「そうっすね。健司さんはただはしゃいでただけっすよね」

後ろからからかうように言う八重樫を、健司は勢いよく振り返った。

「なんだとこの野郎！　お前だってパンケーキを食ってただけじゃねえか！」

悟がうんざりしたとき、健司の怒声よりもっと大きな笑い声がした。

春斗だった。健司と八重樫を見て、口を大きく開けて笑っている。チャグチャグ馬コのときの明るい笑顔も印象的だったが、春斗がこんなに声に出して笑う姿を見るのははじめてだった。健司と八重樫も言い争いをやめ、驚いた顔で春斗を見ている。

健司は意外だという顔をして、春斗に声をかけた。

「ちょっと見ないあいだに、雰囲気が変わったなあ」

春斗は笑いながら、首を捻る。

「そうですか？　健司さんと八重樫さんは変わらず、仲が良いですね」

健司は自分の身体に腕を回し、大げさに震えて見せた。

「やめてくれ。気持ちが悪い」

それを聞いた八重樫が、健司を睨む。

「それはこっちのセリフっす」

健司が八重樫に言い返すより先に、悟は春斗に話しかけた。

「春斗くん、健司さんが言うように前と違うね。うまく言えないけれど、なんかすっきりしたっていうか、晴れやかになったっていうか――」

春斗は、ううん、と唸りちょっと考えたあと微笑んだ。

「僕もうまく言えないけれど、息が楽にできるようになった」

「息が？」

春斗が頷く。

「前は、海で溺れたみたいに苦しかったんだ。うまく呼吸ができなくて、胸が苦しくて、すごく辛かった。それが、万引きをしたときだけ楽になったんだ。だから、しちゃいけないってわかっていても、気が付くと物を盗ってしまっていたんだ。でも、補導委託をはじめてから海面に出たいって思うようになって、必死にもがいて、いまは、やっと海のうえに出られたって感じかな」

頭のなかに、暗い海中でもがく春斗が浮かぶ。どれほど辛く、心細かっただろうか。

「そうか。よかったね、春斗くん」

悟の言葉に、春斗は首を横に振った。

「でも、いいことばかりじゃないんです。僕はこれから、もっと頑張らなくちゃいけないんだ。夢を叶えるために」

悟はちらりと達也を見た。春斗の夢――動物にかかわる仕事に就くことを、達也は許したのだろうか。悟の視線に気づいたらしく、達也が言う。

「春斗の希望を、すべて受け入れたわけではありません。でも、挑戦することは許しました」

春斗が達也を見上げる。

「お父さん、親方の話を聞いて考えを変えてくれたんだ」

達也が春斗を見て、少し怒ったように言う。

「考えは変わってない。いまでもお前には、将来、苦労しない道を進んでほしいと思っている。ただ、中間審判のときに孝雄さんの話を聞いて、改めて考え直したのは確かだ」

達也が孝雄を見る。

「あの話を聞いて、自分で自分の人生が選べない辛さや、選択肢があることがいかに豊かなことかを思い出しました。そして、春斗に一度はやりたいようにやらせてみるのもいいのかもしれないと思ったんです」

達也が目を伏せる。

「私は自分の親を反面教師にしてきました。自分に子供ができたら苦労はさせない、そう思ってやってきました。いまでも、私の言うとおりにすれば春斗は苦労せずに済むと思っています。でも、孝雄さんの話を聞いて改めていまの春斗を見つめたときに、このままでは本人にとって酷な人生になるのではないか、そう思ったんです。一度やってみてだめなら諦めがつくし、少しは私が言っていたことが正しいとわかるかと思いまして――」

こんどは春斗が、怒ったように達也に言う。

「だから、やる前からダメだって決めつけるのはやめてって、言ってるじゃないか」

これから春斗は、高等学校卒業程度認定試験の合格を目指し勉強するという。

「合格したら、動物に関係する仕事に就くために有利な大学を受験する。そこでいろんなことを学んで、絶対に夢を叶えるんだ。そうなんども言ってるのに、お父さんはダメだったときの話ばかりするんだ」

不満を口にする春斗を、緑が優しく宥めた。

「あなたのことが心配でしょうがないのよ。お母さんもそうだから、お父さんの気持ちがよくわかる」

緑は少しうつむき加減で、つぶやくように言う。

「私、母ひとり子ひとりで育ったんです」

緑は幼いころに父を病気で亡くし、母親がひとりで育ててくれた。

「母は仕事を掛け持ちして、朝から晩まで働いていました。私が、無理しないで、とお願いしても、あなたには苦労をさせたくない、と働き続けました。その姿を見てきたからか、私は自分の子供に苦労をさせないことが親の役割だと思うようになったんです」

緑は唇をかみしめて、顔をあげた。

「だから、夫の意見に従ってきましたが、今回のことで、子供には子供の意志がある、そう気づかされました。これからは春斗の気持ちを大切にしながら、本人にとってなにが幸せなのかを探していきます」

「お母さんがあんなに大きな声出してるの、はじめて見た」

三人でいろいろ話したのだろう。嬉しそうな春斗の姿からそれが伝わってくる。

緑は孝雄をまっすぐに見つめた。

「そう思えるようになったのは、小原さんが補導委託をしてくださったからです。そして、春斗を受け入れてくださった清嘉のみなさんのおかげです。補導委託を経験して本当によかったと思います。ありがとうございました」

緑が孝雄たちに深々と頭をさげる。

孝雄が慌てて、緑に頭をあげるように促した。

「そんなことはありません。春斗くんが勇気を出して頑張ったからです」

そう言ったとき、悟の携帯が震えた。胸ポケットから取り出し画面を見る。由美からの着信だった。悟はこのときになって、春斗の処分がわかったら由美に連絡すると言っていたことを思い出した。

急いで電話に出ると、由美の心配そうな声が聞こえた。

「お兄ちゃん？　ごめん、ちょっと遅いから気になって電話しちゃった。審判、終わった？」

悟は由美に詫びる。

「悪い、ちょっと前に終わってたんだけど、連絡するのを忘れてた」

「もう！」

由美は怒ったように声を出すと、急くように訊ねた。

「で、処分はどうだった？」

悟は春斗を見つめながら答えた。

「保護観察。自宅で過ごしながら、一定期間、地域の保護司さんにどんな暮らしをしているか報告するんだ。問題がなければ一年くらいで終えられるみたいだ」

「よかった！」

携帯の向こうで、由美が歓喜の声をあげる。春斗が隣にやってきて、小声で訊いた。

「誰ですか？」

「由美だよ」

悟は携帯を差し出した。それを、春斗が受け取る。

「もしもし、春斗です」

携帯から、由美の声が漏れ聞こえてくる。具体的にこれからどうするのか、訊いている。春斗は晴れ晴れとした表情で、高等学校卒業程度認定試験に合格し、大学に進学する、と伝えた。

「あんなに勉強が嫌だったのに、目標があるとやる気が出ます。将来、動物にかかわる仕事に就けるよう頑張ります」

春斗が携帯を悟に戻す。携帯を受け取ると、耳をつんざくような声がした。

「お兄ちゃん、今日、みんなで春斗くんの激励会しよう！　美味しいものを用意して待ってるから、帰ったら庫太郎に来てよ！」

あまりの声の大きさに、悟は耳から少し携帯を離した。

「そんな急に無理だよ。春斗くんはだいぶ疲れている。早く家に帰って休みたいはずだ。主役がいない激励会なんてやっても意味がないよ」

「ああ、そうか」

由美が、がっかりしたように言う。

「気持ちはわかるけど、それはまたいずれ――」

悟の言葉から、会話の内容を悟ったのだろう。健司は悟から強引に携帯を奪い、勝手に由美と話しはじめた。

「おう、由美ちゃんか。俺だ、健司だ」

「ちょっと、健司さん。勝手になにするんだよ」

携帯を奪い返そうとするが、健司は器用に身をかわし、由美との電話を続ける。

「うん、うん。そうか、それはいいな。ちょっと待ってくれ」

健司はそう言うと、春斗に訊ねた。

「春ちゃん、これから、盛岡に来られねえか？」

「これから？」

春斗が目を丸くする。

「由美ちゃんが庫太郎で、春ちゃんの激励会がしたいんだってよ」

「ちょっと待ってよ」

悟は急いで健司を止めた。

「今日はかなり疲れただろうから、ゆっくり休ませてあげたほうがいいよ」

悟がそう言うと、春斗は首を横に振った。

「僕、行きます」

思いがけない答えに、悟は驚いた。

「無理しなくていいよ」

「僕が行きたいんです。いいよね、お父さん」

春斗に訊かれた達也は、意見を求めるように緑に顔を向けた。緑は微笑んで頷く。達也は頷き返し、健司を見た。

「ありがとうございます。もし差し支えなければ、私たちもご一緒してよろしいですか」

こんどは春斗が驚いた。

「忙しいのに、いいよ。もしかして、帰りの心配してる？　それなら心配ないよ。僕、清嘉にいるときに親方からもらった小遣いを取ってあるんだ。それで新幹線の切符が買えるから大丈夫」

達也が苦笑した。

「違うよ。私たちが行きたいんだ。息子の激励会をしてもらえるなんて、嬉しいじゃないか」

春斗が、どうしよう、というように健司を見る。健司は歯を見せて笑い、携帯の向こうにいる由美に伝えた。

「由美ちゃん、料理、たくさん作ってくれ。春ちゃんのお父さんもお母さんも行くから。え？　理恵ちゃんもいいのか？　そうか、そうだな。人はたくさんいたほうがいいよな。わかった、伝えておくよ、ありがとうよ」

健司が携帯を切り、悟に返す。

「聞いたとおりだ。今夜は庫太郎で春ちゃんの激励会だ！」

「勝手に決めないでくれよ」

思わず大きな声が出る。

呆れる悟に構わず、健司は八重樫に言う。

「八っちゃんも来るよな」

八重樫は首を横に振った。

「俺はパス」

「ええ？　なんでだよ」

健司が口を尖らせた。八重樫は駐車場のほうを顎で指す。

「せっかくだから、もうちょっと足を延ばしていくっす」

春斗が少し淋しそうな顔をした。それに気づいた健司が、八重樫を責める。

「お前、春ちゃんよりバイクのほうが大切なのかよ。冷てえなあ」

八重樫は両手をジャンパーのポケットに突っ込むと、空を仰いだ。

「会おうと思えば、春斗にはいつでも会える。でも、天気だけはどうにもならない。こんな晴れた日にバイクに乗らないなんてもったいないっす。なあ、春斗」

八重樫が春斗を見る。同意を求められた春斗は、嬉しそうに頷いた。

「はい、僕とはいつでも会えます」

「八重樫さんは、バイクに乗ってきたんですか？」

横から達也が訊ねた。

「そうっすよ」

達也は目を輝かせて、八重樫のほうへ身を乗り出した。

「どこのメーカーかな。排気量は？」

春斗が意外そうに、達也を見上げる。

「お父さん、バイク好きなの？」

達也はふと我に返ったような顔をして、言葉を濁した。

「昔、ちょっと興味を持ったことがあったんだ」

「はじめて知った」

「私も」

春斗と緑が、驚きながら達也を見つめる。少し照れたように、達也は首の後ろを掻いた。

「免許を取りたかったが、当時は金も時間もなく無理だった。でも、バイクが好きなのはいまも変わらない」

「でも、いまなら取れるね」

春斗の顔が、ぱっと明るくなる。

「え？」

達也がびっくりした。

「いまから免許を取って、バイクに乗ったら？」

達也が首を左右に大きく振る。

「そんなことできるわけないだろう」

「どうして？」

「どうしてって、もう歳だし――」

返答に困る達也に、春斗が笑顔で言う。

「歳なんか関係ないよ。僕にやりたいことを許してくれたんだから、お父さんも自分がやりたいことをやってよ。好きなことをすると、とっても楽しいよ」

達也はなにかを堪えるように唇をきつく嚙み、春斗をじっと見つめた。緑が今にも泣き出しそうな表情で、達也の背中にそっと手を置く。

「俺のバイク、見ますか？」

八重樫が達也に、声をかけた。

「古いけれど、ちゃんと手入れをしているから、状態はいいっすよ」

「へえ！」

横から健司が声をあげた。

「お前が自分のバイクを人に自慢するなんて、めずらしいな。俺はお前から、見ますか？　なんて言われたことねえぞ」

八重樫は呆れて息を吐き、駐車場に向かって歩き出した。

「健司さん、バイクのことなにもわからないじゃないすか。そんな人に見せたって意味ないでしょう」

「おい、そんなことねえぞ。俺だって少しはわかるって。ほら、春ちゃんのお父さん、行きましょう」

八重樫を追いかけながら、健司が誘う。笑いながら歩いていく達也に、緑と春斗がついていった。

駐車場に向かって歩いていく春斗たちを見ながら、飯島がほっとしたように言う。

「あの様子だと、私たちが春斗くんに会うことは、もうなさそうですね」

田中が頷く。

「ええ、きっと大丈夫です」

「どういう意味ですか？」

悟はふたりに訊ねた。飯島が答える。

「保護観察になったら、もう私たち、家庭裁判所の手を離れるんです。あとの担当は、地域の保護司の方になります。保護司の方が月に二回ほど少年と面談をして、状況を保護観察所の保護観察官に報告するんです」

「じゃあ、飯島さんや田中さんは、今後の春斗くんの様子を知ることはできないんですか」

今度は、田中が答えた。

「そうですね。少年に関して裁判所に連絡があるとしたら、保護観察が終了したときでしょう。それも、どのような経緯で立ち直ったかなど詳しいことは記されていません。保護観察を終了したことだけを伝える、簡単なものです」

飯島が付け足すようにぽつりと言った。

「それ以外で知ることがあるとしたら、少年が再び非行に走ったときでしょう。それも、必ず知るとは限りません。調査官は個別の担当制度にはなっていないので、同じ少年の担当にならないかもしれないんです」

再び非行に走ったとき――その言葉に身を固くした。不安が顔に出ていたのだろう。田中が安心させるように、悟の肩を軽く叩いた。

「大丈夫。飯島さんがおっしゃったように、私たちが職務で春斗くんに会うことはありませんよ」

飯島が同意する。

「保護司の方々は、問題を起こした少年に理解がある方ばかりです。きっと春斗くんのことを、温かく支えてくれます。じゃあ、私はこれから大庭裁判官と打ち合わせがあるので、これで失礼します。お疲れ様でした」

一礼する飯島に、悟たちも頭をさげる。飯島がいなくなると、田中は改めて孝雄たちに礼を述べた。

「今回の補導委託、本当にありがとうございました。大変だったでしょう」

孝雄が、いいえ、と答える。

「なにもできなくて、申し訳なく思っています」

こんどは田中が、首を横に振る。

「そんなことはありません。春斗くんもご両親も、清嘉の方々に感謝していました。達也さんは、自分のあとを継いで弁護士になってほしい気持ちに変わりはないけれど、春斗くんの気持ちを考えるようになったと言ってましたし、緑さんは、すぐに答えは出ないだろうけれど、きっと春斗くんにとっていい方向へ進むはずだ。補導委託をお願いしてよかった、そう言ってました」

孝雄は不安そうに田中を見つめた。

「本当ですか」

田中が大きく頷く。

「本当です」

孝雄がほっとした顔で、つぶやく。

「よかった」

「それでひとつ、お願いがあるのですが――」

田中はそう言って、孝雄と悟の顔を交互に見つめた。

「今回の補導委託は試験でしたが、今後、清嘉さんを正式に補導委託先として登録させていただきたいのです」

「正式に？」

孝雄が繰り返す。

「はい、矢部やほかの者と相談して、正式にお願いすることになりました。登録していただけますでしょうか」

孝雄は困惑した様子でしたを向いたが、やがて顔をあげて答えた。

「お気持ちは嬉しいのですが、お断りさせてください」

「ええ？」

孝雄は引き受けると思っていたのだろう。田中は驚きの声をあげた。

「大変だったことはわかります。でも、清嘉のみなさんはとても温かく春斗くんを迎え入れてくれて、更生へと導いてくれました。春斗くんもご両親もですが、私たち家裁の者もみんな感謝しています」

田中は孝雄の前に歩み出て、正面に立った。

「私たちも、もっと補導委託先の力になれるよう頑張りますので、どうか登録してください。次の春斗くんのために」

「次の、春斗くん——ですか」

孝雄がつぶやく。

「そうです。非行に走ってしまう少年はほかにもいます。しかも、事情は様々です。本人の身勝手で問題を起こすケースもあるけれど、ネグレクトや貧困といったことが原因になっているケースもあります。どちらも、社会が手を差し伸べることで、少年が立ち直れる可能性が高くなるんです」

田中は必死に説得しようとするが、孝雄は首を縦に振らない。

「補導委託を引き受けるとき私は息子に、お前に迷惑はかけない、そう言いました。自分ひとりでできる、そう思っていたんです。でも、実際に引き受けてみて、人ひとりを救うのがいかに難しいかを知りました」

孝雄は田中を伏し目がちに見ながら続けた。

「補導委託を引き受けて、人はひとりではなにもできない、誰かに助けてもらわなければやっていけない、ということがわかったんです。少年を自分だけで救える、そう思っていた自分がはずかしい。こんな未熟な者に補導委託は務まりません」

「そんなことはありません、お返事はいますぐでなくとも構いません。どうか、もう一度、お考えください」

孝雄がちらりと悟を見た。目が、お前はどう思う、と訊いている。その視線に気づいたらしく、田中が熱い目を悟に向けた。

悟は孝雄と田中を交互に見て、答えた。

「俺も、親父が補導委託を引き受けるのは反対です」

田中が、残念そうに肩を落とす。孝雄は、無言でしたを向いた。落胆しているふたりに、悟は言葉を続ける。

「今後は親父じゃなくて、俺が補導委託先の責任者になります」

「悟さんが?」

田中が驚きの声をあげる。孝雄は勢いよく顔をあげて悟を凝視した。田中がごくりと唾をのみ、もう一度確認する。

「悟さんが、補導委託先の代表者になるということですか?」

「はい、俺がなります」

悟はきっぱりと言う。

「親父は認めたくないだろうけれど、もう歳です。いつなにがあってもおかしくない。もしそんなことにでもなったら、預かる少年やご家族、家裁のみなさんに迷惑をかけてしまう。だから、俺が代表者になります。なあ、いいだろう、親父」

悟は孝雄を見た。孝雄はすぐに言葉が出ないらしくじっと悟を見つめていたが、やがて視線を外しぶっきらぼうに答えた。

「縁起でもないことを言うな。俺はまだまだ元気だ。だが、たしかにお前の言うとおり、万が一のことがあったらみなさんに申し訳が立たない。それを考えると、お前に代表者になってもらえたら助かる」

「よかった!」

田中が叫ぶ。

「すぐに矢部に連絡します。矢部も喜びます」

田中が悟たちから少し離れ、電話をかけはじめた。ところどころ聞こえてくる会話の様子から、相手は矢部であることが窺える。田中は嬉しそうに、悟が責任者になる話をしている。

「本当に、いいのか」

隣で孝雄が小さくつぶやいた。悟は短く答える。

「ああ、いい」

孝雄が再び訊ねる。

「どうして気が変わったんだ。補導委託には反対だっただろう」

悟は、孝雄からはじめて補導委託の話を聞いたときのことを思い出した。

「田中さんと矢部さんに引き合わされて、いきなり補導委託の話をされたときは驚いたよ。どうして親父がそんなことを言いだしたのかわからなかったし、なにより、問題を起こした少年とどう向き合っていいかわからなかった」

孝雄が詫びる。

「あのときは済まなかった。お前に言えば反対されるのはわかっていたし、自分ひとりで少年の面倒をみられると思っていたからな」

悟の脳裏に、春斗が来た日から今日までのことが浮かぶ。

「春斗くんがカプセルトイを、隠れて買ってきたときはびっくりしたな」

孝雄も懐かしそうに振り返る。

「ああ、そうだな。あれには驚いたなあ」

「八重樫くんと言い合って鋳型を粉々にしたときも、ハラハラした」

「春斗くんも辛かったろうが、見ているこっちも辛かった」

「そのあと、みんなでパンケーキを食べに行ってさ。女性が多い店内で、男四人の客なんて俺たちだけで、あれははずかしかった。あの帰り道で、春斗くんがチャグチャグ馬コのポスターを見つけたんだ」

孝雄が小さく笑う。

「そりゃあ、はずかしかっただろうなあ。でも、それがあったから、春斗くんがチャグチャグ馬コというものを知ったんだから、よしとしなけりゃなあ」

悟は晴れわたった空を見上げた。

「あの日も、こんな天気だった。青空が広がっていて、岩手山がくっきりと見えた」

孝雄も視線をうえに上げる。

「春斗くん、喜んでいたなあ。俺も楽しかった」

悟は顔をもとに戻し、目を伏せた。

「あのとき、親父が俺や由美が小さいときの話をしただろう。親父がそんなことを覚えているなんて思わなくて、ちょっと驚いたんだ」

孝雄は空を見たまま、つぶやいた。

「親が子供のことを覚えているのは、当然だろう」

悟は孝雄を見つめた。

「今回、補導委託をしてみて、人の気持ちってなかなか伝わらないものなんだなって思ったんだ。それが、親子であっても――」

孝雄が悟を見つめ返した。

「俺、最初は達也さんのことを、身勝手な親だと思っていたんだ。でも、達也さんの過去を知って、自分なりに春斗くんを大切にしているんだってわかったとき、誰も悪くないって思ったんだ。ご両親は子供の幸せを願い、春斗くんは一生懸命それに応えようとした。その気持ちがすれ違っただけなんだって」

悟は、健司に連れていかれたマリーのママの話をした。

「ある人が言ってたよ。人なんて、どんなに話し合ったって、百パーセントわかり合えることなんてない。それが近くにいる人だったらなおさらだって。一緒にいた人が、老眼かよ、って突っ込んでた」

「ある人って、誰だ？」

「さあ、誰だったかな」

悟は笑ってごまかし、自分の足元に目をやった。

「春斗くんたちのように、近すぎて気持ちが見えなくなってしまった家族ってほかにもいると思うんだ。そんな人たちの助けになりたいし、春斗くんのように辛い思いをしている少年に笑ってほしい。だから、補導委託の責任者になると決めた」

「そうか――」

悟は顔をあげて、孝雄の目を見た。

自分をじっと見つめる悟に、孝雄が怪訝そうに訊ねる。

「なんだ」

「耕太さん、いま、幸せかな」

虚を衝かれたように、孝雄が目を見開いた。

「親父から話を聞いたあと、考えていたんだ。中間審判のときに田中さんも言っていたけれど、耕太さんは幸せになっていい――いや、幸せになるべきだよ」

悟は話を続ける。

「耕太さんは理解ある奥さんと結婚してからも、自分は幸せになっちゃいけないって考えを捨てきれず、苦しんできたと思うんだ。もしかしたら、それが理由で家族とすれ違ったこともあったかもしれない」

悟は、春斗たちがいる駐車場のほうへ目を向けた。

「春斗くんの家族と同じように、耕太さんの家族もちょっとした心のすれ違いで関係がぎくしゃくしているなら、もう耕太さんには自分を責めないでほしいんだ。耕太さんはなにも悪くない、幸せになってほしい、俺が耕太さんの息子だったら、そう願う」

悟は孝雄に目を戻し、微笑んだ。

「息子だけじゃなく、耕太さんの家族や周りにいる人、きっとみんなそう思っているよ」

中間審判の日からずっと、悟には孝雄に問いたいひと言があった。

――耕太は親父なんだろう。

自責の念に苛まれ、結婚できない、と言う耕太に奥さんが渡した本が、宮沢賢治の『銀河鉄道の夜』であり、さらにそのなかにある「グスコーブドリの伝記」を読んでほしい、と言われたと聞いたときから、耕太は孝雄のことではないか、と考え続けていた。郷土の本と工芸の本しかない書棚に、小説が一冊だけ納められていた不自然さも、そうだとしたら納得がいく。ただ、審判から戻る車中で訊きそびれて以来、もう一度問う勇気が持てなかった。

それに、耕太が孝雄だとしたら、家族とどこか薄紙を挟んだような距離をとっていたことも腑に落ちる。悟や由美の幼少のころを鮮明に覚えている愛情があるのに、孝雄はそれを表に出さなかった。その心情も理解できる。

病気だった節子に、やりたいようにやらせていたことも、悟や由美に強引になにかを押し付けるようなことがなかったことも、本人の自由に生きさせたい、と思う気持ちからだとしたら頷ける。

そして、悟がずっとわからなかった、孝雄が補導委託を引き受けた理由。それも、耕太が孝雄だとしたら、合点がいく。由美が結婚して父親としての責任を果たしたいま、節子から言われたであろう言葉——辛い思いをしたあなただからこそ、誰かのためにできることがきっとある、を改めて思い出し、自分になにができるか考えたのだろう。そして、なにかのきっかけで補導委託を知った。

悟は頭のなかで何度も耕太と孝雄を照らし合わせ、耕太が孝雄だ、という確信を持った。その答えに辿り着いたとたん、孝雄に問いたかったひと言が胸のなかで消えた。もし孝雄に、耕太は親父なんだろう、と訊ねても、きっと素直に認めない。表に出さずにきた自分の思いを知られたくないから、耕太という架空の人物の話にしたのだろう。それに、悟が知りたいのは、いま孝雄は幸せなのか、ということだ。それならば、耕太は親父だろう、と問い詰める必要はない、と気づいたからだ。

悟はもう一度、孝雄の目を見ながら訊ねた。

「なあ、耕太さんは、いま、幸せなのかな」

孝雄は瞬きもせず悟を見つめていたが、やがて背を向けて答えた。

「いろいろあっただろうが、それなりにいい人生だと思っているんじゃないかな」

悟はほっと息を吐いた。

人生はいいことばかりではない。その逆もある。なにが幸いで、なにが不幸と思うかは、人それぞれだ。ほかの人から見て辛い人生であっても、本人がそう悪くないと思えれば、それでいい。

悟はうえを向いて、空気を思いきり吸った。空から降り注ぐ光の眩しさに、思わず目を細める。

孝雄がこちらを振り返る気配がした。

「悟——ありがとう」

一瞬、耳を疑った。いままでに孝雄から、礼を言われた覚えはない。

慌てて孝雄に目を向けたが、強い光を受けたせいで目が眩み、表情がよく見えない。手の甲で目を擦り、改めて見たが、そのときすでに孝雄は、また背を向けていた。

やがて、電話を終えた田中が戻ってきた。嬉しそうに矢部との話を、ふたりに報告する。

「悟さんが補導委託の責任者になってくださる件、矢部に伝えたらものすごく喜んでいました。いずれ正式な手続きをしていただきますが、まずはおふたりにお礼を言っておいてくれって言われました。本当にありがとうございます」

田中がふたりの前で姿勢を正し、頭をさげる。孝雄は悟を見た。

「いや、礼ならこいつに言ってください。こいつが責任者になると言わなければ、続けられなかったことですから」

田中は勢いよく頭をあげると、孝雄に言い返した。

「たしかに、おっしゃるとおりですが、孝雄さんが補導委託先に申し出てくれなかったら、この話はありませんでした。孝雄さんにも、心から感謝しています」

「それを言うなら——」

孝雄は駐車場を見やった。

「健司や八重樫くんも、春斗くんが立ち直る力になってくれました」

駐車場では、八重樫のバイクをみんなで囲んでいた。健司はバイクのシートに跨っている春斗を支え、八重樫は達也となにか話し込んでいる。

田中が、感慨深げに眺めた。

「そうですね。みなさんがいてくれたから、春斗くんは前に進むことができたんですよね」

悟たちの視線を感じたのか、春斗がふとこちらを見た。バイクに跨ったまま、悟たちに向かって大きな声で叫ぶ。

「今日、八重樫さんも庫太郎に来てくれるそうです！」

「ええ？」

悟は思わず声をあげた。自分の意思を滅多に変えない男が、いったいどうしたというのか。

駐車場へ行き、八重樫に急に気が変わった理由を訊ねる。

八重樫は、達也を見て答えた。

「春斗のお父さんが、もっとバイクの話がしたいって言うから——」

達也が目を輝かせながら、悟に言う。

「八重樫さんのバイクの話は、実に面白いですね。知識も豊富だし、ひとりでバイクの旅をした話は聞いていてわくわくします」

健司の手を借りて、春斗がバイクから降りた。

「もっと話が聞きたいから激励会に来てくださいって、お父さんが八重樫さんを強引に誘ったんだ」

達也ははずかしそうに、春斗に言い訳する。

「バイクの話も聞きたいが、ちゃんとお礼を言いたいこともあって――」

「まあまあ」

健司が八重樫の肩を摑み、自分に強く引きよせた。

「どうせこいつは暇なんだから、気にすることないですよ」

八重樫がむっとしながら、健司の手を乱暴に振り払った。

「暇じゃないっすよ。ただ、春斗だけじゃなく、ご両親とゆっくり会う機会はもうなかなかないだろうから――」

八重樫がそこまで言うと、威勢がよかった健司が急にしんみりとした。

「そうだな。そう思うと、ちょっと淋しいな」

つぶやく健司を、孝雄が窘めた。

「春斗くんが、立ち直る一歩を踏み出したんだ。喜ぶことはあっても、淋しいなんて言っちゃあだめだろう」

横で田中が頷く。

「そうですよ。そんなことじゃあ、補導委託を続けられませんよ」

「それって、まさか」

驚く健司に、田中が微笑んだ。

「引き続き補導委託を引き受けていただけることになりました」

健司の顔が、ぱっと明るくなる。

「そうか、また賑やかになるな」

「嬉しそうに言うんじゃない。本当は、補導委託が必要な子供などいないほうがいいんだ」

健司に注意する孝雄に、田中が同意する。

「本来は、少年事件そのものがなくなればいいんですが、現実はそうはいきません。助けを求めている少年たちはいます。彼ら、彼女らが、春斗くんのように前に一歩踏み出せるように、私たち大人が手を差し伸べなければいけないんです」

「親方のところなら、きっと立ち直れると思います。僕がそうだから」

春斗がそう言うと、孝雄が首を横に振った。

「これからは、責任者は私ではないんだ。悟になったんだ」

「悟ちゃんが？」

健司はまたびっくりしたが、滅多なことでは動じない八重樫もこの話には驚いたらしく、口を開けて悟を見た。

悟は、さきほど田中に説明したことを繰り返した。

「親父が責任者のままだったら、ぽっくり逝ったとき周りに迷惑がかかるだろう」

健司がにやにやしながら、悟の脇腹を肘で突いた。

「そんなこと言って、自分に子供ができたときの勉強も兼ねてるんじゃないのか？」

からかう健司に、そんなことはない、と言い返そうとしたとき、それより早く八重樫が健司に突っ込んだ。

「そんなことあるわけないでしょう。まだ相手もいないのに」

頭ごなしに言われてかっとなり、ありもしないことを口走った。

「どうしてそう言い切れるんだよ。もういるかもしれないじゃないか」

「相手の人ってどんな人ですか。結婚はいつですか」

本気にした春斗が、真剣に訊いてくる。いまさら、出まかせだ、とは言えず、悟は慌てて話を変えた。

「そうだ、由美に八重樫くんも参加するって伝えないと」

この場を逃げ出そうとする悟を、八重樫が引きとめた。

「いいっすよ。自分がするっす」

八重樫が携帯を取り出したのを合図としたように、その場にいた者がそれぞれ動き出す。春斗と両親は、一度家に帰り着替えてから庫太郎に向かうことになり、田中は仙台家裁での仕事があるため残るという。

八重樫は、せっかくだから牛タンを食べて帰る、と言いバイクに跨りエンジンをかけた。

「遅くなるなよ」

声を掛ける悟に親指を立てて答え、駐車場を出ていく。

「俺たちも行こうか」

悟は孝雄と健司にそう声を掛けて、車の運転席に乗り込んだ。健司が助手席に、孝雄が後部座席に座ると、エンジンをかけて車を出した。

平日の道路は混雑もなく、思ったより早く盛岡に着いた。理恵の車で庫太郎へ行く、という健司を自宅で降ろし、そのあとに孝雄と悟は清嘉へ向かう。

家につくと孝雄は、少し休む、と言って自分の部屋へ入っていった。悟も、庫太郎へ行く時間まで横になろうと思い、自分の部屋がある二階へあがった。

自室へ入ろうとしたとき、ふと、春斗が使っていた部屋が気になった。閉じてある襖を開けて、なかを見る。春斗がいなくなってからも、まだいるような気がして何度も開けて確かめたものだった。がらんとした部屋を見るたび、いま春斗はどうしているだろうか、と心配になったが、今日、春斗と両親の笑顔を見て、やっと心穏やかになにもない部屋を眺められるようになった。

春斗が使っていた部屋にしばらく座っていた悟は、立ち上がると自分の部屋に入らず、一階へ戻った。

玄関を出て工房へ向かう。入り口の鍵を開けてなかへ入ると、ゆっくりとあたりを眺めた。天井や棚は長年の煤で汚れ、地面は繰り返し使ってきた砂で覆われている。

悟はその場にしゃがみ、砂を手に取った。指の隙間から落ちていく砂を、じっと見つめていると、春斗が鋳型を粉々にした翌日、孝雄が春斗に砂のふるいのかけ方を教えていたことが思い出された。作業の工程を丁寧に説明する孝雄に春斗は、どうして南部鉄器の職人になったのか、と訊ねた。そのときの孝雄の答えを、悟は口にしてみた。

「もう、辛い思いをするのは嫌だったからなあ――」

悟は手のひらに残っている砂を、強く握った。

いまなら、その言葉の意味がわかる。孝雄は冷害で、大切な家族を失った。姉だけではなく、父親も母親も冷害で多くのものを失った。もう、そんな思いはしたくない。そう考えたときに、天候に左右されない職――南部鉄器造りと出会った。

人におべっかを使うことができず、器用に立ち振る舞うこともできない孝雄には、職人の道が合っていたのだろう。いまでは、南部鉄器と言えば清嘉、と言われるまでの工房になった。

悟は手の砂を払い自分の椅子に座ると、目の前にある造りかけの鉄瓶を手にした。細かい模様を、ひとつひとつ手作業でつけたものだ。あまりに細かく時間がかかる作業に、もっと効率がいい方法はないだろうか、と考えたこともある。しかしいまは、一見、無意味に思えるようなことにこそ、大切なものがあるように感じる。

孝雄は何十年ものあいだ、ただひたすら南部鉄器を造り続けてきた。作業の奥にあるものは、胸に抱えてきた自責の念や、家族を大切に思う気持ちだ。その思いが籠っているから、孝雄が造るものは人の心を摑むのだ。

鉄瓶を作業台へ戻したとき、入り口の戸が開いた。孝雄だった。

「部屋にいないと思ったら、ここにいたのか。いま、由美から電話があった」

人数が増えて飲み物が足りないから、庫太郎に来る前に買ってきてほしい、と頼まれたと言う。

「お前も手伝え」

そう言って外へ出ていく。悟はあとを追って工房を出た。前を向くと、孝雄の背中が見えた。若いころに比べると小さくなったが、いまの悟には前よりもっと大きく感じられる。

爽やかな風が吹き、悟はうえを見上げた。青く晴れ渡った空には、重量感のある雲が浮かんでいた。まもなく梅雨が明けるのだろう。

「おい、行くぞ」

声を追うと、孝雄が立ち止まってこちらを見ていた。

「いま、行くよ」

そう答えて、悟は歩き出した。

●主要参考資料

『少年の帰る家　子ども教育と補導委託』第一東京弁護士会少年法委員会編（ぎょうせい、二〇〇六年）
『子ども・家庭…そして非行　補導委託の現在と子ども教育』第一東京弁護士会少年法委員会編（ぎょうせい、一九九四年）
『昭和東北大凶作　娘身売りと欠食児童』山下文男（無明舎出版、二〇〇一年）
『冷害　農民からの告発』石川武男編（家の光協会、一九八二年）
『家庭の愛をください「非行少年」と共に―補導委託先の三十年』花輪次郎（一光社、一九九三年）
『南部鉄器のある暮らし　釜定の仕事』釜定・書籍プロジェクト実行委員会制作（青幻舎、二〇二〇年）
https://www.cotogoto.jp/blog/2018/10/kobo_kamasada.html

本作の執筆にあたり、「釜定」さん、家庭裁判所調査官の益田浄子さん、「萃寿」の一村壽廣さんをはじめ、多くのみなさまからお力添えをいただきました。そして、読売新聞の連載では水口理恵子さんに、毎回素敵な挿画をいただきました。この場を借りて、みなさまに心より御礼を申し上げます。

（著者）

装画　安藤巨樹
装幀　鈴木成一デザイン室

初出　『読売新聞』夕刊　二〇二二年四月十五日～二三年四月十五日

柚月裕子

1968年岩手県出身。2008年『臨床真理』で第7回「このミステリーがすごい！」大賞を受賞しデビュー。13年『検事の本懐』で第15回大藪春彦賞、16年『孤狼の血』で第69回日本推理作家協会賞（長編及び連作短編集部門）を受賞。18年『盤上の向日葵』で「2018年本屋大賞」2位。その他の著書に『慈雨』『合理的にあり得ない　上水流涼子の解明』『暴虎の牙』『月下のサクラ』『ミカエルの鼓動』『教誨』など。

風（かぜ）に立（た）つ

2024年1月10日　初版発行

著　者　柚月（ゆづき）裕子（ゆうこ）

発行者　安部順一

発行所　中央公論新社

〒100-8152　東京都千代田区大手町1-7-1
電話　販売 03-5299-1730　編集 03-5299-1740
URL https://www.chuko.co.jp/

DTP　嵐下英治
印　刷　大日本印刷
製　本　小泉製本

Published by CHUOKORON-SHINSHA, INC.
Printed in Japan　ISBN978-4-12-005728-1 C0093

白骨死体とともに見つかった名匠の駒
容疑者は、若き異端の棋士

2018年
本屋大賞
2位！

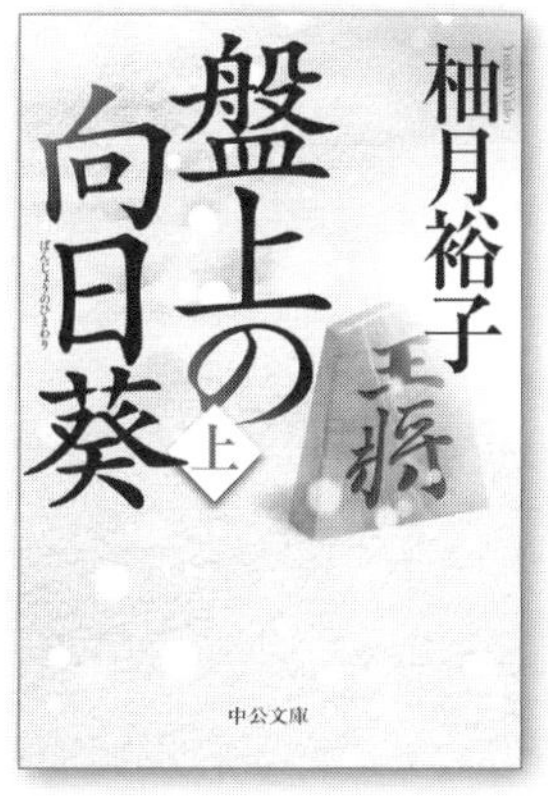

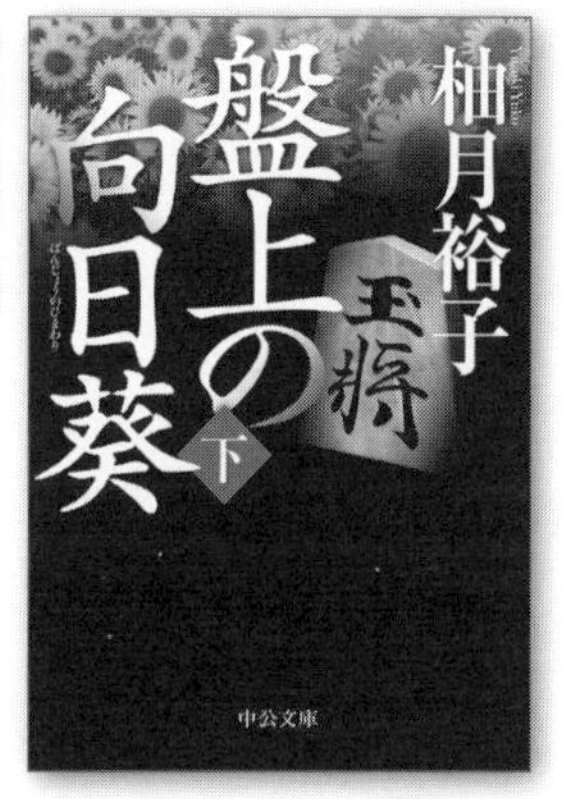

『盤上の向日葵』上・下
中公文庫